2010

上海产业和信息化发展报告
——工业及信息化协会

Annual Report on Shanghai Industry
and Informatization Development: Industry
and Informatization Association

上海市经济和信息化委员会

上海科学技术文献出版社

图书在编目（CIP）数据

2010上海产业和信息化发展报告——工业及信息化协会

/上海市经济和信息化委员会.—上海：上海科学技术文献

出版社，2010.9

    ISBN 978-7-5439-4483-1

    I .①2... II. ①上... III. ①信息工业—行业组织—研究报告—

上海市—2010 IV. ①F127.51

中国版本图书馆CIP数据核字（2010）第157669号

责任编辑：忻静芬

2010上海产业和信息化发展报告——工业及信息化协会

上 海 市 经 济 和 信 息 化 委 员 会

*

上海科学技术文献出版社出版发行

（上海市长乐路746号　邮政编码200040）

全 国 新 华 书 店 经 销

上海市北印刷（集团）有限公司印刷

*

开本787×1092　1/16　印张14.5　字数276 800

2010年9月第1版　　　2010年9月第1次印刷

印数：1-4000

ISBN 978-7-5439-4483-1

定价：38.00元

http://www.sstlp.com

编审委员会

序 言

　　行业协会是联系政府与企业的桥梁和承接政府职能转变的载体。上海工业和信息化协会与时俱进，探索创新，提升功能，优化服务，不断开创"服务企业、规范行业、发展产业"的新局面。

　　2009 年，面对国际金融危机和上海产业加快转型升级的"双重挑战"，在中共上海市委、市政府的领导下，上海工业和信息化协会主动应对挑战，承担社会组织的经济社会责任，组织行业企业认真贯彻落实市委、市政府提出的"四个确保"方针，围绕"保增长、扩内需、调结构、转方式"，探索转变发展方式，推进产业结构优化；发挥协会组织优势，引领行业"抱团取暖"；结合民间组织特点，推进行业节能减排；构筑信息化服务平台，促进信息化与工业化融合；调集行业力量，做好世博会筹办工作；充实完善协会职能，着力提升功能；加强诚信体系建设，规范行业企业行为；扎实推进自主创新，支持企业实施品牌战略；参与社会公益活动，主动履行社会职能；加强协会党的建设，提高队伍素质能力。经过一年的努力，协会不断优化服务方式，提升服务功能和水平，在上海经济社会发展中的主体作用进一步凸显，在应对国际金融危机挑战中的引领作用愈益明显，在上海推进高新技术产业化中的助推作用开始显现，在区域经济发展中的辐射作用逐步增强。协会党组织在学习实践科学发展观教育活动中的核心作用得到充分发挥，为全市经济社会发展作出了新贡献。

　　2010 年是实施"十一五"规划的最后一年，也是上海世博会的举办之年。按照市委、市政府的总体部署，上海工业和信息化协会顺应加快发展现代服务业和提升发展先进制造业的新趋势，以上海举办世博会为契机，以"调结构、促转型、稳增长"为主线，以高新技术产业化、信息化与工业化融合为突破口，将进一步深化"政会分开"，积极为产业发展建言献策，当好政府的参谋助手；进一步加强行业和企业的服务工作，促进经济平稳较快增长；进一步引领行业和企业加快科技创新，增强上海产业的核心竞争力；进一步加强协会党建工作和队伍建设，加快自身改革发展，着力增强协会"代表、服务、协调、自律"的功能和综合能力素质，努力塑造服务产业和企业发展的新形象。

本报告翔实记录了 2009 年上海工业和信息化协会的主要活动和工作业绩，系统概述了 2010 年工作方向和重点，既是回首总结、激励鼓劲，更是承前启后、着眼发展。衷心期待上海工业和信息化协会持续探索创新，不断提升内涵、优化服务，进一步开创工作的新局面。

　　　　　　　　　　　　　　　　　　　　　　　　　　上海市经济和信息化委员会

目 录

第三部分　2009 年上海工业及信息化协会大事记

第四部分　上海工业及信息化协会分类简介

第一部分

总　论

上海工业及信息化协会发展综合报告

2009 年，面对国际金融危机和上海产业加快转型升级的"双重挑战"，在上海市委、市政府的领导下，在市经济和信息化委员会的支持和指导下，上海工业和信息化协会认真贯彻落实"四个确保"方针，带领行业应对危机持续攻坚，千方百计为企业排忧解难，全力以赴推动产业升级，进一步凸显了行业协会"服务企业、规范行业、发展产业"的作用，不断优化和提升了自身的服务功能、方式和水平，为全市经济"保增长、扩内需、调结构、转方式"作出了重要贡献。

一、2009 年工业和信息化协会发展回顾

（一）主要特点

截至 2009 年底，市经济和信息化委系统的工业和信息化协会共 134 家，其中行业性协会 77 家，联合性协会 6 家，专业性协会 51 家。协会发展主要呈现五个特点：

1. 在上海经济社会发展中，主体作用进一步凸显

2009 年 9 月，上海启动了企业协会与党政机关"四分开"工作；同年 11 月，市委召开社会建设大会，出台了《上海市加强社会组织建设的指导意见》，明确指出"尊重社会组织的主体地位，关键在于发挥社会组织的主体作用"，为协会发展进一步指明了方向。

2009 年 5 月和 12 月，市委、市政府分别召开上海市高新技术产业化动员大会和经济工作会议，分别邀请了 200 多家行业协会负责人参加，组织行业协会负责人讨论，广泛征求意见。这些举措反映了政府更加重视行业协会作用，除直接依靠市、区各级经济管理部门执行政府宏观发展思路和政策措施外，越来越注重行业协会在中观经济管理中的主体作用，把行业协会作为推动上海经济社会发展的重要力量。

2. 在应对国际金融危机挑战中，引领作用愈益明显

2009 年，国际金融危机对我国实体经济冲击较大，上海经济发展结构性矛盾凸显，工业和信息化产业一度面临困境：部分企业出口大幅下降，资金严重紧缺，经营步履维艰，少数企业面临停产和职工失业的危机。在关键时刻，上海市委、市政府采取一系列政策措施，帮助企业克服困难，确保经济增长。各行业协会深入企业了解情况，开展咨询服务，组织困难企业自救，集合政府、金融、科技、市场，以及产业链的相关行业等各种资源，帮助企业克服资金、技术、人才、市场等困难，带领企业"抱团取暖"，使企业深切感受到行业协会是企业最需要、最可依赖的"家"。

3. 在高新技术产业化进程中，助推作用开始显现

2009 年，上海市委、市政府推进高新技术产业化，确定了新能源、民用航空制造、先进重大装备、电子信息制造、新能源汽车、海洋工程装备、新材料、软件和信息服务业、生物医药等九大重点领域及产业化目标。这些重点领域相关行业协会的共性特点是"新"和"强"。"新"就是拥有较新的运作机制、一批生机勃勃的中青年职业协会工作者和专业人员；"强"就是行业服务能力较强，自我管理能力较强。相关行业协会积极协助政府推进高新技术产业化，开展前期调研，制定发展规划，参与政策制定，选择重点项目，推进政策落实，较好地发挥了政府的参谋助手作用。

4. 在区域经济发展中，辐射作用逐步增强

目前长三角地区已形成一个相互联系、产业互补的资源配置结构。政府层面的区域性合作初具雏形。如举办论坛、建立对话协商机制、召开联席会议、统一标准、开展具体项目合作等。企业层面合作逐步展开。鉴于长三角发展缺乏行业的整体性，上海市委、市政府在全市社会建设大会上，明确提出了推进成立长三角地区行业协会的目标和任务，要求建立以行业协会为主体的民间合作、协调、推进机制。上海行业协会对长三角的区域辐射作用进一步扩大，建立了一些区域性的民间合作协调机制。由上海市工业经济联合会（上海市经济团体联合会）倡议并建立的中国长三角工业经济联合会联席会议制度逐渐成熟，行业协会主办的长三角经济发展论坛、长三角行业协商会议等活动十分活跃。由上海市工艺美术行业协会牵头组建的"长三角 16+n 城市工艺美术行业协会联合体"，标志着中国规模最大的、跨地区的专业团体诞生。不少行业协会发展会员单位向长三角地区扩展；由行业协会组织的长三角地区职称认定、标准制定、政策法规等联动机制正在加紧探索之中。上海长三角非织造工业协会探索建立区域性行业协会取得新进展，带动了三地的企业全面合作、行业共同发展。

5. 在学习实践活动中，党组织核心作用充分发挥

在市委学习实践科学发展观教育活动第三指导检查组和市经信工作党委的指导和帮助下，2009年市经济和信息化系统协会党组织分别开展了第二、第三批学习实践活动，有86个协会党组织、1104名党员参加。各协会党组织坚持围绕中心，贯彻主线，围绕"促增长、扩内需、调结构"，开展主题实践活动，达到了"党员干部受教育、科学发展上水平、人民群众得实惠"的预期目标。与此同时，各协会以开拓创新的精神，探索改善和完善自身的党建工作。上海信息服务业行业协会被评为全国学习实践活动先进社会组织。

（二）主要工作

2009年，上海工业和信息化协会按照市委、市政府"四个确保"、推进高新技术产业化等要求，为实现上海产业转变经济发展方式的各项目标和任务，积极发挥新社会组织的资源、优势和作用，在经济发展、规划制定、节能减排、行业规范、国际贸易、社会公益等方面做了大量工作。

1. 探索转变发展方式，推进产业结构优化

按照上海产业"两手抓"（即一手抓长远，推动先进制造业和现代服务业高端发展；一手抓当前，淘汰落后产能调结构）的发展要求，各协会结合各自实际，紧贴服务，全力推进。

（1）服务国家战略，助推高新技术产业化

各协会尤其是纳入高新技术产业化重点领域的协会，以落实重大项目为抓手，注重调查研究，提出行动方案建议；组织项目申报；发挥产业链作用，建立产业化服务平台；协助产业基地招商引资，推进科技成果转化；跟踪调查产业化发展动态，积极发挥参与功能。

——参与推进九大重点领域发展。上海信息服务业行业协会参与"上海软件和信息服务业高新技术产业化行动方案"调研工作，多次召开座谈会，广泛征求意见，向市政府提出了44条建议；协助完成了《2008-2009年上海数字内容产业白皮书》；承办了"2009上海推进软件和信息服务业高新技术产业化活动周开幕式暨企业家高峰论坛"，围绕游戏开发、基础软件产业链创新、3G应用与发展、亚洲宽带及数字电视、网络视听、数字出版等热点，为企业提供行业性的交流和展示平台。上海交通电子行业协会精心组织和指导会员单位做好2009年度专项基金项目申报工作，协助22家会员单位申报了25个国家以及市发改委、市经济信息化委专项，其中10家单位、13个专项已批准立项；协助政府

和企业推进高可靠性汽车电子芯片制造平台建设，组织芯片设计、制造、汽车电子模块产品等单位建立产业合作联盟，加快了产业化进程；与上汽信息投资等单位共同推动相关汽车电子软件和集成电路项目集群发展，取得理想效果。上海新能源行业协会围绕贯彻落实《上海推进新能源高新技术产业化行动方案》，动员和鼓励企业积极申报高质量、高技术的项目，下发了《新能源高新技术产业化项目调查表》，向市经济信息化委推荐上报了 TCO 玻璃镀膜线等产业化项目。上海生物医药行业协会鼓励企业申报市产业化项目、创新基金、专利新产品等，有 30 家会员企业的产业化项目分别在市科委、市发改委获准立项；协助政府制定了《上海生物医药产业发展行动计划（2009 年 –2012 年）》，提出了一些攻克制约瓶颈、加快产业发展的政策建议；支持生物医药产业基地招商引资，促成了复星医药产业基地、创新基地分别落户金山工业园区和张江高科技园区；与金山区和浦东新区分别签订战略合作协议，促成了张江生物医药基地与新先锋药业、金色药业与今鼎投资、中西药业与美凯默斯公司等合作项目。

——主动对接国家产业振兴规划。2009 年工信部等部委出台了十大产业调整与振兴规划。有关协会结合上海实际，组织对接落实。上海长三角非织造行业协会完成了工信部《关于中国产业用纺织品行业发展指导意见》前期规划研究中的 2 个专题研究报告，参与了市经济信息化委振兴上海产业用纺织品企业发展项目与建议的调研工作，与全国非织造科技信息中心联合召开了"2009 年化纤、非织造材料和相关行业振兴战略"研讨会。上海液压气动密封件行业协会按照《装备制造业调整和振兴规划》提出的"大幅度提高基础配套件和基础工艺"要求，在行业内宣讲全国行业协会《关于液压气动密封行业实施调整和振兴规划的意见》，将重要基础件细化到具体产品，着力扭转长期依赖进口的局面。上海轻工业协会围绕《本市贯彻〈轻工业调整和振兴规划〉〈纺织工业调整和振兴规划〉的实施方案》，调研并形成了《关于调整、振兴上海轻工业的建议》，上报市政府，引起了各级领导高度重视。上海钟表行业协会提出了以科学技术创新改造传统钟表制造业，发展时尚化钟表产业，使传统制造业向先进制造业发展、向现代服务业延伸发展的建议。上海有色金属行业协会编写了《上海有色金属产业调整振兴规划建议》，为市政府制定本市贯彻《钢铁产业调整和振兴规划》实施方案提供了重要依据。

——踊跃为产业发展调研献计。各协会围绕产业发展重点，加强调查研究。上海市经团联和相关行业协会共同完成了"十二五"规划前期研究的三大课题，形成了上海石化产业发展思路、目标、重点及对策，长三角产业和信息化合作发展对策，保持上海工业投资适度增长对策等研究成果。上海市经团联与上海仪器仪表行业协会联手调研，向市委、市政府和市经信委专报了《关于振兴发展上海仪器仪表行业的建议》；

2009年2月，中共中央政治局委员、上海市委书记俞正声专门批示，予以充分肯定。两个协会积极贯彻批示精神，多次召开企业负责人座谈会，共同研究政策和对策，配合市经济信息化委制定了《上海推进仪器仪表高新技术产业化工作方案》；与交通电子行业协会共同举办工博会"仪器仪表和自动化控制系统发展"论坛，工信部、上海市有关领导亲临并讲话。上海汽车行业协会完成了"上海专用汽车现状和发展研究"、"关于规范上海乘用车改装市场"课题研究；编辑出版了汽车行业专题发展报告。上海重型装备行业协会研究提出了《关于加快开发核电材料、振兴上海先进制造业的建议》《积极推进两个中心建设，发展上海先进制造业的建议》和《上海重型装备制造业"后危机时代"的应对措施和建议》。上海化工行业协会向市经济信息化委提供化工行业经济运行分析报告16篇，编制了《2008年上海市国民经济和社会发展报告》中《石油和化学工业篇白皮书》，出版了5万字刊物《2009年化工市场预测》，为200多家会员企业制定年度经营决策提供了参考依据。

（2）服务产业转型，推进生产性服务业发展

在上海加快向服务经济转型中，一批生产性服务业协会应运而生。它们紧贴企业需求，坚持市场化运作，正发挥着越来越大的推进作用。上海钢铁服务业协会系统调研上海钢铁服务业发展状况，编制了《上海钢铁服务业发展报告》，以翔实的数据、明晰的图表客观反映了上海钢铁服务业发展情况，成为全国首部行业性的生产性服务业发展报告。上海物流协会参与制定市经济信息化委《上海制造业与物流业联动发展意见》，组织专题调研，提出了制造业与物流业联动发展的具体方向和操作路径，形成了《关于上海物流业发展的建议》。上海工业设计协会会同上海设计学院，完成"上海加快设计产业发展研究"课题，为上海向联合国申报创建"创意城市——设计之都"提供了翔实依据。上海室内装饰行业协会成功主办了"2009国际创意产业活动周设计论坛"，吸引了美国、法国、西班牙、日本等国以及我国香港、台湾地区等地的一批企业家和专家与上海设计师共聚一堂。

（3）服务产业升级，推进行业性结构调整

2009年是上海产业结构调整工作全面推进、持续攻坚的第三年。按照市委、市政府的总体部署，有关行业协会积极配合市经济信息化委推进产业结构调整工作。上海印染行业协会对行业各类生产企业，包括棉印染、针织印染、纱线印染、服装印花、服装水洗等企业进行专题调研论证，提出了一些行业性调整的政策建议。上海铸造协会对上海地区100多家锻造企业情况进行汇总整理、综合分析，制定了业内产业结构调整的总体思路和分批调整规划。

2. 发挥协会组织优势，引领行业"抱团取暖"

面对部分企业"外贸萎缩、内需不振、资金紧缺、投资乏力"的严峻局面，工业和信息化协会开展了"兴行业、促增长"主题活动，带领企业互助自救，为困难企业排忧解难，为全市经济"保增长"、企稳回升发挥了积极作用。

——加强信息交流，引导企业携手闯难关。不少协会通过企业沙龙、座谈会、交流会等形式，组织企业相互交流启发，相互帮助，共同"闯难关，促发展"。上海通信广播电视行业协会定期组织企业沙龙活动，搭建平台，沟通信息，了解诉求，及时向有关政府部门反映，争取政策支持。上海液压气动行业协会每季组织一次沙龙活动，突出企业主题交流（含技术交流、政策交流）和信息互动两大环节，密切了企业间的相互了解与沟通，增强了行业内部凝聚力。上海市物流协会年初发出《告会员书》，激励"调结构、促转型、上管理"，早日走出困境；召开座谈会，开展行业"大走访"活动，加强信息沟通，引导全行业"抱团取暖"，共渡时艰。上海市信息服务业行业协会召开政府、协会、企业三方代表座谈会、"应对金融危机"研讨会，共商应对措施，形成了全国同行业第一份针对金融危机的分析报告——《全球金融危机下的上海信息服务行业发展对策研究》，得到市委、市政府主要领导充分肯定。上海家具行业协会针对中小企业多、抗风险能力较弱等行业特点，发出了《加强上海家具行业合作，沉着应对金融危机》的呼吁书，激励企业迎难而上，及早实现经营企稳回升。上海市焊接协会组织企业定期交流应对金融危机的经验和做法，主动上门指导企业"应对危机保增长"。

——发挥政策效应，协助企业具体落实。2009年，市政府出台了一系列"保增长、扩内需、调结构"的政策措施。各协会充分发挥桥梁纽带作用，确保政策措施在企业具体落实。上海中小企业国际合作协会利用协会网站和简报等载体，及时宣传国家和上海市振兴经济的新政策，包括《国务院关于进一步促进中小企业发展的若干意见》等18个政策文件，指导企业用好政策，及早走出困境。上海汽车行业协会组织专家研究并提出《全球金融危机对车市的影响及对国内车市的政策建议》，与市中小企业服务中心共同研究加快落实支持中小会员企业发展的具体政策措施。上海电子商会面对行业出口大幅度下降的新情况，积极向政府部门反映，帮助解决了一些难题，如土地使用税和农民工社会保险金等问题，经市政府有关部门协调，决定暂缓征收。上海汽车销售行业协会在宝山举办"新车到社区，服务到家门"活动，宣传落实"汽车下乡"、"以旧换新"等政策，协助汽车制造企业扩大销售。上海家用电器行业协会参与"家电下乡"活动，积极推荐企业产品，促成了苏宁、水仙、双鹿、索伊、双菱、尊贵、中日、奔腾、新科、奥克斯等企业和品牌在上海地区中标。漕河泾开发区协会在徐汇区政府一项总额度为3000万元的困难企业扶助政策出台的第一时间，与开发区创业中心联手，上报了两批、11 家企业名单，共获得扶助资金 310 万元。

——搭建服务平台，支持企业振兴发展。上海工业和信息化协会着力构筑"三大服务平台"：一是市场服务平台。上海电力行业协会发起并举办了"上海市电力设备供需对接会"，组织电网、发电和电力设备制造的 10 余家企业交流对接，签订了一系列电力设备采购合同及电厂改造工程项目合作意向书。上海电子元件行业协会组织近 10 家元器件企业到外省市企业召开产品供需现场交流会；与仪器仪表行业协会组织相关企业召开市场需求衔接研讨会。上海室内装饰行业协会举办了"2009 中国国际家具上海室内装饰设计论坛"，与上海家具协会联合召开"家居与室内设计'产业链'交流会"，促成了设计、施工、材料等"产业链"企业优势互补、共赢发展。上海广告设备器材供应商协会成功举办了"2009 上海广告印刷展"、"2009 广州国际广告展"，出版了《中国广告设备器材优秀供应商推荐名录》，为会员企业提供市场商机。二是金融服务平台。不少协会采取"一对一"、"一对几"等形式，组织银企洽谈合作，帮助企业解决"资金难"。上海担保行业协会探索建立以中小企业为主要服务对象，能有效分散、控制风险的中小企业信用担保体系，提出了《上海市建立再担保机构初步方案》，成立了上海市再担保公司，联手推进再担保业务。三是技术、信息公共服务平台。上海起重运输机械行业协会利用自身组织优势，办"政府顾不到，单个企业做不了"的实事，搭建了以行业研究院为主的业内专家及相关行业组成的上海起重运输机械行业技术、信息公共服务平台，为中小企业提供产品优化方案和设计服务，降低了企业研发成本。上海棉纺织行业协会组织行业企业总工程师和生产技术负责人联动活动，交流最新的标准、技术及应用成果，帮助企业提升整体技术水平。上海新沪商联谊会采用"请进来、走出去"的方式，组织会员单位广交朋友、博采信息，寻找投资发展的新商机。

3. 结合民间组织特点，推进节能减排工作

上海工业和信息化协会结合民间性、广泛性等特点，推进产业节能减排，形成了一些独具特色的载体和抓手，为上海形成"以政府为主导、企业为主体、全社会共同参与"的工作格局作出了重要贡献。

——开展群众性的 JJ 小组活动。2009 年 3 月，上海市发改委、市经济信息化委、市国资委、市建交委、市环保局、市总工会及市经团联等 7 个单位联合下发了《关于在本市有关重点领域试点开展节能减排改进小组活动的通知》，成立上海市节能减排改进小组（简称"JJ 小组"）活动指导委员会，加强总体协调、业务指导和政策支持。同时下设办公室，由市经团联牵头，具体推动。市经团联和行业协会层层宣传发动，组织先行试点。

本市重型装备、化工等13家行业协会组织29家企业试点，组建了111个JJ小组，培训约2000人次，完成93个节能课题和攻关项目，全年节约标煤约8万吨，取得经济效益2亿元。仅上海氯碱一家企业，2009年上半年就获得节水效益40万元，预计JJ小组确定的15个节能项目完成后可节约1500万元。

——从行业准入"源头"整治污染。依据政府授权，各协会对重污染企业抓市场准入管理，加大企业污染整治的力度。上海市电镀协会提高企业生产和环境的准入"门槛"，将《上海市电镀达标证》改为《上海电镀生产准入证》，会同区县、环保、卫生防疫、安全监督等政府部门，对85家企业发放了《上海电镀准入证》，对企业提出了380多条整改意见，督促企业自觉整治污染，树立良好的社会形象。

——开展节能减排专项调研。上海市资源综合利用协会向市委、市政府上报了《关于上海市脱硫石膏和粉煤灰有关情况反映及建议》。中共中央政治局委员、上海市委书记俞正声，常务副市长杨雄等领导高度重视，作重要批示。市政府办公厅转发了市发改委依据协会报告而出台的《上海市脱硫石膏综合利用和安全处置实施方案》，使脱离石膏综合利用有政策可依。上海市节能协会组织"当前实施合同能源管理的主要障碍和对策研究"、"上海市热电联产规划"、"上海市能源环保产业发展战略研究"、"节能减排技术创新体系与推广应用机制"等课题调研，提出了若干政策建议；会同相关协会对冶金、电力等行业重点用能产品开展能效对标试点工作，提出了建立十大行业、50个重点用能产品能效对标标杆体系，制定了行业能效"上标"（即先进水平）和"下标"（即平均水平）等标准。上海铝业协会对25家企业进行专项调研，形成了《上海市铝行业炉窑用能现状调查报告》，宣传新格、萨帕等企业的先进经验和成功案例，行业节约标煤明显高于全市节能技改考核奖励指标。上海橡胶工业同业协会为行业内最大用能单位——双钱载重轮胎公司编制《全钢子午载重轮胎产品能效日用手册》，指导和规范企业节能工作。

——组织专项宣传、研讨、推广活动。上海锅炉压力行业协会深入全市各区县，走访技术监督局和锅炉用户，宣传和推广先进节能技术。如在工业锅炉改造中推广变层分段给煤技术，新亚药业、桃浦热电等项目已获成功。上海印制电路行业协会举办了PCB无铅化应用技术研讨会，邀请国内外专家研讨，推动了PCB企业全面向无铅化发展转型。上海印制电路行业协会撰写了《全面推进中国印制电路产业环保治理与节能减排》研究报告，宣传和推广行业内节能减排先进企业的经验。上海市环境保护工业协会先后主(协)办了一系列环保论坛、研讨、交流活动，构建中外节能减排新技术的交流平台。上海室内环境净化协会与静安区环保局联合在静安公园开展环境日活动。上海家用电器行业协会与上海节能协会、苏宁电器等单位共同发起了"节能，让城市更美好"活动，鼓励消费者选购家用空调器时优先考虑节能产品。至 2009 年 10 月底，该活动使纳入上海享受补贴的节能空调器总销量达到 21.11 万台，占全市空调器销售总量 42.8%。

——倡导行业清洁生产。上海市绿色工业促进会与各区县、集团公司和行业协会联手，加大推进力度，使参与清洁生产审核企业大幅度增加，达到近 80 家。上海染料涂料行业协会组织专家宣讲清洁生产，向有关单位推荐专项先进技术，一些企业成为上海市清洁生产示范企业，获市经济信息化委、市环保局颁发的"绿色铭牌"。上海印制电路行业协会参与国家清洁生产和环保标准制定工作，如印制电路板制造业部分的《清洁生产标准》、《清洁生产水平评价标准》和《电子工业污染物排放标准》等。

4. 建立信息化平台，促进信息化与工业化融合

——建立信息服务平台。上海市信息安全行业协会与上海格尔软件股份有限公司、公安部三所等单位联合开发"统一信任网络运营平台"，完成了统一信任网络信用评价模型开发，并在"发现宝"网站上增设了网店评价和评分功能。上海广告设备器材供应商协会与上海现代国际展览有限公司推出了 www.apppexpo.com 广贸网，在电子商务平台采用全新的广告设备行业网络营销模式，目前注册商铺已达 1000 多家。

——建立信息管理公共服务平台。上海工业设计协会加快建设上海工业设计信息管理公共服务平台，完成了《设计信息管理公共服务平台建设方案》，为"两化融合"奠定了基础性保障。

——规范信息产业发展。上海市信息法律协会开展"3G 增值业务法律热点问题研究"，对手机支付、手机视频、移动搜索、知识产权等进行实务性研究；做好《上海市促进电子商务发展规定》的宣传贯彻工作；编辑出版《工业和信息化政策法规汇编》，加强国内外经济和信息化政策法律动态和本市专项政策法规的研究工作。上海信息家电协会制定了《家居智能系统互联互操作规范》，得到政府相关部门和业内专家好评；组织企业贯彻落实新标准，推进产业化工作，开发符合标准的产品，目前智能控制模块、可视对讲机、安防控制主机、智能卡控制主机等新产品进入调试阶段。

5. 调集行业力量，做好世博会筹办工作

为筹办一届"成功、精彩、难忘"的 2010 年上海世博会，各行业协会充分发挥新社会组织的功能和作用。

——推荐、审核世博特许商品。上海钟表行业协会组织上海牌手表、青雅时钟、新天始的陀螺式时差指南针等企业和产品，参加世博特许商品生产招标活动，并做好审定工作。上海玩具行业协会选派专家参与玩具类申报产品的审定工作，行业内有 3 家企业参与申报，其中上海西西利模型有限公司与科研单位合作研制的中国馆净化灯具，销售额约 1.5 亿元。钻石和宝玉石行业协会成立专家组，专业评审企业申报的世博特许产品，规范零售市场。上海市光电子行业协会举办世博 LED 示范项目及经典案例推介会，通过现场演示和经典案例解说，展示 LED 在世博和城市景观方面的应用成果及发展前景；与上海世博会联合企业馆业主方签订服务协议，组织专家参与展馆内外墙照明显示工程、LED 景观照明工程项目的评审和验收工作。

——组织企业服务"观世博"。上海中小企业国际合作协会通过协会网站和简报，为上海及全国中小企业"观世博"推出了最佳参观方案，协助会员单位订购世博门票逾千张。上海日用化学品等行业协会向兄弟省市同行业企业发出"来上海，看世博"邀请，认真做好前期接待准备工作。

——开展"窗口"行业文明行动。上海家具行业协会要求企业营销人员严格按照《上海市家具行业营销人员行为礼仪规范》中的"接待礼仪、服务礼仪、服务行为、服务用语"等要求，做好日常营销工作。上海汽车销售行业协会与汽车配件行业协会共同主办行业"迎世博，文明行车先锋"活动，开展"销售真牌真品，保护知识产权"承诺活动，倡导"迎世博、讲文明、树形象"。上海电子商务行业协会举行"迎世博，电子商务诚信倡议"仪式，近 50 家本市知名电子商务企业（网站）在企业诚信倡议板上留下企业标识，宣读诚信誓言，表达自律经营、诚实守信的决心。上海健康产业协会发起并主办了"迎世博——申城老人白内障复明活动"，2 个月间组委会接受电话报名近千人，累计完成白内障手术436 例，其中百岁老人 2 名。

——抓好行业"迎世博、保安全"工作。上海化工行业协会开展易制毒化学品、危化品安全管理人员培训，全年培训近 5000 人。上海信息安全协会与上海市网络与信息安全协调小组办公室共同主办 "2009 上海市信息安全技能竞赛"活动，编制了《上海市民信息安全手册》，在世博会开幕前 100 天正式推出，通过社区和银行、电信的网点发送；建立了上海市信息安全分类应急处置专家队伍和产品资源库，为世博会信息安全提供人员、技术、应急产品等资源保障。

6. 充实完善协会职能，进一步提升功能和作用

——参与行业标准制定和修订。上海市家电行业协会成立了标准领导小组，编写了《上海家用空调器清洗规范》和水家电专业的相关标准，《家用和类似用途水质软水器》等 4项标准通过复审进入试行期。上海信息系统质量技术协会组织业内有关专家寻找标准项目，有 4 项标准批准立项。上海气体工业协会参与并完成了《移动式压力容器安全技术监察规程》和《移动式压力容器充装许可规则》等全国行业标准制定，跻身国际低温标准和技术规范制定单位行列。上海信息服务业行业协会制定了《上海市网络游戏服务规范》，成为国内首部网络游戏行业的地方标准。上海交通电子行业协会编制了上海市地方标准《车载导航信息广播接收应用规范》，提升了在全国同行业中的标准话语权；与中国电子工业标准化技术协会筹建"中电标协汽车电子标准工作委员会"，在民政部注册，顺利落户上海。上海模具行业协会组织专家制定了《塑料模标准模架》和《塑料模标准模架附加机构》等标准。

——强化行业人才推荐、职称认定职能。一是参与上海市领军人才的选拔推荐工作。16家行业协会全年共推荐37位候选人。二是深化技术职称评审工作。为便于民营、外资和合资企业的技术人员职称评审，越来越多的行业协会介入这项工作。上海工艺美术行业协会经过组织培训、专家研讨、资格审查、预先公示、组建评审委、实施评审和公证等合法程序，评出了30名上海市工艺美术大师。上海模具行业协会、新能源行业协会等开展业内技术职称资格认证工作，得到企业认可，社会影响力不断提高。上海电子商会、室内环境净化协会、起重运输行业协会分别成立上海市职称服务中心协会工作站，负责初中级职称评定工作的宣传、申报、材料汇总、审查和组织培训等工作。上海工具行业协会与34家行业协会共同起草了《关于进一步开展行业技术职称评审工作的提案》，递交给市政府有关部门，反映会员单位诉求。三是搭建竞技舞台。上海锅炉压力容器行业协会与北京机械工业职业技能鉴定中心协办"李斌杯"全国首届锅炉（承压）设备焊工职业技能竞赛，交流推广先进操作技能，构筑高技能人才成长的"绿色通道"。中药行业协会、印刷行业协会等坚持每年组织职工技能竞赛，提供行业性的技能切磋、交流、比武、取经的舞台。四是加强技能培训。上海焊接协会在保证培训质量的前提下，焊接技术培训人数超上年，创历史新高。上海中药协会致力于培育技术技能型、知识技能型和复合技能型人才，改造和扩充培训场地，增加学习场地，增配先进教学设备。上海润滑油行业协会开展油品分析化验和润滑质量工程师培训，不仅在本地办班，还按需将培训班开办到外地。上海机电设备招投标协会取得了全国招标师职业水平考试辅导培训机构资格，成为全国首批推荐的45家辅导培训机构之一。上海市信息化培训协会分别在上海、万州和宜昌等地举办"2009年度西部地区信息管理技术人员培训"，新疆、西藏、云南、重庆万州、湖北宜昌和四川都江堰市等地141名学员参加。

——形成行业统计分析机制。获市统计局授权开展行业统计的行业协会达到18家，行业统计质量水平不断提高。一些行业协会将行业统计从产供销扩大到专项调查，从数据收集扩大到统计分析。上海室内环境净化协会借助行业统计资料，完成了《化学过滤器调查报告及投资效益分析》、《公共场所禁烟问卷调查报告》等。上海电子商务协会优化统计办法，扩大统计数据样本采集面，初步构建了以年度统计样本数据为主的基础数据库，建立了半年报统计分析制度，形成了年报统计数据的分析机制。

——高效率开展企业资质评审工作。2009 年 7 月，市经济信息化委授权上海信息服务业协会设立信息系统工程监理认证机构，负责本市行政区域内丙级信息系统工程监理资质的评审工作，成为上海唯一的该类评审机构。上海设备管理协会全年完成 27 家维修企业资质初审、175 家企业年审和 145 家企业复审换证工作。上海物流协会做好国家标准 A 级物流企业的评审和复评工作，共完成 14 家新申报企业的现场评审、8 家 A 级物流企业复审。至 2009 年末，上海地区 A 级物流企业达到 74 家，其中 5A、4A 级大型物流企业 41 家，占全国总量 55.4%。

7. 加强诚信体系建设，规范行业和企业行为

——建立行业诚信建设体系。仪器仪表行业协会、上海自行车行业协会、室内环境净化协会等成立了行业诚信企业创建办公室，对业内企业进行诚信评估，评选出一批行业诚信企业。上海市诚信创建活动组委会办公室下达了《关于开展上海市社会诚信体系建设专项资金（第三批试点）申报的通知》，一些行业协会及时贯彻，做好组织推荐工作。

——建立企业信用管理服务信息系统。市经团联利用信息化技术，依托互联网，建成了上海市工业经济联合会信用管理服务系统，为行业协会和企业加强信用管理服务，形成以行业为特征的"守信受益、失信惩戒"机制，提供了服务平台。

——规范行业经营管理行为。为改变机电产品国内招标文本不规范现状，上海机电设备招投标协会组织专家成立了《招标文件范本》编写组，形成了全国第一个《机电产品国内招标文件范本（试用本）》。上海中药行业协会依照《定制膏方加工管理办法》，对50 多家提出申请单位逐家开展检查和评定，在重要媒体上公告"定制膏方达标单位"名单，对不符合要求单位限期整改、重新认定；同时，制定并实施了《上海中药饮片炮制规范》和《上海中药行业中药煎药管理办法（试行）》。上海乐器行业协会成立上海调律师俱乐部，制定调律师服务准则，统一维修服务价格，促进了维修市场健康有序发展。

——建立用户投诉举报中心。家电行业协会、内衣行业协会、信息服务业协会等行业协会建立了消费者投诉举报中心，监督和查处行业不规范行为。针对上海道路上外地牌照燃油助力车日趋增多情况，上海自行车行业协会向市政府递送了《关于要求禁止和取缔"燃油助力车"的紧急呼吁书》，开通协会投诉热线，公开工商局、质监局投诉热线电话，多方位接受举报和投诉，引起市领导高度重视，责成车管、工商等部门联合开展整治行动，既维护了上海企业合法权益，也维护了道路交通安全。

——开展规范市场秩序活动。市经团联与卢湾区政府等联合举办"质量和安全年"

暨"窗口服务日"宣传活动，组织了 33 家协会、100 多名专家和工作人员现场设摊，向市民传授产品质量和安全知识。不少协会参加市经济信息化委和市消保委组织的"3.15 消费者维权日"活动，宣讲《行规行约》，接受消费者投诉和咨询。

——开展行业质量调研。上海缝制机械行业协会、上海汽车行业协会、上海家电行业协会等编写《年度行业质量状况分析调查》。上海质量协会组织区县、行业质量协会开展上海地区企业质量管理现状调查工作，回收有效问卷 1500 份，覆盖全市所有区县和主要行业，形成了《上海企业质量管理现状调查报告》，得到了国家和市有关领导认可。

8. 大力培育名牌产品，推进行业实施品牌战略

2009 年，上海市质量技术监督管理局授权行业协会承担市名牌产品的部分初审工作。各行业协会在继续做好市名牌产品、著名商标以及行业名优产品推荐、评选的基础上，不断提升工作内涵。

——建立联合工作机构。上海市化工行业协会与化工质量、计量检测院共同成立质量与计量工作委员会，开展行业名牌产品申报审核工作，强化质量管理。

——制定行业品牌评价体系。上海电子商务协会在会员单位中开展电子商务企业品牌评价标准专项调研，研究评估影响品牌价值的关键要素指标和权重系数，提出了上海电子商务企业品牌评价指标体系标准及优秀企业品牌评审规范。

——研究振兴上海老品牌。上海轻工业协会协助市委研究室、市国资委对上海轻工行业 26 个中国驰名商标、34 个中国名牌产品、166 个上海著名商标和 262 个上海名牌产品进行系统研究，对 52 个著名品牌企业进行问卷调查，形成了《关于重组上海轻工老品牌的调查报告》。

9. 调集各类社会资源，服务企业自主创新

——建立产学研合作平台。上海硅酸盐工业协会与中国日用玻璃协会、东华大学材料学院共同组建"教育部先进玻璃制造技术工程研究中心"，推动最新的玻璃制造技术成果转化，为企业提供技术支撑。上海有色金属行业协会建立行业监测平台、实验基地。产权重组后的上海有色金属工业技术监测中心与上海鑫研稀贵金属材料有限公司以内部合作股份制形式，共建行业监测中心、松江检测实验基地。上海重型装备制造行业协会与上海第二工业大学签订了产学研合作协议，发挥各自优势，扩大信息和项目的交流合作，拓宽合作领域和渠道。

——活跃日常技术服务。不少协会发挥技术专家作用，通过协会科技委员会、技术委员会和专家委员会，参与企业产品鉴定、项目验收、企业规划和标准制定等科技咨询

服务工作，不定期组织企业科技研讨会，加强行业科技交流。

——推广新产品、新技术。上海照明电器行业协会组织推介新一代 LED 照明产品和技术，邀请专家介绍国内外固态照明和 LED 从信号显示转向向功能照明等新技术成果，及其应用领域和发展趋势。上海印制电路行业协会制定行业科技成果转化及产业化的政策引导类计划，组织推荐行业的上海市重点新产品计划项目。

——加强知识产权服务。上海生物医药行业协会全年协助行业企业申报专利 447 项；抓住行业举办会展契机，集中受理行业知识产权侵权纠纷案 6 件，部分当场解决。上海硅酸盐工业协会组织专家走访会员企业，实地了解产品更新、技术改进情况，协助行业企业申报专利 20 项，10 多项已获授权。

10. 拓展国际交往渠道，加快行业发展国际化

——密切国际交流合作。上海信息服务业行业协会成功举办了游戏开发者大会，既为企业提供了大量游戏软件外包项目等国际合作商机，也为国内企业提供了与国外同行"零距离"交流洽谈的机遇。上海服装行业协会加强与意大利、法国等相关商会和驻沪领事馆商务处的联系，扩大服装服饰文化、商机、人才等信息交流，已与法国第一视觉展览公司、国际品牌授权业协会（LIMA 利玛）中国代表机构、香港贸易发展局、香港中华工商业协会、意大利 IED 设计学院等建立了战略合作关系。上海中小企业国际合作协会主办国际性生物医药产业、信息产业、装备制造业产业、创意产业、新能源等交流活动 16 次，包括大型论坛、展览和研讨会等，吸引众多的中外企业家、专家和学者相聚上海，分享行业成功经验，提供最新发展资讯，拓宽了企业对外交往的渠道。

—— 参与出口基地建设。上海汽车行业协会配合嘉定区安亭镇的上海出口基地建设，组织专家实地考察，主动献计献策；举办有 70 多家企业参加的上海跨国采购中心安亭分中心商贸洽谈会，组织外商经贸交流和各类商务考察活动。

——设立协会国外"窗口"。上海新能源协会国际化发展不断推出新举措：在美国注册成立了亚太新能源行业协会，在新加坡注册成立了亚洲光伏产业协会；在美国硅谷购置办公室，拟建集中仓储式发货中心、培训中心；准备与纽约州首家科技园建立合作关系。

——协助解决国际贸易争端。上海市纸业行业协会建立了行业进出口企业联络员网络和预警机制，联合山东、江苏、浙江等地造纸协会向政府部门呼吁，坚决支持金东纸业、晨鸣纸业等企业申请继续实施反倾销。2009 年欧美国家对中国钢管产品先后 6 次进行"双反"诉讼，行业出口受到严重影响。作为商务部公平贸易基层工作点的上海钢管行业协会，完成了"钢管行业扶持与反补贴问题"的研究，组织会员企业主动应诉、应对国际贸易摩擦，减少出口损失。

11. 参加各类公益活动，认真履行社会职能

上海工业和信息化协会不仅为上海经济发展作贡献，也积极参与各项社会公益活动，为社会稳定、和谐作贡献。

——提供大学生就业岗位。市工经联着力打造大学生协会见习基地，支持有条件的协会提供大学生见习岗位，与30家协会签订了见习协议。截至2009年11月底，有22家协会吸纳49名大学生见习锻炼。上海室内环境净化协会接纳4名大学生见习，年底全部转正，成为协会部门负责人，协会人员平均年龄下降至32岁。

——组织就业招聘活动。市经团联组织27个协会、119家会员企业，与杨浦区政府共同举办"行业协会大学生专场招聘会"，提供就业岗位385个、招聘1057人，3000多人应聘，有375人达成意向，多数为应届毕业生。上海市信息服务业行业协会组织行业开展"御寒流、暖人心、促就业"总动员活动，向企业征询招聘意向，共挖掘出行业岗位2000多个，主要服务于大学生就业。上海电子商会组织上海千洲实业公司等7家企业向大学生提供了29个专业、92个就业岗位。

——重视培育青少年人才。上海电子商务协会在松江大学城、复旦大学和虹口北外滩开业园区举办了"电子商务进校园"活动，组织近70家（次）会员单位参加，全市近20所知名高校、逾千名在校大学生踊跃参与；举办2009年上海"网上创业创意大赛"，培育和发现潜在的创新人才。

——参与协调劳动关系。上海企业联合会与上海劳动关系学会等联合发布了《关于积极发挥集体协商，促进经济平稳较快发展，维护社会和谐稳定的意见》《关于进一步加强劳动关系协调工作，促进劳动关系和谐稳定的意见》，促进企业与职工增进理解，和谐了劳动关系。2009年，各协会为148家企业提供了180多次咨询服务，主要涉及劳动合同、劳动法律、劳动争议仲裁与诉讼、履行社会责任等热点问题；引导企业和企业家运用法律手段，通过仲裁等途径，化解了500多起劳动纠纷，维护了企业、行业和社会稳定。上海市股份合作制企业协会全年接待了从政府部门转来的群众信访39批次、64人次，缓解了一些股份合作制企业的内部矛盾。上海钢铁服务业协会、上海汽车配件行业协会等成立行业仲裁中心，引进仲裁机制，推行规范劳动合同文本，为企业提供优质高效的法律服务，化解了一些矛盾。

此外，上海工业和信息化协会积极为社区建设服务，为贫困地区和灾区开展捐赠活动，全方位履行社会组织职能。

12. 加强协会党建工作，提高队伍能力素质

——开展学习实践活动，夯实党建工作基础。按照市委的统一部署以及市经济信息

化委工作党委的要求，市工经联党委及所属协会党组织分别参加开展了第二、第三批学习实践科学发展观教育活动，普遍开展了解放思想大讨论、主题实践活动，加强调查研究，广泛听取群众意见，联系实际查找问题，积极整改，基本达到了"党员干部受教育、科学发展上水平、人民群众得实惠"的目标，促进了协会"服务企业、规范行业、发展产业"的各项工作。

——发挥各级党组织作用，探索党建工作新路子。市工经联从协会特点出发，更加注重各级协会党组织的作用发挥和党员队伍的素质提高，切实加强协会的制度建设、党员干部的作风建设和文化建设。上海汽车行业协会加强党支部建设，坚持每月一次的政治学习制度，坚持每年一次的党员民主评议活动，坚持工作人员责任制考核，坚持"讲团结、讲政治、讲自律"。

——加强协会自身建设，聚焦"服务高效、功能完善、行为规范"。上海市计量协会倡导和发扬学习、服务、钻研、敬业、团结和奉献等"六种精神"，工作人员自觉做到服务企业"少讲困难，多想办法；少讲条件，多听要求；少讲原因，多想办法"。上海家用纺织品行业协会严格执行《上海市行业协会内部管理实施办法》，完善学习、会议、财务管理和党建工作等制度。各协会普遍重视会员发展工作，进一步扩大行业覆盖率。一些协会尤其是新兴行业领域的协会拓展服务领域，丰富服务手段和方法，赢得了政府和企业的认可，自身经济实力增强，青年人才增加，服务效率提高，发展势头看好。一些协会顺利完成了换届改选工作，新班子纷纷提出了新的发展思路和目标。

——举办建国 60 周年庆祝活动，温故知新添动力。市经团联召开所属单位"庆祝新中国成立 60 周年"座谈会，各协会负责人联系行业、协会和个人的经历，热情歌颂党、伟大祖国和改革开放。上海轻工业协会和上海轻工业工会联合会举办了"伴随共和国的彩虹——上海轻工 60 年风采展暨 2009 年上海'轻工杯'生活用品时尚创意设计大赛成果展"，集中展示新中国成立 60 年尤其是改革开放 30 年来上海轻工系统劳动模范、优秀品牌、知名企业的形象，引起参观者强烈共鸣。

（三）不足与差距

2009 年，尽管上海工业和信息化协会总体工作取得新进展，作用和地位进一步提升，但与国家以及市委、市政府的要求相比还有差距。

1. 一些协会发展的制约瓶颈亟须突破

一些协会"资金缺、来源少"，影响了服务功能的扩展和延伸；少数协会"薪酬少、待遇低"，存在人员流动性大、人才留不住等问题；有些协会由于受各种因素影响，部分职能难以完全落实；政府相关部门的政策支持力度有待于进一步加大（包括在财政税收、人员编制等）；协会的功能和作用亟须以立法方式确立。

2. 协会发展的内在动力有待于进一步增强

行业协会亟须进一步建立市场化的运作方法、机制，真正发挥治理结构的作用；亟须从完全依赖政府或挂靠单位转向靠内在动力和能力，实现自主发展。

3. 协会工作要进一步在深度和广度上提升

有些协会工作做了许多，但缺乏深度开发和挖掘的能力，服务"含金量"不高。在承接政府转移职能过程中，应注重自身新职能的开发和利用。如规范行业发展，既要加强正面引导，更要注重依法依规办事，形成一些有效的手段和方法；对把握本行业经济运行情况，既要全面、客观、准确地掌握面上总体情况，更要发挥行业统计的功能，加强综合分析、动态分析和热点分析，为行业和企业提供更加贴切的服务。

二、2010年上海工业及信息化协会工作重点

2010年，是完成国家和本市"十一五"规划的最后一年，是上海推进高新技术产业化、信息化与工业化融合，先进制造业与现代服务业融合发展，加快实现"四个率先"，建设"四个中心"和国际化大都市的重要一年，也是上海世博会的承办之年。在国际金融危机面临"两次探底"危险、经济发展不确定因素有可能增多的环境下，上海产业发展既面临严峻挑战，也面临重要机遇。上海工业和信息化协会将按照市委、市政府以及市经济信息化委对全年经济工作的总体部署，继续开拓创新，攻坚破难，不断变压力为动力，化挑战为机遇，坚持"两手抓"，一手抓行业全面完成"十一五"规划目标，一手抓长远的产业提升发展、高端发展和又好又快发展，进一步开创协会工作的新局面。

（一）指导思想

顺应加快发展现代服务业和提升发展先进制造业的新趋势，以上海举办世博会为契机，以"调结构、促转型、稳增长"为主线，以高新技术产业化、信息化与工业化融合为突破口，深化"政会分开"，聚焦"四个进一步"，即进一步围绕产业发展建言献策，当好政府参谋助手；进一步加强行业和企业服务工作，促进经济平稳较快增长；进一步引领行业和企业加快自主创新，增强上海产业核心竞争力；进一步加强协会党的建设和队伍建设，着力增强协会的"代表、服务、协调、自律"功能，为上海经济社会发展不断作出新贡献。

（二）主要任务

1. 提出"十二五"发展规划建议

各协会要以服务国家战略为方向，以发展转型为主线，以高新技术产业化为重点，以提高质量、效益为目标，立足"调整、聚焦、转变、提升、创新"，从本行业实际出发，深入分析行业发展现状、形势任务和制约瓶颈，及时向政府反映行业、企业的发展真情和需求，研究"十二五"发展的方向、目标、重点和对策，积极向政府建言献策，提出本行业"十二五"发展的规划建议，提高协会在规划编制上的话语权。

2. 推进工业和信息产业高端发展

（1）助推高新技术产业化

——开展专项调研。围绕九大重点领域，发挥相关协会的信息渠道优势，从实际出发，加强"三个对标"，即与国外同行业先进水平对标，与国内同行业先进水平对标，与兄弟省市和周边地区发展对标，形成有深度、针对性和可操作性的调研报告。

——关注重点项目。相关协会要切实推进"三个一批"，即选择和推荐一批行业重点申报项目；推进和跟踪一批行业重点实施项目；培育和储备一批后续重点项目。要深入重点企业，推进重点项目，跟踪进展情况，协调解决问题。

——推动政策落地。对高新技术产业化"1+4"的扶持政策，即《上海市自主创新和高新技术产业化资金管理办法》，新能源、新能源汽车、生物医药、软件和信息服务业4个领域专项政策，行业协会要加强宣传，协助政府推荐和审核需要政策支持的项目，跟踪政策落实和项目进展情况，确保政策及时落地。

——促成"产业链"对接。密切与相关协会间的信息互通，交流合作，主动牵线搭桥，促成"五个对接"，即与相关重点领域的专业化配套对接；与不同所有制企业的互补发展对接；与推动传统产业的转型升级对接；与金融、创意等产业的联动发展对接；与产学研的有关各方对接，营造高新技术产业集优、集约、集群发展的氛围。

（2）加快发展信息产业

——强化统计和调研工作。开展信息产业新领域的统计工作，及时分析现状，定期调查研究，掌握第一手资料，及时反映企业愿望，提出行业发展政策和对策建议。

——组织国际交流活动。协会要与国外知名企业联手，培育具有国际影响力的中国品牌，共同拓展国际市场。协会可通过举办产业高层论坛、讲座、研讨会等途径，邀请国内外专家参加，共同交流，密切交往，扩大合作；组织会员单位出境学习考察，开展国际交流合作，把握国际同行业最新发展趋势和信息，引进国际著名企业的先进机制和技术；鼓励企业参与国际采购、投资、并购，实现发展国际化。

——制定地方性行规。对信息产业的新兴领域，制定并实施地方性的行业标准和管理规范，加强日常的运营管理和监管。

——组建"两化"融合联盟。信息产业的协会要与汽车、船舶、装备等制造业重点领域的协会加强合作交流，探索在汽车电子、轨道交通电子等领域组建产业联盟，为制造企业度身定做信息化改造项目，促进"两化"融合。

——推进示范基地建设。有关协会要关注政府对电子商务等信息化产业园区的规划和政策导向，支持重点园区做好配套服务和行业引导工作，加大品牌园区的宣传力度，为园区企业提供资质认证、信用评估等专业化服务。

——支持重点领域发展。软件业协会要着力培育一批软件研发和制造的优势骨干企业。网络游戏业协会要推进自主研发，引导行业和企业开发出更多的具有民族特色、拥有自主产权的网络游戏。网络视听业协会要加快推动网络视听产业发展，使之成为继网络游戏后上海信息服务业的新支柱产业。数字出版业协会要制定相关管理办法，扶助数字出版业做大做强。电子商务业协会要推动面向行业、区域、中小企业的第三方电子商务平台发展，继续开展电子商务"进社区、进校园"等推广实践活动。金融信息服务业协会要推动金融领域的应用软件研发，加快构筑各类金融信息服务平台。航运信息服务业协会要加强相关网络信息平台建设，促进航运服务业发展。

（3）着力发展生产性服务业

——组织相关二、三产业协会互动。通过联合举办业务对接、项目合作、会展交流等活动，延伸发展相关的生产性服务业，形成一批新业态，拓展总集成、总承包、检验检测、融资租赁等新领域。在生产性服务业的新业态组建行业协会，引导生产性服务业实现"专业化、品牌化、规模化、集聚化、高端化"发展。

——加快发展创意产业。以上海加入联合国"创意城市网络"为契机，开展上海设计创意产业、时尚创意产业、科研创意产业等专题调研；联合相关科研院所、工业设计单位共同打造产业创意中心，着力培育一批新业态。

（4）提升发展轻纺产业

上海轻纺产业各协会要以实施品牌战略为主要抓手，支持传统的轻纺产业转型发展、提升能级，探索在上海形成若干集供应商、生产商、代理商、零售商于一体的著名大型轻纺核心集团和企业；发展一批适应市场需求、引领国内轻纺潮流的时尚产品，推出一批时尚舒适化、节能环保型的轻纺产品；推动一批轻纺生产企业向现代服务业转型。

（5）培育行业领军企业和人才

通过调查研究、对比分析、发掘培育等途径，行业协会要向政府、社会推荐和宣传一批国内行业中的领军企业和领军人才，培育和树立一批行业领军企业、著名企业家和科研领军人物。对在行业重大项目自主研发中业绩突出、贡献卓越的科研领军人才，要提供更宽广的用才舞台，加大激励力度。要培育和发现一批李斌式的行业技能领军人才，加强行业技能培训、技术比武等工作，着力营造有利于一大批著名企业、企业家和科技领军人才脱颖而出的氛围。

3. 引导企业走创新型发展之路

集聚国内外、社会和行业的各类创新资源，行业协会要为企业提供更多的创新服务：一要与科研院校、企业研发机构联手，建立行业技术开发公共服务平台；二要围绕高新技术产业化重点领域，联合相关协会和企业组成产业联盟，开发"产业链"上下游的新产品；三要通过职称评审、技能培训、技术比武等形式，为企业培育和集聚各类高素质的技术人才；四要继续加强技术咨询服务，推广应用行业的新产品、新技术和新工艺；五要加强国内外行业交流，通过会展、论坛、研讨会等渠道，"走出去，请进来"，为企业提供最新的行业技术发展资讯，推动行业创新和发展走国际化之路。

4. 推进节能减排与结构调整

要把节能降耗、环境保护作为协会一项重要的社会职能。

——节能减排，要完善群众性的 JJ 小组活动。继续以钢铁、汽车、船舶、化工、轻工、纺织、有色金属、装备制造、电子信息等行业为重点，进一步完善《上海市节能减排 JJ 小组活动管理办法（试行）》、《上海市节能减排 JJ 小组活动成果评审程序（试行）》，建立 JJ 小组活动案例库、行业专家库和网络平台，形成社会组织推进节能减排的工作新机制。在总结首批试点单位经验和成果的基础上，树立、表彰和宣传一批先进典型和节能标兵，大力扶持和发展有利于节能减排的新产品、新材料和新能源，提升产业发展内涵。

——结构调整，要继续淘汰行业落后产能。协会要协助政府继续淘汰"高能耗、高污染、高危险、低效益"企业和落后产能、工艺，重点加快化工、印染、水泥及热加工等行业性调整，帮助有关企业实施转产、转型和转移。相关行业协会要从维护长远利益出发，形成行业性调整方案，努力实现从企业单体调整向行业整体调整转型。

5. 组织"参与、服务、奉献"世博

2010 年上海世博会是举国盛事、全球盛会，为上海产业发展提供了大好机遇。行业协会要主动参与世博、真诚奉献世博，带领行业和企业做好"参与、服务、奉献"世博会的各项工作。有条件的协会要向世博会展示行业的著名企业和品牌，彰显上海产业发

展的新形象。要放大世博会推动产业发展的辐射效应，做好兄弟省市行业协会和企业的接待服务工作，择机组织国内外同行业合作交流、招商引资和发展对接等活动。

6. 优化企业服务工作

——聚焦非公和中小企业发展。围绕非公和中小企业"增活力、促发展"，继续加大服务和支持力度，做到"三个关注"，即对非公和中小企业，关注"调结构、促转型、转方式"，关注"改善发展环境、缓解融资困难、创新企业发展、完善扶持体系"，关注扶持政策及时落地；继续支持非公和中小企业发展新兴产业，如互联网、智能电网、物联网以及信息化与工业化融合催生的新业态等；鼓励、支持非公和中小企业参与国企开放性、市场化重组；推动高等院校和科研院所的科技成果在非公和中小企业中转化为现实的生产力。

——提高行业信息化服务质量。扩大信息系统的应用范围，增强协会信息服务的系统功能，主动向企业提供最新的技术、市场、形势、政策、标准和管理等行业动态信息。

——加快品牌建设和管理创新。各协会要继续做好企业品牌的培育、推荐、宣传、推广工作，努力培育和树立一批行业著名品牌。要通过组织推荐、咨询服务等工作，帮助企业全面提升管理、技术、文化、产品水平。继续开展企业管理现代化创新成果评审工作，逐步向生产性服务业和民营企业等领域延伸。

——普及经济仲裁服务。以经济纠纷仲裁为主要方式，向企业宣传、推广，形成行业仲裁服务的工作机制和流程，为企业解决经济纠纷提供更加快捷、便利、公正的服务。

——扶助困难企业企稳回升。用好各级政府的扶持政策，指导困难企业引入民间投资、拓展内需市场、优化出口结构，激发困难企业走出困境的内生动力。

7. 强化协会党的建设和能力素质建设

各协会要按照"四个进一步"的工作指导思想，加强党的建设和自身能力素质建设，切实提高服务能力、协调能力、承接职能能力、自律管理能力、辐射能力和自养能力。

——不断加强和改进党建工作。贯彻党的十七届四中全会精神，探索行业协会党建工作的新路子，找准新形势下的新抓手，强化党内民主建设和党员干部廉政建设，进一步提高基层行业协会党组织的工作能力、服务能力和促进发展能力。

——不断丰富、完善协会职能。对现有的行业统计、技术职称评定、会展、标准制定、市场准入等职能，要在总结的基础上，进一步深化落实，提升内涵。同时，要结合"政会分开"，提高行业协会对政府部分职能转移的承接能力，建立充分体现公信力的运作机制。

——不断推进内部管理规范化。协会要建立、健全和完善各项内部管理制度：一是完善协会工作人员岗位责任制。强化制度化的考核与激励，形成激发全员积极性、创造性的内部动力机制。二是调整充实秘书处机构。提高协会工作人员职业化比例，提高秘书处的工作效率和效果。三是制定并实施职业道德准则。加强协会的公信力建设，提高协会和工作人员的综合能力和素质。四是探索建立行业协会规范化建设的评估标准和评估机制。开展协会规范化建设的改进、提高与评估工作。五是严格协会的资金预算、使用和分配制度。把有限的资金用到服务行业和企业最需要的地方，同时要形成稳定的协会活动经费来源渠道，多数协会要力争"自养自足"。

——不断扩大对长三角的辐射力。争取 2010 年有 1~2 家行业协会突破地区界限，建立长三角行业协会。各行业协会要继续加强与长三角同行业协会和企业的联系，面向长三角地区发展会员单位，加大为长三角地区企业服务的力度，密切与长三角地区兄弟行业协会经济的合作交流，引领长三角地区行业和企业联动发展、共赢发展。

第二部分

部分协会年度发展报告

上海市工业经济联合会
（上海市经济团体联合会）

一、2009 年工作主要成效

1. 针对经济发展中的热点、难点，及时反映行业和企业诉求

针对加快产业结构转型升级，二、三产业的融合发展、共同发展以及国际金融危机对上海实体经济的影响等情况，蒋以任会长带领秘书处同志深入调查研究，把行业和企业面临的新情况、新问题及相关诉求、建议，以"专报"形式向市委、市政府和有关部门反映。2009 年，市工经联先后报送了《关于加快振兴发展上海仪器仪表行业的建议》、《市高速公路电子收费系统建设缓慢加速推进刻不容缓》、《本市可再生耗材进口之路为何受阻》、《关于将发展新能源非公路运输车辆列入上海新能源汽车项目的建议》等 6 份"专报"，得到市委、市政府领导的高度重视。中共中央政治局委员、上海市委书记俞正声等领导多次在"专报"上作重要批示。

上海仪器仪表行业曾是我国仪器仪表工业三大基地之一，在全国同行业中处领先地位，但从 20 世纪 90 年代以来，产业逐年萎缩，占全国的比重从 40% 下降为不到 8%。市工经联同仪器仪表行业协会通过认真调研，分析该行业存在的问题，提出《关于振兴上海仪器仪表行业的建议》。俞正声同志专门批示，指出市工经联的"意见是对的"，"应根据新形势确定主攻方向和战略重点，如将航空航天、核电装备、汽车电子等方面的配套仪器仪表等高端产品取得突破，带动一般"。为此，市工经联又同市经信委联合召开专题座谈会，研讨仪器仪表行业发展的战略重点和主攻方向，提出扎实的组织和政策措施建议，并再次撰写"专报"，俞正声同志又就措施落实问题作了批示。领导的批示和关心，

推动了市工经联和行业协会服务企业的工作。

2. 参与"十二五"规划研究，推进上海经济平稳较快发展

"十二五"是上海加快推进"四个率先"、建设"四个中心"的关键时期。对"十二五"规划前期重大问题的研究，对编制和实施第十二个五年计划，促进上海工业经济平稳较快发展具有重大意义。受市经信委委托，市经团联承担了"上海石化产业发展的思路、目标、重点及对策研究"、"长三角产业和信息化合作发展的对策研究"和"保持上海工业投资适度增长的对策研究" 3 个研究课题调研。经市经团联和相关协会共同努力，这些课题的调查研究均已通过评审。

3. 开展行业协会"兴行业、促增长"主题活动

"兴行业、促增长"主题活动主要突出五个方面的内容：一是组织行业协会及时反映行业发展动态，为在困难形势下振兴行业献计献策；二是发挥行业协会专业优势，组织专家开展为企业摆脱困境的咨询服务；三是推进政策落地，帮助企业取得有关政策的支持；四是通过行业协会帮助中小企业解决资金问题和开展人才培训；五是由行业协会帮助企业推介新产品、名优产品，为企业拓展国内外市场。

在主题活动中，各行业协会把企业的发展需要作为自己的工作目标：外贸协会围绕国务院关于外贸企业的政策，提出了 24 条建议，帮助企业协调解决外汇核销、海关通关、出口退税等 130 多个问题；室内环境净化协会举办中国清洁博览会暨国际室内环境技术与产品展览会，吸引海外厂商 146 家参展；中药协会举办名企名药名店网上博览会，为企业牵线搭桥；通信制造协会积极为企业争取政府对项目资金的支持和国内外的投资；豆制品协会帮助一家企业调整产品结构，使产品销售量明显提高；信息家电协会与政府有关部门协调沟通，为企业免去关税 1000 多万元。

市经团联根据各行业协会的典型事例，汇编了《兴行业、促增长——上海行业协会应对金融危机典型集》。

4. 积极推进节能减排 JJ 小组活动

根据《本市 2009 年节能减排重点工作安排》总体要求，市经团联积极发挥行业协会的作用，发动企业员工广泛参与，形成群众性节能减排氛围，推进上海市节能减排 JJ 小组活动。

（1）领导肯定，整合推进。2009 年 1 月 6 日韩正市长应邀出席经团联第十四次主席团会议，他非常赞赏市经团联倡导的 JJ 小组活动，认为市经团联"抓住了一个敏感问题、关键问题、难点问题"。3 月 4 日，由市发改委、市经信委、市国资委、市建交委、市环保局、市总工会及市经团联等七个单位联合下发《关于在本市有关重点领域试点开展节能减排改进小组活动的通知》，并组成"上海市 JJ 小组活动指导委员会"，在市经团联下设办公室，专事推动开展 JJ 小组活动。

（2）选择试点，循序推进。3 月，选定 13 家协会、27 家企业成为首批试点单位，共申报 105 个 JJ 小组，721 人参与。目前，试点小组均已确定节能减排课题。JJ 小组指委会办公室不定期组织专家到现场指导，及时组织交流学习，推进 JJ 小组活动开展。

（3）编写教材，加强培训。为对 JJ 小组骨干队伍，包括企业领导、管理人员、技术人员、班组长等进行专门培训， JJ 小组指委会办公室组织编撰了第一本培训教材——《节能减排 JJ 小组活动通读本》。1 月 6 日，蒋以任会长作专题培训辅导报告；3 月 31 日 -4 月 1 日，组织首批试点单位领导进行专题培训；6-7 月，先后两次举办试点单位骨干人员专题培训，约培训 500 人次。

（4）举办论坛，营造氛围。7 月 30 日举办"节能减排创新论坛"，进一步提升试点企业领导及骨干创新意识、学习创新方法。

5．推进品牌建设，推广企业管理现代化创新成果

（1）开展装备制造业与高新技术产业自主创新品牌评选工作

2009 年市经团联继续开展"上海市装备制造业和高新技术产业自主创新品牌评选"工作。经企业自愿申报与区县经委、集团公司、行业协会推荐以及专家初评和评审委员会评审，产生 39 个"自主创新品牌"，并刊登在《解放日报》上。

（2）开展企业管理现代化创新成果评审

在市发改委、市经委、市国资委的指导下，市经团联承办了 2009 年上海市企业管理现代化创新成果评审工作，从各行业领域申报的 140 项管理成果中，审定 133 项成果为"2009 年上海市企业管理现代化创新成果"，其中一等奖 13 项、二等奖 66 项、三等奖 54 项。

6．围绕促进产业发展，提供特色服务

（1）加强政府与会员企业的沟通

2009 年，市经团联先后组织召开会议，分别邀请韩正、杨雄、屠光绍、艾宝俊、唐登杰等市领导到会作经济形势报告，使各行业协会和会员企业中了解市政府对经济工作的部署和要求，增强应对危机、实现经济平稳较快增长的信心。

（2）举办各类促进产业发展论坛

4 月，与市知识产权服务中心、杨浦区科委等联合主办"金融危机与企业知识产权论坛"；11 月分别承办"2009 上海国际设计创新高峰论坛"和"仪器仪表和自动化控制系统发展论坛"；每两个月举办一次"市经团联讲坛"，请政府部门领导和各方面专家，为企业提供各类信息和知识。

（3）搭建各种服务平台

根据行业和企业的需要，先后建立了企业经济纠纷仲裁、知识产权、产学研、信息和民间经济合作交流等服务平台。通过这些平台，为行业和企业提供快捷、便利、公正、优质的服务。

（4）履行社会责任，为国分忧、为民解难

——协助企业吸收紧缺人才。5月，发动27个行业协会与杨浦区政府共同举办"行业协会大学生专场招聘会"。119家会员企业提供385个就业岗位，有3000多名大学生进场应聘，375人达成意向。

——建立见习基地。市工经联党委与市劳动就业中心协商，积极筹办"大学生实习基地"。6月10日市工经联与30家行业协会签订见习协议。截至11月底，已安排49名大学生到22家协会见习。

——举办质量月活动。9月份，市经团联与卢湾区政府等联合举办"质量和安全年"暨"窗口服务日"活动，有33家行业协会、100多名专业人员现场设摊，向市民传授产品质量和安全知识。

（5）加强诚信体系建设，建成信用管理服务系统

2009年建成"上海市工业经济联合会信用管理服务系统"。通过这个平台，为行业协会和企业开展信用管理和服务，形成以行业为特征的守信受益、失信惩戒的机制，提高相关企业和行业诚信意识。

7. 坚持改革创新，加强自身建设和功能建设

（1）推进第三次行业协会发挥作用功能试点工作

在市经信委领导和支持下，市工经联坚持不懈地推进行业协会职能的落实。目前，第三次行业协会发挥作用功能试点工作已基本完成，并通过试点有效地推动了行业协会的自身建设和职能落实、规范发展，为探索按市场化的原则、建立行业自律管理提供了宝贵经验。

（2）开展行业统计工作

收集、汇总、整理由29家行业协会、200多家企业提供的110多个产品的产、销、存统计报表。在行业统计调研的基础上，开展对统计数据的分析研究，形成行业统计分析报告。每季度定期召开行业统计例会，发布相关统计信息，先后组织两次有100多人次参加的统计业务培训。

（3）成立市经团联十个工作委员会

为拓展服务功能,市经团联成立了"学术与技术创新推进"、"经济仲裁协调工作"、"品

牌战略推进"、"产业发展"、"教育培训"、"信息工作"、"企业文化推进"、"对外交流合作"、"中小企业服务和协会发展指导"等十个工作委员会。

（4）编写《上海市经济团体联合会年鉴（2009）》

《年鉴》记载了2008年市经团联及广大行业协会在协会发展、经济运行、节能减排、技术进步等方面开展工作的重大事件、重要情况，有300多家协会和企业会员参与了编写。

8. 探索创新，推进行业协会党建工作

（1）深入开展学习实践科学发展观活动

市工经联党委及所属各行业协会党组织按要求，分别参加了第二和第三批学习实践活动。

——第二批学习实践活动。市工经联党委及所属60个行业协会党组织参加学习实践活动，涉及73个行业协会、214名党员。在市经济和信息化工作党委的领导下，历时4个多月，完成各环节的各项任务。在广泛听取群众意见基础上，党委召开专题民主生活会，各协会党支部召开专题组织生活会，查找问题21个，提出4个方面21项整改措施，并落实责任部门及责任人。经群众评议，认为很好的占96%，认为较好的占4%，基本达到预期目标。

——第三批学习实践活动。市工经联党委所属17家信息化系统行业协会党员参加学习实践活动，涉及1个党委、17个行业协会党支部、29个非公经济组织党支部，共729名党员。这些党组织存在情况差异较大、党员数量多、年轻党员多、党员流动性大等明显特点。目前，学习实践活动已进入分析检查阶段，预期于2010年1月底完成各个阶段任务。

（2）信息化行业协会党组织划转归口管理工作

根据市经济和信息化工作党委安排，市信息化行业协会党委所属上海市信息服务业行业协会党委、上海市集成电路行业协会党支部等17家党组织（党员726人）划转市工经联党委归口管理。

（3）加强"两新"组织党建工作

目前，由市工经联党委隶属管理的行业协会党组织共86个，其中直属管理的党组织79个，双重管理的7个；党员总人数达1104名，其中转入正式关系的党员945名。

市工经联党委根据行业协会的特点，重点抓好协会党组织作用的发挥和党员队伍的素质提高，主要工作如下：

——加强组织建设。结合学习实践活动，理顺党组织关系，新建联合党支部1个，2

个协会的党支部撤销或合并，调整充实的党支部 1 个。认真做好新党员的发展工作，已发展 6 名新党员。

——加强制度建设。在调查研究和充分听取意见的基础上，制定和健全《市工经联所属党支部（总支）书记工作职责》、《行业协会党建工作实施意见》、《关于加强精神文明建设指导意见》等有关制度。

——加强作风建设。通过以座谈、走访和谈心等形式，就有关协会存在的问题直接听取意见建议；在广泛征求意见的基础上，召开专题民主生活会，查找领导班子和个人存在的突出问题，深刻剖析原因，明确今后方向，从而形成团结合作、心齐气顺的工作氛围；开展群众评议活动，征求群众对党委检查报告的意见；修订、完善《加强廉政建设责任书》。

9. 积极推进行业协会文化建设

2009 年 5 月，在上海大剧院画廊主办"春申之魅"书法摄影展，来自 60 家协会与企业报选送的 180 幅书法、摄影作品入围本次展览。

二、2010 年工作要点

1. 以科学发展观，推进上海产业的可持续发展

（1）做好制定和推进"上海工业行业和生产性服务业十二五发展规划建议"的工作

要组织动员行业协会按照上海产业发展的方针目标，对接国务院的产业振兴规划，从适应国际产业、技术发展趋势的高度提出行业十二五的发展规划建议。此项工作 2009 年 10 月启动，2010 年 4 月完成。

（2）针对上海产业发展中的重点、难点及苗头性、倾向性问题开展调查研究。调研重点：

——民航、平板显示、海洋工程配套装备、核电、轨道交通、新能源、生物医药、新能源汽车等高新技术产业化九大领域的发展状况；

——上海二、三产业融合发展、共同发展；

——钢铁、汽车、有色金属、建材、新能源等制造业的产能过剩；

——若干国有大企业发展战略的调查和推进。

（3）举办季度行业产业发展分析会

每季组织若干行业协会及政府经济管理、统计部门及经济研究领导参加的行业发展分析会，对重点行业发展的动态进行分析研究。

（4）组织参与推进产业发展工作

一是以推进高新技术产业化为抓手，积极发展先进制造业；

二是以生产性服务业为重点，推进现代服务业的发展；

三是帮助企业克服金融风暴后期影响，稳定经济企稳回升基础。

（5）举办好产业经济发展的论坛

重点办好两个论坛：一是浦江经济论坛，逐渐做成品牌；二是中国国际工业博览会论坛。通过论坛的举办，扩大市经团联的影响。

（6）继续推进品牌建设和企业管理创新工作

品牌评审要总结出亮点，向全市宣传推广；组织创新成果获奖企业进行交流和考察；预先发现企业管理创新成果，组织专家进行调研、咨询服务和总结提高；把评审工作向现代服务业和民营企业领域延伸。

2. 以开展 JJ 小组活动为特色，推进节能减排工作

继续推进群众性的节能减排 JJ 小组活动，在试点的基础上，形成推进群众性的节能减排机制，在更广泛的行业中推行发展；通过各行业协会大力发展节能产品、节能材料，发展环境友好型和可再生能源；加强行业自律，把环境保护作为企业承担社会责任的自觉行为。

3. 进一步发挥枢纽式管理作用，推进行业协会规范发展

（1）分析行业协会的新情况、新特点、新问题和对市经团联的新要求，提出分类指导、个性化服务，推动行业协会发展的计划。

（2）针对行业协会亟须解决的普遍性问题，有重点地帮助解决。

（3）开展对行业协会自我管理体制和机制的调查，总结典型，为实施政会分开积累经验。

（4）建立市经团联与行业协会互动合作的机制，在服务企业、规范行业、发展产业中共同开展活动。

4. 进一步加强为企业服务工作

（1）举办适应企业和行业协会需要的讲坛。

（2）组织好主席团主席、企业和协会领导的各种会议和活动。

（3）与知名大学、学院合作，开展为企业高级人才的培训工作。

（4）扩大对外开放，加强与国内外的经济合作交流。

（5）开展企业诚信体系建设。进一步修订、完善行规行约，建立实施保证机制，推动企业履行社会责任。

5. 加强自身建设，提高市经团联工作的质量和水平

（1）继续加强秘书处体制、机制建设，加强驻会领导的力量。

（2）加强队伍建设，培养一批有思想、有干劲、有能力的年轻人。

（3）加强职能建设。争取在展览、组织出国考察、职称评定、标准制定等方面职能建设上有所建树。

（4）开展工作保障机制建设。通过成立咨询服务公司等途径，形成市经团联工作的长效机制及人员收入的稳定增长。

（5）进一步推进党建工作。结合行业协会新特点，确立党建工作的新抓手。重点提高行业协会基层党组织工作、服务和促进发展的能力。针对不同行业协会特点，分类指导，有序推进。

上海市企业联合会(上海市企业家协会)

一、2009年工作主要成效

1. 当好企业组织代表,做好三方协调机制工作

(1)参与劳动关系三方联席会议的工作。市企业联合会与市人力资源和社会保障局、市总工会一起,确定完善三方《办公室会议纪要》和《动态》编发制度,并将创建劳动关系和谐企业、和谐园区,劳动争议调解机制建设和规范集体合同制度作为全年工作重点。

(2)发挥集体协商机制作用,维护社会和谐稳定。上海劳动关系三方联合发布了《关于积极发挥集体协商,促进经济平稳较快发展,维护社会和谐稳定的意见》以及《关于进一步加强劳动关系协调工作,促进劳动关系和谐稳定的意见》,努力促进企业和职工增进理解,和谐合作,风雨同舟,共渡难关。

2009年内,市企联与市人力资源和社会保障局、市总工会评出50家"上海市工资集体协商工作示范单位"和38家"和谐劳动关系创建活动示范单位",维护了劳资双方的合法权益和上海地区的和谐稳定。组织举办大型现场咨询会,邀请300多位政府相关部门领导和专家到场提供咨询服务,就企业提出的多方面问题进行解答,受到与会企业的欢迎。

(3)组织专题报告会和培训。市企联针对企业在贯彻执行《劳动合同法》以及《"劳动合同法"实施条例》中所关心的问题,邀请政府部门官员和专家主讲"当前劳动争议的主要类型及其应对"、"企业并购中的劳动债务"、"企业补充养老保险解读"等专题报告会,为企业释疑解惑;开展了"兼职仲裁员"及"劳动关系协调员"专题培训,加快一线仲裁员队伍建设,努力把劳动纠纷化解在基层。

(4)为企业在防范法律风险方面提供帮助。2009年,协会对涉及劳动合同、劳动法律、劳动争议仲裁和诉讼、履行社会责任等企业关注的问题向148家单位提供180多次咨询服务和上门服务，还引导企业运用法律手段解决企业经营管理中遇到的矛盾和纠纷。

由于全市劳动争议纠纷增多，造成大量积案，协会受市劳动争议仲裁委的委托，组建了一支 25 名骨干兼职仲裁员队伍，全年共化解积案 500 多起。以青浦区为例，兼职仲裁员的劳动争议案件调解率达到 71%，受到市劳动关系协调联席会议领导的肯定。

（5）组织劳动关系课题研究和论坛。协会多次召开企业以及劳动专家座谈会，并通过走访企业，完成了"积极开展集体协商，促进企业可持续发展"、"员工严重职务过失的预防及应对"等课题的调研、撰写及评审工作。协会召开了主题为"劳动纠纷的预防和协调"的论坛，请企业人力资源工作者、工会工作者、法律工作者、劳动保障部门官员以及专家学者围绕主题，分析社会转型期劳动纠纷的特点，探讨企业内部和外部劳动纠纷预防和协调的办法与机制。该论坛经电视台录制后向社会播出。

2. 精益求精，为会员企业提供优质服务

（1）为企业的经济工作服务。协会举办"面对金融危机，企业迎挑战谋发展"主题论坛，请市人大法工委经济学专家谈当前经济形势和国家、上海发展战略以及企业应如何作为，使企业家从中受到启迪；协会邀请法律专家，就企业加强内控、重视合同和并购重组法律风险等内容进行生动的讲解，使会员企业受益匪浅；协会举办的"企业所得税汇算清缴新政策"报告会，对企业关注的企业所得税汇算清缴工作进行具体讲解，受到中小企业欢迎。

（2）组织形式多样的会员活动。按照《上海企联 2009 年度重要活动指南》的安排，全年共组织会员活动 105 次，参加活动的会员达 1 万多人次。活动内容除会长论坛、主题论坛和报告会、座谈会外，还有庆元宵迎新春积极分子联谊会、会员积极分子活动、会员交流早茶会、女企业家讲座、以茶会友专题健康讲座、企业参观考察、外省市考察、健康休闲活动等。这些活动搭建起企业和企业家的交流平台，为会员企业开阔视野、学习和借鉴先进企业经营理念和管理经验创造了条件，也丰富了企业家文化生活。

（3）开展会员单位个性化服务。根据会员单位的类型和特点，年内走访了 40 多家会员单位，了解会员单位的要求，密切与会员单位的联系。协会还为会员单位提供个性化服务，如帮助会员向市人才服务中心办理居住证推荐工作、为企业申办著名商标注册和为企业改制提供咨询服务、为企业提供劳动关系方面的咨询服务和为企业提供投资项目推介活动等。协会还完成了"会员数据库"的升级，提高了会员管理和服务工作的质量与效能。

3. 拓展专业服务功能，提高专业服务水平

（1）根据企业需求，开展各类培训。年内，协会共举办 18 个各类培训班，报名

3000多人。其中，劳动关系协调员国家职业资格培训有95%的学员通过考试获得职业资格证书；企业法律顾问执业资格培训人数400多人；全国经济专业职业资格考试培训共办工商管理、运输专业等8个班级，有1600多人参加学习；有200名学员参加全国管理咨询师职业资格考试培训。

协会和市小企业综合服务事务所联合主办6期"2009上海推进企业信息化和工业化融合——走新型工业化道路"系列培训，有近500家制造业、通信行业等企业高管和技术人员参加了培训。

（2）精益求精，提高《上海企业》杂志质量。2009年，《上海企业》杂志加强了对当前社会热点及上海企业科学发展典型经验的采访和报道；关注经济社会中的重大活动，反映企业和企业家的呼声；配合协会"中小企业服务平台"的建立，增加对中小企业发展的宣传力度。杂志理事会活动也有所创新，内容更重实际，形式更趋多样化，得到理事会成员的好评。协会还编辑出版《上海企联简介》和《上海企联30年》纪念画册，反映协会成立30年来的历程，为协会留下了珍贵的历史资料。

（3）打造品牌项目，帮助企业推广核心竞争力。协会主办的上海市中小企业管理咨询公共服务平台启动工作进展顺利。受市中小办的委托，协会承接了设计和运行上海中小企业统计监测系统网下服务，还组织开展了1000家成长型中小企业管理现状的调查，为实施中小企业管理咨询和培训工程作了准备。

协会研究制定了"上海市114管理咨询热线"实施方案，组织管理咨询专家撰写热线题库327题，组织10名管理咨询专家参加管理咨询热线工作，该方案已报市中小办审核。

10月份，协会召开上海企业100强排序发布会。根据与重庆、天津市企业联合会进行的数据交换和收集长三角地区企业数据，协会在发布会上推出了《2009上海企业100强综述》、《上海制造业与服务业发展现状的比较分析》、《2009上海、天津、重庆三地百强企业的对比》、《入围2009中国企业500强的长三角企业对比分析》等4份研究报告，受到企业界和社会的关注。

协会组织管理咨询和标准化管理专家对建立管理咨询行业标准进行了深入的调研，起草了《上海市管理咨询组织评价标准》和《上海市管理咨询专业人员评价标准》，并已通过专家论证。

4. 召开了第七次会员代表大会，选出新一届领导班子

11月，协会召开第七次会员代表大会，举行30周年会庆活动。会议总结了六届理事会以来的工作，选举产生新一届理事会领导班子。会后，新任秘书处同志一边进行工作交接，一边抓紧制度建设，保证协会工作的高效运行。新班子制定了秘书处学习制度、会议制度以及秘书处领导班子成员自身建设若干规定。目前，秘书处工作班子已初步确定了 2010 年工作的总体思路。

二、2010 年工作要点

1. 以强化服务为宗旨，拓宽为广大会员服务的领域

（1）维护企业和企业家合法权益，创建和谐劳动关系

一是形成企联对 2010 年度最低工资标准调整的建议，在市劳动关系三方联席会议上与市总工会开展协商。

二是围绕《上海市职工代表大会条例》立法以及市人大代表有关劳动合同法执法、工资条例立法等提案召开座谈会，征求企业意见，反映企业的呼声。

三是会同市人力资源和社会保障局、市总工会共同创建"和谐企业及和谐工业园区"，开展 2010 年度工资集体协商工作示范单位的评选工作。

四是会同市人力资源和社会保障局加强劳动仲裁专业骨干兼职培训，充分发挥兼职劳动仲裁员参与化解劳动争议的作用。

五是结合上海企业经济调整要求，组织好相关专题报告会、政策解读会和专题培训。

六是继续做好重点课题的调研、分析、撰写以及评审工作。

七是在做好人力资源管理专业咨询和法律咨询服务基础上，形成为中小企业"114"电话咨询平台的特色服务，提高服务质量。

（2）搭建服务平台，拓宽服务领域

一是拓宽发展渠道，2010 年争取发展新会员 500 家。

二是按照《上海企联 2010 年度会员活动指南》的要求，精心策划、组织好全年计划安排的 102 项会员活动。

三是开展对会员企业和有关单位走访，根据会员的要求，及时调整协会工作。

四是与优势企业和相关协会网站相互链接，实现信息共享，增强企联网站的服务功能。

五是帮助企业抓住 2010 上海世博会给企业发展带来的机遇。在世博会期间，通过组织各种报告会、座谈会和参观活动，让会员企业感受"城市，让生活更美好"的世博主题。

六是组织"2010 上海企业 100 强和上海民营企业 100 强"的发布工作，使企业 100 强的发布逐步成为上海企联的品牌项目；在对 100 强研究分析的基础上，为上海产业发展和产业调整建言献策。

七是组织实施上海市中小企业管理咨询公共服务平台的运作，建立上海市中小企业

管理咨询公共服务平台，研究制定实施上海市中小企业管理咨询示范工程方案。

八是组织开展国家级管理创新成果推荐工作，根据 2010 年度全国管理创新成果评审委员会有关文件，独立组织开展上海企业优秀管理创新成果参加国家级评审工作，在大企业和大企业集团中征集现代化管理创新成果。

九是继续做好各类专业资格和"劳动关系协调员"考试等项目的考前培训，探索借助社会资源的优势，更好为企业提供服务。

十是实施《上海企业》杂志改版，2010 年打好基础，2011 年争取创品牌。

十一是承接政府委托的课题项目，为政府制定经济和社会发展政策建言献策。

十二是协助市经信委做好由市政府、中国企业联合会、美国《商业商业周刊》在上海联合召开的"全球绿色经济峰会"的筹备工作。

2. 探索、研究新形势下的协会工作，编制十二五发展规划

2010 年将组织力量开展以下四个课题的研究：

（1）关于上海企联战略发展工作研究。该课题将贯彻依法办会、民主办会、科学办会、开门办会的精神，在明确企联定位、构筑服务平台、整合各种资源、规范服务流程以及拓宽会员发展渠道等五个方面开展研究。

（2）关于上海企联资产管理和运行研究。研究创新协会资产运作的方式，拓宽协会创收渠道，加快协会良性发展的路子。

（3）关于上海企业家成长研究。调查上海企业家现状，研究企业家产生的机制，培育企业家形成和提高素质的氛围，探索企业家的评价体系。

（4）关于上海企联和谐团队建设研究。该课题将研究建立和完善协会的议事规则、办事规程，建立起民主化、规范化的管理体系，真正体现和发挥联合会的联合特点和优势。

3. 切实抓好资产经营活动，不断增强企联的经济实力

协会目前的收入来源主要由会费收入、事业收入和物业收入三方面组成。要通过优质的服务吸引新会员，留住老会员，争取会费收缴创新高；要做好传统培训项目，探索与大企业集团和社会组织联合办学的模式，增加培训收入；要扩大协会杂志的品牌影响力和发行量，寻求与知名媒体合作，以求得影响力和经济效益的共赢；要管好用好协会的物业资产，使其发挥最大的作用。

此外，要创新协会资产运作方式，拓宽创收渠道，加快资产良性发展的路子。要通过试点，帮助企业解决在市场、营销、技术和管理上的具体困难，待企业发展以后，以部分新增利润支持协会开展工作；要利用协会广泛的社会资源，策划成立实体机构，为增强协会经济实力创造条件。

4. 加强自身建设，构建和谐团队

（1）认真贯彻《上海企联秘书处领导班子成员自身建设若干规定》，以高度的政治责任感和敬业精神，带领员工努力实现企联又好又快发展，并自觉接受监督和民主评议。

（2）要加强责任制，将全年重点工作和经济指标分解到各个职能部门，以保证各项工作落到实处，并上新台阶。

（3）努力创建学习型组织，领导干部要率先垂范。

（4）拓宽用人渠道，完善激励机制，形成人人奋发向上的氛围。

（5）加强行业工作委员会的组建工作，发挥行业工作委员会的作用，探索行业工作委员会发展会员、开展各项活动的新模式。与兄弟协会建立联系，互相"借力"，满足服务会员企业的需求。

上海市质量协会

（一）2009 年工作主要成效

1. 贯彻总书记重要批示，树立"质量是企业的生命"理念

（1）上海市质量协会及时组织质协系统工作研讨会，传达胡锦涛总书记对质量工作作出的重要批示；同时，下发《关于认真学习贯彻落实党中央、国务院等领导对质量工作重要批示的通知》文件，要求全市质协系统学习贯彻。4 月 23 日，又组织召开五届二次常务理事会会议，对新形势下质协系统工作提出思考，明确重点工作。

（2）配合政府部门开展企业质量管理现状调查。市质协调查回收有效问卷 1500 份，覆盖全市所有区县、主要行业，形成了《上海企业质量管理现状调查报告》；分析了本市企业质量管理的发展态势和存在问题，提出了促进上海企业提升质量竞争力的六方面建议。调查工作得到国家、上海市有关领导的充分肯定。

2. 应对危机挑战，帮助企业提高质量保增长

一是促进核电企业加强质量保证体系建设。市质协秘书处组织项目小组，先后前往上海电气重工集团及上海重型机器厂有限公司、上海电气核电设备有限公司、上海第一机床厂有限公司等单位，与企业沟通交流，到现场开展调研，共提出 34 项改进建议。8月 24 日，在上海电气重工集团举办了"一把手"质量培训班，唐晓芬会长应邀作专题报告。市质协还编写核电企业质量管理培训教材，为企业千人培训提供服务。

二是帮助中小企业提高质量管理水平。与市中小企业服务中心合作设立上海市中小企业质量服务工作站；免费向 116 家企业赠阅《上海质量》杂志；举办 4 次中小企业质量专题讲座，有 150 多家企业的近 300 名代表参加培训。此外，应奉贤、嘉定等区质协要求，组织专家为企业的质量工作者进行质量知识普及，有 60 多家企业的 90 多名代表参加；与嘉定质协组织"质量诊所"质量专家到上海小绵羊卧室用品有限公司、松日电

器有限公司等企业现场诊断，有针对性地提出改进建议。

三是召开专题座谈会，促进企业间交流。以"新形势下的质量挑战"为主题，组织宝钢、上海船舶工业公司、上海石化、三菱电梯、上海贝尔等市质协大组长单位近 30 名代表，分别于 2 月、7 月开展了两次专题研讨，分析企业面临的困难，提出应对的措施。邀请振华港机、益民食品一厂、亚明灯具等近 200 家企业，通过质量经理人沙龙、座谈会等方式，探讨新形势下企业如何提高质量、降低成本、拓展市场等方面的应对措施。年底组织了国有企业、民营企业和三资企业的 3 次企业质量管理座谈会，总结交流质量管理推进工作。

3. 推进质量技术的应用，帮助企业提高质量水平

一是推进卓越绩效管理，引导企业持续追求卓越。市质协先后 5 次组织会员企业开展"卓越绩效模式"活动。推荐 3 家企业申报"全国质量奖"，5 家企业申报"全国实施卓越绩效模式先进企业"；推荐 39 家企业申报上海市质量管理奖（其中 31 家通过复评），21 家企业为上海市实施卓越绩效管理先进企业。

二是推进先进质量管理方法和技术在企业中的应用。市质协推荐 11 个项目参加全国质量技术奖，38 个项目参加六西格玛、精益生产和质量功能展开优秀项目评选；组织开展精益生产经验交流，邀请上海通用汽车介绍经验，有 80 多家企业的 100 名代表参加。同时，开发 ISO9001：2008 标准及质量管理体系内审员转换培训课程，编写《2008 版内审员培训教程》，举办相关培训 46 期，培训 1913 人次；编写出版《质量专业技术人员职业资格应试指南（中级）》和《全国质量专业技术人员职业资格考试辅导资料（初级）》；编写出版《2008 版 ISO9001 标准内审员培训教程》，并举办 7 期共 542 人参加的培训。

三是发挥质量管理在节能减排中的作用，帮助企业实现节能减排目标。根据市经信委要求，组织开展"上海市工业企业主要用能班组节能降耗工作现状调查"，完成调研报告，并上报有关政府部门；同时，配合节能减排活动，对全市试点单位的 60 余名领导、2000 余名骨干进行培训。在全市 QC 小组成果擂台赛上，专门设立节能减排课题专场，促进群众性节能减排活动的开展。

4. 组织举办 QC 成果擂台赛，推进 QC 小组活动的持续开展

6 月 23 日至 25 日，会同市总工会、团市委、市妇联，举办"上海城建杯"QC 小组成果擂台赛，评出优秀 QC 小组成果一等奖 16 个，二等奖 40 个，三等奖 69 个。在优秀 QC 成果中，以节能降耗、环境保护为内容的课题达到 79 个，占总数 19.7%。据统计，截至 2009 年 6 月，在全市被统计的 43.58 万员工中，QC 小组活动普及率达到 25.35%；取得成果数 10677 个，成果率达到 81.14%；获得直接经济效益达 11.6 亿元人民币。此外，市质协与各区县质协合作，开展3次"QC小组活动区县行"活动，有17个区县的300余家中小企业参加，有力地推动了各区县QC小组活动的开展。

5. 围绕世博会及"质量和安全年"活动，搞好相关服务。

一是围绕世博会，先后开展"世博会公众认知度"、"上海市公共信息图形标识规范率抽样调查"和"世博会游客来沪服务需求调查"等6项公益调查；配合市旅游委、市绿化市容局、长宁区政府和上海移动、上海银行和市东供电等重点窗口单位，开展世博窗口服务质量的系列调查。此外，还组织用户满意企业进街道、进社区开展服务工作，累计服务市民1700多人。

二是围绕"质量月"活动，提高全社会的质量意识。9月1日，在市质协本部举行质量旗的升旗仪式。会同市总工会、团市委、市妇联在南京路世纪广场举办主题为"提升'质量和安全'水平，共迎精彩世博盛会"的质量月宣传活动，各行业共600多人参加了活动。活动仪式上，全体质量志愿者进行质量诚信签名和宣誓仪式，上海市电力公司代表16家企业向全市企业发出质量诚信倡议。

6. 组织高水平国际质量会议，参与国际质量学术交流

一是组织召开第七届上海国际质量研讨会暨国际质量科学院院士论坛。来自美、日、韩等14个国家和地区，国内23个省市、行业质协及高校的学者、企业界代表600多位质量工作者出席会议，就全球化和金融危机给世界带来的新挑战、质量在迎接挑战中的重要使命等问题，开展研讨和交流。

二是应邀参加大型国际学习交流活动，把握质量管理最新发展趋势。市质协先后组团参加了世界质量与改进大会、第一届绿色六西格玛大会、国际质量科学研究院院士会议、第43届欧洲质量年会和第19届食品质量安全等国际会议，与国际著名专家学者和企业家共同分享当今质量管理与质量创新的最新信息和经验体会。

7. 进一步加强自身建设，推进各项工作发展

一是开展服务区县工作。先后赴各区县开展调研，了解区县质协的工作需求；与嘉定区签订《进一步加强合作，提升嘉定区质量水平合作备忘录》，共建"质量创新基地"，帮助嘉定区进行质量状况综合分析，培养质量专业技术人员，推进企业质量管理；与闵行、杨浦、黄浦、长宁等区开展调查研究方面的合作等。

二是加强协会内部建设。开展学习实践科学发展观活动，围绕活动总体要求和宗旨，提升服务能力和水平。通过赴企业调研，召开座谈会听取意见和建议，认真查找问题，理清了思路，明确了方向，形成了整改落实方案，并确定了责任人、责任部门和完成时限。

二、2010 年工作要点

1. 继续开展宣传活动，确立质量工作理念

（1）营造重视质量工作的社会氛围。注重发挥各媒体的作用，发挥质量组织的优势，通过"世界质量日"、"质量月"活动等载体开展质量宣传，提高全社会的质量意识，形成重视质量工作的氛围。

（2）弘扬"质量是企业生命"理念。通过各种活动，如会员活动、QC 小组活动、用户满意工程、质量管理知识普及、学术论坛等，帮助企业牢固树立"质量是企业的生命"、"产品质量的责任主体是企业"的理念，推进企业质量工作的深入开展。在 2010 年 4 月举办"企业社会责任论坛"。

2. 围绕世博会，推进窗口服务质量的提升

（1）扎实开展"为世博卓越服务"服务明星创建活动。从服务理念、技能等方面，对窗口服务人员进行培训；宣传服务明星的事迹，推广服务明星的工作方法；总结提炼一批具有行业特点、窗口特色的优质服务案例、创建工作方法和质量改进成果，开展交流、示范。

（2）积极推进窗口服务质量的现场评估工作。围绕全市迎世博 600 天窗口服务行业行动的总体部署，结合中质协推进服务业现场管理星级评价活动试点要求，依据国家和地方服务标准，对照各服务窗口向社会的公开承诺，以服务流程、现场管理为重点，开展迎世博窗口服务质量现场评估工作。

（3）推动服务标准研发和示范工作。加快制定与实施《公共服务热线的质量规范》地方标准，推进《社区服务指南》国家系列标准的示范试点工作。在推进《出租车服务质量规范》地方标准示范试点的基础上，重点推进机场、码头、车站公共服务标识的规范化工作。推进银行、商业、旅游及公用事业等行业的服务标准化，以及南京路等重点商圈服务标准化的示范工作。配合世博园区运营管理的整体要求，积极推进世博园区的运营服务管理的标准化建设工作。

3. 推广先进质量管理方法，帮助企业持续提高产品和服务质量

（1）积极开展公益性培训活动。组织 2000 人次高校质量专业培训、1000 名企业质量人员公益性培训，提高在中小企业中质量管理体系的覆盖率，提高企业质量管理主管参加培训和质量资格考试的比例。在区域或企业内部建立质量教育培训基地。结合重点行业、区域和企业实际，组织每月一次系列质量技术工具推广会。结合推广先进质量方法，组织编写 10 本先进质量方法系列教材。

（2）根据工信部、中质协和市经信委的要求，引导企业开展质量改进、质量创新活动。发挥质协在质量管理体系、卓越绩效模式、质量技术、现场管理方面的专业技术优势，在重点支柱产业和企业（如电气、航空、化工、汽车等），选择100家企业加强质量方法实务技能培训，帮助解决突出的质量问题，推广适用的质量方法和技术。开展标杆学习活动，认真做好质量技术奖励工作。

（3）在工博会期间，举办质量创新论坛，推进国家质量法律法规、工业企业产品质量标准、先进质量管理方法和技术在企业中的实践和应用，为广大企业提供学习交流平台。

4. 搭建质量服务平台，推进中小企业提高质量管理水平

（1）发挥"上海市中小企业质量服务工作站"的平台作用。依托工作站为中小企业开展质量普及教育及质量管理人员资格培训等服务。组织中小企业质量与管理等方面的调查研究，了解和分析中小企业在提高质量和质量管理水平方面的需求，努力培育一批中小企业质量管理先进企业。向100家中小企业免费赠阅《上海质量》杂志，在《上海质量》杂志开设"中小企业"专栏。

（2）根据区县政府"质量兴区"工作要求，会同区县质协，开展区域、重点行业企业产品（服务）质量水平和质量管理现状的调查，编写质量分析报告，为区（县）政府部门制定"十二五"质量规划提供参考。在区县深入开展中小企业QC小组活动，提高员工质量意识和素养。

（3）开展"质量诊所"活动。会同区县、行业质协，组织专家为中小企业，特别是为产品质量安全监管重点企业、产品监督抽查不合格企业、名牌（品牌）产品培育企业有针对性地提供产品质量、服务质量改进以及设备、检验、现场管理等方面的义务诊断服务，提升中小企业关心质量、关注品牌的意识。

5. 积极关注民生质量，服务和谐社会建设

（1）开展民生质量的专题调查。继续围绕市民关心的生活热点开展调查工作，重点围绕旅游、交通、通信、银行、超市、建材、食品等消费类服务，围绕社区卫生、老年人生活、夏令热线等社会公共服务，开展满意度调查工作，为政府决策和企业改进工作提供依据。

（2）推进社区服务工作水平的提升。推进实施《社区服务指南》国家标准，努力从环境管理、文化教育、社区卫生、物业管理等9个方面推进社区服务和管理水平的提升，计划建立3~5个社区服务标准化示范基地。组织质量志愿者深入社区，为广大社区居民提供免费质量咨询、消费指导、质量讲座和义务维修等服务。

（3）推进用户满意工程活动。通过为企业举办宣传讲座、交流活动等方式，积极推进企业实施 ISO10000 系列国际标准；积极开展质量跟踪活动，聆听顾客的呼声，重视顾客不满意的分析，重视消费质量问题的妥善解决。加快用户投诉处理的效率，提高用户投诉处理的满意程度，真正为民排忧解难。组织开展与市民生活密切相关的产品／服务的质量跟踪活动，并将开展质量跟踪活动和加强顾客投诉管理纳入上海实施用户满意工程先进单位的推荐申报要求。

6. 努力发挥专业优势，进一步加强自身建设

（1）进一步加强联动和协作。积极与行业协会、质量技术服务机构、高等院校、科研单位等合作，在调查研究、质量人才培育、质量管理方法推广、质量课题研究等方面，搭建交流平台，促进质量管理的产学研结合。继续开展与兄弟省市质协工作交流，特别加强是长三角地区的联动与互动，推动企业、行业、产业链质量管理水平的提升。

（2）进一步发挥优势，建设学习型质量组织。加强学习、培训，提高协会人员的素质和能力；加强党建工作，加强自律和廉政建设。

上海市汽车行业协会

一、2009 年工作主要成效

1. 关注行业发展，反映企业呼声

（1）加强调查研究，积极应对危机。面对全球金融危机，协会多次走访会员企业，利用座谈会及电话、信函方式，广泛了解情况；同时组织专家编写《全球金融危机对车市的影响及对国内车市的政策建议》调研报告；在市经信委、市发改委、市经团联召开的座谈会上分别就对企业的扶持政策提出建议和要求。协会还与市中小企业服务中心共同探讨加快落实支持中小会员企业发展的具体政策措施；与招商银行、平安银行联手开展会员企业融资平台的构建工作；与远东国际租售有限公司合作推动会员企业开展设备融资租赁业务探索，为会员单位克服困难提供有力的支撑。

（2）为振兴上海仪器仪表行业建言献策。协会在广泛收集资料、认真听取专家意见的基础上，形成推进上海仪器仪表工业发展的建议，在市团联召开的振兴专题座谈会上予以发表。详尽的分析，切实可行的建议，得到与会人员的赞扬。

（3）为上海制定《关于贯彻落实国务院（汽车产业调整和振兴规划）的实施意见》提出建议。国务院《振兴规划》发布后，市经信委制定了上海的《实施意见》并下发征求意见。协会着重从汽车下乡的财政补贴、旧汽车的置换政策、二手车评估机制、牌照拍卖的改进、支持新能源及自主品牌汽车和扶持零部件技术创新等方面提出建议，得到市有关部门的重视和采纳。

（4）为市人大修订《上海市促进行业协会发展规定》提供建议。

2. 坚持服务第一宗旨，促进行业和企业发展

（1）推进行业节能减排工作开展。协会一是制订《关于开展节能减排小组活动的实

施计划》，明确活动的内容、方法、目标和要求；二是确定试点单位；三是组织秘书处联络员和试点单位负责人参加市的培训；四是为试点企业和有关企业发放了 JJ 小组活动教材；五是组织专家开展"上海汽车关于节能减排综合管理标准制定及对策研究"课题研究；六是加强与上汽工会协调，把"工人先锋号"活动与 JJ 小组活动相结合，推进节能减排活动的深化；七是积极配合《上海汽车报》开展企业节能减排活动宣传；八是活动与项目改造和开发相结合，帮助上汽活动中心采用节能技术实现总节约能源运行费用 122 万元 / 年，组织专家完成"加盖球化处理包"项目，每万吨球铁铸件节约成本 60 万元，进行新型孕育剂的试制开发，以降低成本。

（2）解读政策，共克时艰。针对汽车产销逐月下降的状况，协会组织有关专家编写了《苦练企业内功，提振市场信心》和《乘用车市场 2008 年形势评析和 2009 年需求预测》等 3 篇分析报告，发至会员单位供阅读参考；围绕中央经济工作会议作出的重大政策，协会及时组织会员企业举办形势报告会；结合《汽车产业调整和振兴规划》的出台，协会组织会员单位进行解读和研讨；配合汽车市场的发展，协会在会刊上开辟"专家论市"专栏，对每月乘用车市场销售进行分析点评；每季度通过 E-mail 发送《上海市汽车行业分析简报》给会员企业；帮助会员企业拓展业务，推介产品。

（3）加强行业诚信体系建设，开展自主创新品牌评选。协会组织会员企业参加市装备制造业与新产业自主创新品牌年度评选；组织会员企业参加上海诚信企业评比活动，协会推荐的上海郑明汽车运输有限公司、上海德昂实业公司、上海保隆汽车科技股份有限公司等荣获"市第二届企业年度诚信奖"；推荐 7 家会员企业参加市工商局"著名商标"的评选；协会还为纽福克斯汽车配件有限公司参评上海市企业技术中心提供咨询服务和帮助。

（4）开展长三角地区铸造行业企业状况的调研。汽车铸造分会历时 9 个多月，完成长三角地区 122 家重点铸造企业状况的调研报告。这次调研初步摸清了长三角地区铸造企业的家底及技术、工艺、设备情况，为协会更好地服务企业、推进行业发展找到了抓手。

（5）开展技术交流及企业咨询服务工作。协会专家委员会积极参与行业发展重大课题调研，各分支机构开展形式多样的咨询服务活动。铸造分会选派专家帮助 3 家会员企业解决技术难点，还完成 7 家企业的技术改造、技术研发能力评审和产品质量提升等咨询项目。电子电器专业委员会组织会员企业开展汽车电子产品技术交流，举办汽车电子论坛峰会及电子控制系统应用研讨会，收集整理行业信息交流资料 50 多份。专用车、改装车专业委员会组织专家为会员企业讲解国家对专用车管理的政策，推进会员企业合作开发海关监管车。汽车服务分会加强行业内职业服务规范和管理，制订"汽车服务行业职业驾驶员星级评审办法"，组织业内7000余名驾驶员开展星级评定工作，对评出的197名星级驾驶员给予表彰奖励。

（6）做好行业统计和信息发布工作。协会统计重点加强分析工作，认真做好每月上海地区整车产销的汇编和图表分析、全国主要乘用车企业产销量的月度排行、全国汽车整车进出口分析、每季度上海地区汽车及零部件产销汇总分析、全国乘用车市场销售汇总及全国6大集团的市场占有率等分析。协会配合本市汽车乘用车公司，编写《2009年上半年汽车市场分析及预测》报告，受到用户欢迎。

（7）拓展与国内外同行的交流与合作。协会积极参加中汽召开的年会。与北京汽车行业协会牵头召开各省市汽车行业协会秘书长联席会议，学习政策，交流经验，共同推进行业协会的发展。为促进长三角地区汽车行业协会的合作与交流，加强了与南京、无锡、杭州、扬州、嘉兴等地区相关行业协会的互动，签订了合作交流备忘录。年内还与台湾地区车业同业公会建立了联系和交流渠道。

协会与国外协会、商会及驻沪外商机构等同行的交流也有所加强。与马来西亚驻沪领馆共同举办"中国汽车零部件工业发展"研讨会，进一步扩大了上海汽车行业协会的影响力。

3. 发挥协会参谋作用，做好政府委托工作

（1）受市经信委委托，完成"上海专用汽车现状和发展研究"调研和课题报告评审。协会秘书处联合专用车专业委员会组织相关人员和专家，在充分进行市场调研基础上，结合上海的规划和城市发展需求提出了专用车发展的建议，于5月16日通过市经信委专家的评审并获得很高的评价。根据专家建议，协会还开展了"关于深化上海专用汽车课题研究"工作。

（2）受市经信委和交通管理局委托，协会开展"关于规范上海乘用车改装市场"课题研究；联合市汽配流通行业协会和汽车维修行业协会开展市场调研，提出了规范和整顿的初步建议。

（3）配合嘉定区、安亭镇政府推进上海汽车及零部件出口基地建设。协会对嘉定区和安亭镇的上海出口基地的建设给予大力支持和配合，按照出口基地建设的标准与要求，多次组织专家实地考察，提出具体的建议。为筹建出口基地汽车及零部件展示中心，协会组织会员单位参与产品的展示布展工作。为提升安亭出口基地整体形象，协会组织70余个企业参加上海跨国采购中心安亭分中心的商贸洽谈会。协会还组织企业参加出口基地办公室的外商经贸交流考察活动。

（4）为市发改委编制《上海市国民经济和社会发展报告》提供产业发展报告。为市经信委数据采集平台提供整车企业的产销报告，为上海经济运行与产业安全监测网提供《全国乘用车市场分析》报告。

4. 加强组织建设，促进协会工作上新台阶

（1）坚持程序，顺利完成协会领导交替。

（2）顺利召开协会四届三次理事会和会员大会。

（3）加强调查研究，明晰工作思路。走访了10余家会员单位，与企业领导进行了充分的沟通和交流，受到会员单位的欢迎。

（4）加强了会籍的动态管理。在发展新会员的同时，认真做好15家会员的清理工作。一年来，新发展会员17家，目前会员总数已达到319家。

（5）开展专家委员会交流活动。协会于3月召开专家委员会成果交流会。12月初，组织专家参观上海风洞中心和检测中心，并汇报了秘书处工作，听取专家对协会工作的意见。

5. 重视秘书处自身建设，提高为会员服务能力

（1）加强秘书处内部管理，进一步完善各项规章制度。先后制定了《专家委员会工作条例》、《协会分部工作条例》、《关于加强会员管理的规定》和《协会党支部工作条例》等10项规章制度。

（2）秘书处逐步完善了工作目标责任制及考核制度，每年有目标分解指标，每半年检查考核一次，并将完成情况与奖励挂钩。

（3）建立了周秘书长碰头会和月秘书处工作例会。利用每月例会交流分会工作，充分发挥了分支机构工作积极性。

（4）加强党支部建设，发挥党员模范作用。秘书处坚持每月一次政治学习制度，坚持每年一次党员民主评议活动。

（5）积极做好会费的收缴工作。2009年的会费收缴率达80%以上。

（6）稳妥组建外省市协会分部工作。协会在建立烟台、沈阳两个协会分部后，于11月中旬赴重庆着手组建了重庆分部。

（7）协会动力总成分会的筹建工作正有序进行。

（二）2010年主要工作

1. 坚持"服务第一"宗旨，促进行业平稳发展

（1）关注市场，完善网络，提供信息。协会要构筑和完善信息网络，及时为会员企业提供汽车市场发展趋势等有价值的信息。要主动与国家、各省市的信息发布机构加强

联系，定期收集和发布有价值的市场信息；做好每月市场分析和预测报告；定期上报市场预测分析数据。要开好统计信息年会，加强统计、信息员队伍建设。

（2）深入推进节能减排工作。要在总结3个试点企业经验的基础上，进一步在行业内推广试点单位的经验和做法，深入开展节能减排工作。要把JJ小组活动抓出成果，并与班组管理、"工人先锋号"活动等有机结合，协调发展；加强与市能源中心的合作和配合，构筑为企业服务的新平台。

（3）建立与上汽培训中心和国家机动车产品质量监督检验中心（上海）的联系。两中心担负着上海汽车行业人才培养、管理提升、技术创新、新品开发等培训、检测指导和推进重任，要建立与两中心的定期联系制度，利用其资源优势为全行业服务。加强与长三角汽车行业的联系，推进两中心的资源为长三角地区企业服务。

（4）筹建协会动力总成专业委员会。协助国家机动车产品质量监督检验中心（上海）开展筹备工作，力争在2010年上半年完成筹建工作并开展正常活动。

（5）继续做好"诚信企业"、名牌产品、著名商标、高新技术产品、自主创新品牌、企业技术中心等的评选、申报工作。

（6）做好协会网站改版工作。通过改版，建成集行业新闻、政策法规、产销统计、产品信息等于一体的有影响力的网站。

2. 当好政府参谋，做好课题调研工作

（1）完成市经信委、工经联下达的《十二五发展规划建议》的编制工作。组织有关部门和专家，起草《上海市"十二五"汽车产业发展规划建议》。

（2）开展深化"上海市改装车、专用车发展规划"课题调研。成立总课题和3个分课题调研小组，力争上半年完稿，年内通过评审。

（3）做好每月汽车行业产销分析报告，及时提供给市经信委。

（4）配合市经信委做好信息化与工业化"两化融合"的调研工作。

（5）以世博会为契机，开展向世博会展示行业品牌活动。

3. 进一步发挥协会专家委员会和分支机构的作用

（1）定期组织专家和顾问活动，汇报协会工作，听取专家意见。

（2）充实壮大专家队伍。定期刊登专家论市，组织专题讲座。

（3）开展课题调研、专家咨询服务活动。

（4）发挥分会和专业委员会作用，开展专业化、针对性的专项活动。

4. 推动汽车产业链协会和长三角汽车行业协会间的合作

（1）加强与产业链关联度密切协会的紧密型合作。通过定期的协商合作机制，统一行动，密切配合，推动上海汽车产业的发展。

（2）加强与长三角地区协会交流，并与南京市汽车行业协会加强紧密合作，巩固沪宁合作成果。

（3）加强与上海行业协会沙龙、高新技术行业协会等的合作。

（4）加强与各省市汽车协会的沟通和合作。组织好每年一次全国汽车行业协会联席会议。

（5）加强行业国际交流活动。探索与国际行业协会间的交流互访，年内将有实质性启动。

5. 加强协会自身建设

（1）加强调查研究。坚持每年两次的分会、部室和有关会员企业的调查研究活动，推动协会工作上水平。

（2）重视协会分部的建立。上半年要抓紧南京分部的筹建工作。各分部要加强联系，定期走访。

（3）做好会员管理工作。要积极发展新会员，加强会费收缴，力争2010年达到80%以上。

（4）坚持各类会议制度的规范化，做到会后检查，确保落实。

（5）加强内部管理，做好工作目标分解和检查考核。

（6）加强党支部建设工作，发挥党支部领导作用。

上海市信息服务业行业协会

一、2009 年工作主要成效

1. 发展产业

（1）参与政府产业规划工作。协会主动参与"上海软件和信息服务业高新技术产业化行动方案"的调研，总结出 44 条建议上报有关部门。协会召开 3 场专题座谈会，听取关于宽带费用下调的意见和建议，并将各方意见建议整理成文呈送政府部门参考。协会协助市经信委"十二五"信息服务业规划的制定，对上海信息服务业的发展提出建议。协会还受虹口区政府委托，完成虹口区互联网产业基地报告。

（2）承办"推进软件和信息服务业高新技术产业化活动周"工作。10 月 12 日，活动周开幕式在国际会议中心隆重举行，市、区县政府领导及相关协会和信息服务业代表 500 余人出席。在当日举行的论坛上，著名业内专家作了精彩演讲。活动周为期 6 天，对推进软件与信息服务发展起了推动作用。由于活动内容多、涉及面广，协会先后组织 6 次协调会，确保了活动周的圆满成功。

（3）成功引进游戏开发者大会。GDC 是全球游戏产业最具规模、最具权威性的专业盛会。在协会的努力下，"游戏开发者大会·中国"再次来到上海。GDC 的举办，带来了游戏软件外包等项目的合作机会，也进一步巩固上海在国内游戏产业的龙头地位。

（4）完成应对金融危机研究报告，协助政府解决就业问题。协会召开了政府、协会、企业三方座谈会以及"应对金融危机研讨会"，对上海信息服务业如何应对危机进行研讨和交流。会后，协会撰写的《金融危机下的上海信息服务行业发展对策研究》，专报市有关领导。协会制定下发了《关于上海市信息服务业行业协会开展"御寒流、暖人心、促就业"

总动员活动的通知》和单位招聘意向征询表，挖掘出 2000 多个岗位，促进了社会就业工作。协会还联手市经团等单位举办了"新春大型人才招聘会"和毕业生供需洽谈会。

（5）推进数字内容产业发展。协会协助完成了《2008-2009 年上海数字内容产业白皮书》的编撰，组织举办了第三届中国（上海）国际数字内容和软件博览会。

（6）为规范行业发展服务。协会组织项目专家及编撰小组，制定完成《上海市网络游戏服务规范》。该标准已立项申请上海市地方标准，将成为国内首部关于网络游戏行业的标准。

针对动漫游戏会展交易过多的现状，协会多次走访文化部反映情况，终于在 6 月下旬文化部下发《关于加强动漫游戏会展交易节庆等活动管理的通知》，确保了我国动漫游戏产业的健康良性发展。

（7）加强联系，拓展合作方式。7 月，协会访问了成都市并与成都软件行业协会签署战略协议；10 月，协会与重庆市温江区签订了合作协议，并决定在温江区建立上海市信息服务业成都产业基地。

（8）举办"青少年数字创意行动和首届大学生数字创意创业大赛"。由协会牵头的大赛于 11 月启动，数字创意行动整合了动漫、游戏设计、视频短片、数字音乐创作和 3G 应用方案设计等四大赛事。

2. 规范行业

（1）制定行业标准，做到有法可依。5 月 19 日，协会启动上海市地方标准《网络游戏行业服务规范》制定工作，并向业界发起网络游戏优质服务倡议。7 月，市经信委授权协会设立"信息系统工程监理认证机构"，这是上海唯一的此类评审机构。

（2）组织各类活动，加大行业规范。协会组织会员企业参加上海名牌评选，10 多家单位获得上海名牌服务称号；推荐 9 家会员单位参加上海品牌服务评选。协会向全国网络游戏业同行发出优质服务倡议，获得上海 60 多家网络游戏企业响应。协会积极推进行业诚信建设，48 家企业获市"年度诚信企业奖"，协会获得"最佳组织奖"。上海市"知荣辱、讲文明、迎世博、建诚信"活动组委会决定在协会秘书处设立"诚信企业创建办公室"并开展市"诚信企业创建活动"申报工作。为迎接世博，展示上海文明形象，协会与"中国上海"门户网站、市新闻工作者协会等联合开展了"迎世博，上海城市公众满意度调查活动"。

（3）发挥市互联网违法与违规信息举报中心作用。协会联合市新闻办、网宣办等单位成立了"上海市互联网违法违规举报中心"。2009 年 1-9 月，收到举报案件 2729 起，协助处理了其中 70 起，并积极处理电话投诉，得到了投诉者对举报中心工作的肯定。

3. 服务企业

（1）组织沙龙活动。协会先后组织网络教育企业家座谈会、人力资源服务解决方案座谈会、职称评定政策与实务沙龙，还联合上海万隆国际咨询集团举办"企业年中财务结算中的所得税征交准备和政策解析专题讲座"。

（2）组织申报工作。协会组织会员单位参加市高新技术产业化重点项目、上海文化发展基金项目和电子发展基金项目的申报。

（3）搭建沟通平台。经协会牵线搭桥，会员单位与市数字健康信息中心进行了业务洽谈。协会配合市政府部门召开沪上知名网站负责人座谈会，就提升信息服务业产业的发展进行探讨。

会员单位上海药房网从事第三方医药信息服务业的经营，却因为各种制约使企业处于崩溃的边缘。为此，协会积极与政府部门沟通协调，据理力争，终于得到有关部门认可，使中国唯一一家第三方医药信息服务平台得以正式运营。

（4）加强协会基础工作。协会积极整合行业资源，建立了上海市信息服务行业专家、顾问团；顺应会员需求，开通了新网站，创办了每月一期的《上海信息服务业》杂志。

4. 加强自身建设

（1）完善组织建设。协会成立了海外部；设立市职称受理服务中心信息服务业工作站，受理职称评定的前期工作；协会秘书处形成老、中、青的合理结构，推进了知识化、年轻化和职业化建设；修订了《协会秘书处工作员工制度》，建立起严格的效绩考核制度。

（2）发挥四大中心及两大平台作用。上海信息服务人才培训中心加大了紧缺人才培养力度，开展网络编辑员项目的培训工作；上海市互联网违法与违规信息举报中心积极打击违规现象，在共建和谐文化上起了标杆作用；上海市数字内容产业促进中心重点开展数博会及高峰论坛的招商引资工作；上海市数字健康信息中心加强对外交流力度，使中心真正成为传播"数字健康"理念的渠道。协会还建立完善了上海市数字内容公共服务平台、爱家（i+）社区信息服务平台。

（3）召开二届八次理事会。会议通过了二届理事会工作报告、财务报告，修订了《协会章程》，推荐了第三届理事会候选名单以及成立了移动互联网专委会。

（4）重视党建工作。8月，协会党委正式挂靠转到市工经联党委属下，目前协会党委下已有直属党支部28个、党员617名。协会党委围绕协会中心工作开展多项主题活动。如组织"增强使命感，争做好书记"井冈山红色之旅活动；组织赴重庆、四川学习考察爱心之旅活动；汇编《"两新"组织党务工作指南》，提供"两新"党支部参考。目前协会已建立团委2家、团支部4家，共有团员2000余名。

（5）承担社会义务。经中国扶贫基金会批准，由上海市信息服务业行业协会牵头，中国扶贫基金会信息扶贫专项基金成立。迄今为止，信息扶贫专项基金已向中国扶贫基金会捐赠 500 多台电脑，并与中国扶贫基金会签订操作合同，目前网站也在建设过程中。

协会适应市场变化形势，积极开展各项服务工作，得到了社会的肯定和认可。2009 年协会分别蝉联"全国先进民间组织"、荣获工信部授予的"全国优秀动漫游戏协会"称号和民政部颁发的"学习实践活动先进单位"称号。

二、2010 年工作要点

1. 一大活动创品牌

2010 年，协会将努力把"上海推进软件和信息服务业高新技术产业化活动周"打造成全国性的知名品牌活动。

2. 两本刊物筑桥梁

（1）2010 年是行业协会成立 10 周年，协会将组织专家队伍对 10 年来的大事记、产业数据进行总结，编撰《梦想 · 实现 · 再梦想——上海信息服务业行业发展报告》（暂定名）。

（2）建立一支高端的编辑团队，整合最新、最准确的资讯，力争将《上海信息服务业》杂志办成高质量的专业刊物。

3. 三大课题助发展

协会将组织专家力量，协助市区两级政府、大专院校及专业研究机构共同完成三大课题——"上海信息服务业"十二五"发展规划建议"、"上海信息服务业三年行动纲要"和"信息服务业领域细分研究报告"的编写工作。

4. 四项活动铸品牌

（1）举办第五届"青少年数字创意行动"，在立足上海、辐射全国的基础上，将拓展与国外知名企业的联合，力争打开国际市场。

（2）在成功协办两届 GDC（游戏开发者大会）基础上，博采国外先进理念，使"2010 GDC China"活动成为业内著名的品牌活动。

（3）一如既往办好 2010 年亚洲电视论坛。

（4）协同市网络文化协会共同举办第五届优秀网站的评选活动。

5. 五个注重促党建

（1）注重巩固学习实践科学发展观活动成果，扩大会员单位党组织和党的工作的覆盖率。

（2）注重运用互联网优势，推进党建工作信息化，利用"飞信"、"彩虹"成立党支部书记群，促进党委与党支部、党员的信息互动。

（3）注重发挥协会工会、团组织的作用，做好职工维权工作，关心困难职工，加强团组织自身建设。

（4）注重探索新形势下党建工作的新问题，力争解决当前党建工作中存在的重点问题。

（5）注重做到党建与企业经济、协会中心工作和产业发展相结合，促进"两新"组织的党建工作有效开展。

6. 六件实事兴协会

（1）加强自身建设，创建 5A 级行业协会。2010 年协会将建立 ISO17020 质量管理体系；充分利用协会资源，指导企业完成项目申报工作；认真开展理事会换届选举工作，引领协会工作上新台阶。

（2）研发会员服务的各项功能。发挥信息化手段的作用，建立会员、政府及与其他企业交流合作的平台；联合高校、专业评估机构建立行业诚信体系，公布企业诚信情况，提升行业自律行为。

（3）制定地方性法规。在 4 月底前，完成上海市地方标准《网络游戏行业服务规范》制定，并开展标准的运营、管理和监管工作。

（4）加强国内外交流活动。协会将组织考察美国 GDC，引进国外先进经验；加强与国内二级城市间的交流，对已签订合作协议的项目要关心其进展情况；对于杭州、西安等信息服务业发展较好的城市要加强沟通。

（5）以世博会为契机，配合政府做好各项工作。结合协会优势，用动漫和网游的形式做好世博的宣传推广工作，并利用互联网违法与违规信息举报中心这个平台，打击不利于世博的违法违规行为。

（6）加强行业交流，促进两化融合。联合软件、交通电子及通信制造业等行业协会，做好传统企业的信息化改造工作。

7. 七大机构共发展

（1）组建"中国电子工业标准化技术协会数码互动娱乐标准工作委员会"，力争"数娱标工委"落户上海。

（2）建立移动互联网专委会，制定行业规范，为移动互联网的发展、壮大奠定更扎实的基础。

（3）协同各大信息服务产业园区以及高等院校做好人才培训中心培训项目的开发，做好人才培训和输送工作。

（4）依托24小时医学频道的优良平台开展数字健康中心的各项工作，推出面向大众的健康服务内容。

（5）互联网违法和违规信息举报中心将加强人员配置、建立监督体系，深入开展整治互联网和手机媒体专项行动，净化网络环境。

（6）以魔兽世界落户上海为契机，联合国内知名网游企业，在标准化制定、产业规范、绿色网游等方面加强建设力度。

（7）依托网络游戏专委会，推动动漫专委会的平稳发展。

8. 八项领域展前景

（1）软件产业。协会将聚焦"两化融合"，加快工业软件的研发和应用，为软件研发和工业企业牵线搭桥，培育若干优势骨干企业。

（2）网络游戏。大力开发具有民族特色、具有自主知识产权的网络游戏，提高行业自主创新能力，分类扶持企业做专、做强。

（3）网络视听。联合市网宣办、市文广局、市新闻办等相关单位，做好管理和维护工作，加强行业自律，力争将网络视听产业打造成继网络游戏之后的又一支柱产业。

（4）数字出版。协会将与市新闻出版局及数字内容促进中心等专业机构合作，制定相关管理办法，扶植数字出版业的各项工作。

（5）电子商务。配合政府及有关协会，推动面向行业、区域、中小企业的第三方电子商务平台发展。培育产业领袖，深入开展电子商务进社区、进校园活动，进一步提高公众对电子商务的认知，加强电子商务人才培养，促进上海电子商务做大做强。

（6）金融信息服务业。协助政府部门及行业机构，推动金融领域应用软件研发以及加快发展金融信息服务平台机构。

（7）航运信息服务业。协会将配合政府培育航运信息服务市场，加强航运信息服务业相关平台建设，促进航运服务业实体业态与网络信息平台共同发展。

（8）信息基础设施。协会将与电信、新联通及产业园区形成合力，推动电信网、互联网与广播电视网的发展，降低产业能耗。

协会将配合好政府推进八大领域的各项工作，力争在每个领域培养出2~3个业内领军人才，3~5家具有国际影响力的领军企业。

上海市集成电路行业协会

一、2009 年工作主要成效

1. 应对危机，增强行业信心，帮助企业渡危克艰

在行业最困难的时候，协会认真分析形势，提振行业信心。协会召开主要骨干企业座谈会了解企业诉求；会同市经信委产业处深入调研，与企业共商对策共渡难关。

协会结合企业的实际，组织相关活动，帮助企业渡危克艰。协会组织集成电路产业的材料与制造企业开展合作交流，引导供需双方深入交谈、对接；举办"如何制定实用性信用管理策略研讨会"，提高企业防范和降低信用管理风险意识，确保应收账款回收，保证现金流转顺畅。协会积极为中小设计企业解决融资难问题，推进一家企业签约赴欧交所上市，帮助多家企业获得银行贷款信用额度。协会做好重点会员企业经营情况的月报工作，为政府部门政策决策提供依据。

2. 呼吁支持产业发展新政策出台，做好政策服务和协调工作

（1）为促进行业发展，协会组织华虹 NEC、中芯国际、台积电等 7 家主要集成电路制造企业，向国家发改委、工信部、财政部、税务总局及海关总署五部委提交《要求继续执行国务院【2000】18 号文件优惠条款的紧急报告》，希望各部委帮助解决进口设备材料和零配件免征进口环节增值税及尽早出台进一步鼓励集成电路产业发展的优惠政策。国家发改委、海关总署和工信部先后就报告做了回复。

（2）做好产业政策的服务协调工作。协会与海关、税务、商检、外资委、外汇管理局等部门进行协调、沟通或出具证明，帮助企业解决在进料加工、外汇核销、税收减免等方面的困难和问题。协会通过外高桥物流保税园区帮助企业解决 1359 批次集成电路产品的"境外游"的问题；协助新进半导体公司解决在外汇收付上存在的困难；与

海关沟通，帮助海尔集成电路公司缓解客户急需交货的困难；协助海关对 15 家企业的产品进行集成电路性质的确认；帮助虹井科技等一批企业享受集成电路产品的优惠政策。

（3）搞好集成电路设计企业的认定和年审，使 105 家设计企业通过 2009 年年审和 11 家设计企业通过认定。

（4）协会做好具有自主知识产权的集成电路设计人员免征奖金税组织申报工作，使 23 家企业的 119 个产品、790 人次集成电路设计人员获奖金免征个人所得税。

（5）协会协助浦东发改委和国税局召开"集成电路产业链税收管理新模式"研讨会；组织有 80 多位集成电路企业代表出席的自主创新政策宣讲会。

3. 推动企业的自主创新能力和产品的竞争力

为推动数字电视及其配套产品的产业化、规模化，协会召开"芯片设计公司与系统整机企业的座谈交流会"，12 家企业的主要领导共 40 多人出席了会议。交流会后，协会走访整机企业，向他们介绍新整机对芯片的要求，促进芯片设计企业向整机单位的供货，为数字电视产业链向本土化、规模化发展迈出实质性的步伐。协会还牵头由整机企业与芯片设计企业合作向市经信委申报 "数字电视合作开发项目"和市科委"上海市高新技术产业化项目"，现已通过立项实施，取得初步的阶段性成果。

协会组织汽车电子设计、制造、模块应用等企业开展产品、技术和合作交流，增进了企业间的彼此了解；协会还组织沪上 14 家设计企业赴深圳考察，为它们拓展南方市场寻求创新合作机会。

协会积极协助企业做好政府各类项目和基金的组织申报工作。2009 年有 12 项项目列入国家 02 重大专项。在协会的组织下，14 家有研发及测试平台的企业组成了集成电路行业公共服务平台，促进这些大型仪器集聚，实现科技资源共享，为行业企业提供服务。

4. 开展课题研究，为政府决策和企业经营提供依据

2009 年，协会先后完成《2009 年上海集成电路产业发展研究报告》的编写与出版工作，完成"加快发展芯片设计业及上海国资在集成电路布局研究"和"上海集成电路产业深层次机制研究"课题；参与 2009 年"RFID 区域产业技术路线图研究"课题软课题研究与编写工作，完成《2008 年上海电子标签年度发展报告》编写和《2009 年上海电子标签年度发展报告》的准备工作，完成《2009 年上海信息化年鉴》及《上海市国民经济发展报告》有关集成电路部分的编写工作，完成《浦东新区高新技术产业 2008 年发展报告》编制工作，完成《促进产学研合作推动浦东集成电路产业新发展》中期报告，开展市商务委项目"我国集成电路产业扶持政策与公平贸易问题研究"课题工作。

5. 推进节能减排工作，开展合作交流

协会开展集成电路重点生产企业能耗排放情况调研，举办"绿色芯片设计"专场报告会；协助市经信委抓好行业的节能减排和环境保护工作，召开行业节能减排经验交流会；将业内会员单位节能减排典型实例汇编成5.5万字的《上海集成电路产业节能减排经验汇编》。

2009年，协会成功举办集成电路产业链国际合作（上海）论坛、"长三角半导体（IC）行业协会联谊活动"，协办"Semicon China 2009"、"第七届中国国际集成电路博览会暨高峰论坛"、首届"2009年上海电子展"、"IC封装模具设计及CAE工程分析应用技术研讨会"，合办"2009中国半导体市场年会"和"先进半导体技术学术报告会"、"SSIPEX集成电路公共服务平台"推介会，成功举办二次"45nm俱乐部沙龙"活动。

协会组织集成电路制造企业主要领导聚会，来自业内主要制造企业的主要领导畅议行业发展大计，交流企业经营经验；举办"张江集成电路设计企业领导沙龙"活动，为张江的集成电路设计企业搭建沟通交流平台，增强了企业与政府、与社会组织、与上下游企业之间的互动交流与合作。

6. 开展知识产权保护和标准制定工作

协会完成《超大规模集成电路晶圆和引脚类单芯片、球栅阵列单芯片集成电路封装两项加工贸易单耗标准》制定，《标准》通过商务部、工信部和海关总署的评审验收后并公告自2010年起执行。

协会组织制定了两极管和三极管、刚性智能卡、加工贸易单耗3个标准的编制和编制说明工作，完成行业能效对标实用手册的编制。协会编制的《上海工业能效对标实用手册集成电路200毫米晶圆》和《上海工业能效对标实用手册集成电路150毫米晶圆》通过专家的验收，协助中国电子工业标准化技术协会组织的"单晶炉、扩散炉、网带炉能源消耗3个行业标准"审查服务。

协会在协助市经信委和知识产权局开展的"企业自主创新知识产权保护专项行动"活动中，有18家企业的120件发明专利申报成功，获36万元专利资助费。

7. 组织诚信企业创建及各类培训活动

协会设立"诚信企业创建办公室"，推进行业"诚信企业"创建活动。复旦微电子等6家会员企业荣获了"2008年度上海市诚信企业"光荣称号。

为协调行业内人才过度竞争问题，协会召开封装测试企业HR座谈会，提出了遵循诚信、守信、自律、不损人利己的行业准则，会议最终拟定了5项行业人才流动、人才招聘守则。

协会成功举办了全国集成电路产业链发展高级研修班，65 位来自全国 13 个省市的企业、科研院校、高科技园区的领导参加为期 3 天的培训；举办了"集成电路产业教育系统高级研修班"和"Fabless 成功之路"学术报告会；为张江创新学院举办"在世界新经济形势下的集成电路产业"讲座；完成了《先进半导体制程整合》、《电子产品 ESD 防护与 IC 静电防护电路设计》、《半导体功率器件》3 种"653 工程"教材的校核验收工作。

8. 加强协会组织建设，开展数据库建设工作

协会成功进行了换届改选，隆重召开了会员大会；设计、制造、封装测试和智能卡专业委会也分别召开了会员大会，选举产生了各专委会的正副主任。

2009 年协会发展新会员 31 家，目前会员总数为 417 家。协会建设的行业数据库项目通过验收，为政府科技数据资源共享提供了较好的信息与服务平台。

协会向市人事局推荐 12 位企业总经理、总裁申报"上海市领军人才"，其中 3 位列入后备领军人才；组织会员企业参加"聚焦张江十周年创新创业风云榜"评选，有 3 家企业获科技引领贡献奖、9 家获最具成长潜力奖、2 家获得团队创新成果奖等，2 位企业家获得科技领军精英奖、10 位企业家获得归国创业精英奖、1 位企业家获得创新创业精英奖等个人奖；协会组织了"浦东新区第五届优秀科技论文评选"推荐活动，有 5 家企业的论文被推荐到评审工作办公室。

协会成功举办了上海集成电路行业中秋联欢会；按照市委和上级党委的工作布置，完成了实践科学发展观活动。

二、2010 年度主要工作

1. 主动做好为会员企业的政策服务和协调工作

继续做好新政策的出台推动和呼吁工作，加强企业与海关、税务部门的沟通服务工作，使企业真正享受到政策的优惠。

搞好企业的认定和年审工作；组织好具有自主知识产权的集成电路设计人员免征奖金税申报工作；协助企业做好各类项目、基金的申报和跟踪国家重大项目的实施工作；积极参与浦东综合配套改革的试点工作，完成浦东新区及张江集团公司委托的各项工作，做好园区产业调研及招商引资工作。

2. 深入企业调研，及时向政府反映行业需求

定期深入企业拜访、调研，摸清情况并向政府提交建议和方案；摸清企业对资金需求，帮助企业协调沟通投融资及上市渠道，解决企业贷款困难和上市发展问题。

3. 推动整机和芯片企业合作，促进产业做大做强

（1）继续协助政府组织推进"数字电视"、"移动通信"、"新型显示"技术及相关产品的芯片设计公司与系统厂商、运营商的合作，加快本地化产业链的形成。

（2）继续推动汽车电子平台建设，力促一批有条件的设计公司加大汽车电子产品开发力度，丰富和完善上海汽车电子平台。

（3）推动设计企业与本地制造、封装、测试企业之间的交流、合作，最大限度地实现产业链本地化配套。

（4）加强与深圳半导体行业协会合作，帮助企业开拓市场，推动设计企业新产品开发和现有产品销售的力度。

4. 继续开展软课题研究，为政府决策和企业经营提供依据

年内协会要完成《2010 年上海集成电路产业发展研究报告》的编写和发行工作；继续完成"集成电路产业发展深层次机制研究"课题；参与"上海市集成电路产业'十二五'发展规划研究"课题的编制；完成"集成电路产业中、高端科技人员专业培训"、"各国（及地区）集成电路产业政策的对比分析研究"、"2009 年上海电子标签（RFID）年度发展报告"及"2009 年浦东新区高新技术产业发展报告"课题的编写。

5. 进一步做好国际国内合作交流工作

认真举办"2010 年上海集成电路产业链国际合作交流会"，协助办好"2010 年中国半导体市场年会"、"国际信息化博览会"和"2010 Semicon China"；组织好"2010 国际集成电路研讨暨展销会"、"IC China 2010 年活动"的参展、参会工作；与深圳半导体行业协会合作办好集成电路创新应用展览会；继续与张江集成电路产业开发区公司办好每季度一次的设计企业沙龙聚会；继续办好 45 纳米俱乐部沙龙活动；加强与台湾、长三角地区行业协会的合作交流。

6. 开展节能减排和环境保护工作

继续协助政府相关部门抓好行业的节能减排和环境保护工作；参加中国半导体协会"ESH 工作组"组织的世界半导体理事会环境安全与健康委员会举办的有关活动；做好集成电路行业固体废弃物的综合利用工作。

7. 开展知识产权保护和标准的制定工作

积极协助政府做好行业质量管理工作，推进"创建诚信企业"和著名商标评选活动。

开展"上海集成电路晶圆能耗限额标准"制定工作；做好工业信息化部下达的"晶体管、刚性智能卡、二极管"产品单耗标准制定、验收工作。

梳理现有知识产权政策，开展上海 IC 行业知识产权研究；加强知识产权管理培训，分析 IC 企业上下游知识产权现状，开展针对 IC 市场应用性强的知识产权讲座、培训；协助市经信委和市知识产权局开展"重点信息技术领域企业自主创新知识产权保护专项行动"的企业申报工作。

8. 组织行业人力资源及各类培训

继续与中智合作做好行业薪酬调研和信息发布工作；继续与 SEMI 和中国（上海）人才市场合作，举办好 2010 年集成电路人才招聘会；举办 2010 年全国集成电路产业发展高级研修班；针对企业的需求，做好各类培训工作。

9. 加强协会组织建设

组织好理事会、常务理事会和会员大会以及各个专委会活动；组织好"中秋联欢"和"春节联欢会"活动；搞好行业统计，召开 2010 年行业统计工作会议；继续协同展讯做好上海集成电路科技馆的年度更新工作；编写好每月一期的协会简报和张江园区集成电路产业月报，为产业发展和政府决策提供依据；加强协会会刊和网站的建设，使网站的信息更丰富、栏目更细化，更好地满足企业的需求。

上海有色金属行业协会

一、2009 年工作主要成效

1. 深入调研，摸清情况，提出行业产业调整振兴规划建议

为尽快摆脱金融危机对有色行业的影响，上半年，协会秘书处通过一系列形式下基层，听实情，提建议，找对策。

（1）与市经信委综合规划处、国防科工委高新工程处、军工配套处领导一起，分别走访了 11 家 10 亿元产值以上的重要有色金属企业。

（2）与市经信委重化处领导一起召开了上海有色金属行业发展讨论会和推进上海有色行业高新技术产业化专题座谈会，倾听企业对上海有色金属产业调整振兴规划的建议与思路。

（3）下发了行业《企业情况调查表》，了解上海地区有色金属生产、贸易单位基本情况，为进一步规划上海地区有色金属产业结构和布局调整掌握第一手资料。

（4）根据国务院调整振兴有色金属产业规划，编写了《上海有色金属产业调整振兴规划建议》。10 月，市委、市政府按照协会的振兴规划建议，正式下发了《本市贯彻〈钢铁产业调整和振兴规划〉〈有色金属产业调整和振兴规划〉的实施方案》。方案指出，上海将进一步做精有色金属新材料，力争上海有色金属产业产值保持 400 亿元左右；上海将建设有色金属现货电子交易平台，并联合上海钢铁电子交易等平台，打造全国领先的金属材料产业信息服务门户，形成服务长三角和全国的金属材料市场一站式服务平台，初步建成有色金属定价中心，推动有色金属生产性服务业发展。方案在有色行业引起热烈的反响，为促进上海有色金属产业健康、稳步、可持续发展提供了强有力的支撑。

与此同时，协会向市经信委综合规划处申报"上海有色金属行业'十二五'产业发展和信息化建设规划研究及建议"的项目也获批准,并正式纳入上海市"十二五"发展总体规划。

2. 搭建监测平台,建立实验基地,两中心通过资质复审

(1)与上海有色金属(集团)有限公司沟通,经产权交割将上海市有色金属总公司无损检测中心出售给协会,并于 2009 年 1 月完成了产权变更,更名为上海有色金属工业技术监测中心。以后,中国有色金属工业无损检测中心和中国有色金属工业华东质检中心也先后挂靠于监测中心。

(2)监测中心与上海鑫研稀贵金属材料有限公司合作,以董事会负责的内部股份制形式合作共建监测中心松江检测实验基地。

(3)接受国家计量认证有色金属评审组和市质量技术监督局专家的现场复审。9 月 20 日,国家质量监督检验检疫总局向无损检测中心和华东质检中心颁发了新的资质认定证书。监测中心于 11 月 10 日开通了"上海有色检测网"网站,为有色及相关企业提供了检测服务平台。

3. 办好峰会,增强信心,帮助企业找到解困和防范风险的措施

2009 年 4 月和 11 月,由协会主办的"2009 上海铜铝峰会"和"2009 上海铅锌峰会"在上海银河宾馆举行。两次峰会汇聚了国内外 400 多家单位近 500 位专业人士,业内 30 多位专家和分析师围绕企业普遍关注的问题,共同探讨保持铜铝和铅锌相关产业平稳较快发展的策略。

11 月,由新加坡 Treeapinn 公司主办、协会协办的第五届世界废金属大会在上海金茂大厦举行,150 多位来自世界各地的废金属采购商和供应商参加会议。会议通过演讲和小组讨论的形式介绍了废金属的采购策略及对未来 5 年的需求预测。

这些具有较高层次和较大规模的国内、国际性研讨会,为推动有色金属行业发展起了积极的作用。

4. 修改章程,增补调整理事,顺利完成换届改选前的修订工作

2010 年协会将进行换届改选工作,下半年,协会秘书处根据要求,对协会章程、行规行约、会费标准、财务管理等制度做了修订和完善;同时,新增补了 3 家理事单位,增补、调整 5 位理事,为 2010 年协会换届改选工作奠定了基础。

5. 解决遗留问题,规范员工行为,进行秘书处工作的二次创业

2009 年是协会秘书处解决遗留问题、理顺内部工作的一年。一是开了相关会议,专题研究讨论"上海有色金属网"历史问题,对有关人员作了调整,并加强与华易投资和上海鑫协信息科技有限公司合作。二是相继调整充实有关人员,使协会工作不断不乱。

三是建章立制。制定了秘书处的 6 项制度，强化了内部管理。四是增设分支机构，将上海有色金属工业技术监测中心纳入协会秘书处。五是创刊《上海有色金属》电子简报。目前半月刊的电子简报已编辑发行 7 期，该简报主要反映协会秘书处的日常工作，设有协会活动、秘书处工作、会员单位介绍、检测动态、科技创新等栏目，并通过电子邮件发送到 1000 多位会员单位及相关企业的领导手中。六是理顺会员单位，截至 12 月 31 日协会共有会员单位 102 家，新增会员 9 家。

6. 协助政府工作，开展个性化服务，发挥桥梁与纽带作用

（1）撰写专题材料。与上海市节能服务中心合作，开展本行业主要用能单位耗能状况的调研，并完成《上海有色金属行业工业炉窑用能状况调研报告》。

（2）推荐领军人才。根据市经信委关于 2009 年上海领军人才选拔工作通知的精神，协会在主要有色金属企业中开展了领军人才的推荐工作。上海海亮铜业有限公司董事长曹建国被推选为 2009 年上海领军人才候选人。

（3）参与制定标准。针对上海市环保局颁发的上海《工业炉窑大气污染物排放标准》，协会召开了关于"工业炉窑大气污染物排放标准"的专题讨论会，并联合 10 家单位将整理出的书面材料呈送环保局，得到了环保局标准研究课题组的采纳。协会也应邀参加了市环保局召开的关于"工业炉窑大气污染物排放标准"研究项目的验收。

（4）参与编辑出版。为向 2010 年上海世博会献礼，协会参与了由市委、市府出版编辑的 2010 版《上海百科全书》，并将行业骨干优秀企业中铝上海铜业有限公司、上海大昌铜业有限公司、上海龙阳精密铜管有限公司等 8 家单位编入"有色金属工业"的内容之中。

（5）参与制定规划。为配合市经信委节能与综合利用处做好工业和信息化部关于征求"再生有色金属利用专项规划"意见的反馈工作，协会召集了上海主要再生有色金属企业主管负责人的专题座谈会，征求对"再生有色金属利用专项规划"的意见，并撰写了《关于工信部再生有色金属利用专项规划（征求意见稿）的反馈意见》。

（6）推广节能产品。2008 年底，南京启镁镁业有限公司的车间照明改用无极灯的节能项目成功完成。中铝上海铜业有限公司的车间照明改用无极灯的节能项目也已于 10 月顺利通过验收。

（7）开展个性服务。协会帮助上海新格有色金属有限公司解决国家质量监督检验检疫局驻厂验收问题；帮助上海鑫云贵稀再生金属有限公司及上海三井鑫云贵稀金属循环利用有限公司解决废铅蓄电池、电子废料回收等生产原料及税收问题。

二、2010 年工作要点

1. 认真做好编制和推进实施"上海有色金属行业'十二五'产业发展和信息化建设规划研究及建议"的工作

按照上海产业发展的方针目标，结合本市贯彻《有色金属产业调整和振兴规划》的实施方案，协会将制定符合上海有色行业特色的操作性强的发展规划。目前，编制小组已分专题召开了两次座谈会，形成了初步整体战略规划和具体实施项目。下一步将反复征求意见，并从实施路径上细化规划。

2. 推进发展上海有色金属行业高技术含量、高附加值产品

上海有色金属行业将紧紧围绕以发展汽车和轨道交通关键材料、新能源材料、电站设备（核电）重大装备材料、船舶与海洋工程装备材料、航天航空工程关键材料等高端材料为重点，突破一批关键和核心技术，重点发展和扶持 7 类高端产品。

3. 推动成立上海有色金属电子交易市场

通过整合资源，建设涵盖有色金属交易全过程的上海有色金属现货电子交易平台。上海有色金属电子交易中心有限公司第一次股东会和董事会于 2 月下旬召开，中国有色金属工业协会、上海有色金属行业协会、中铝集团将发起组建理事会，并落户北外滩地区。

4. 继续办好"上海铜铝峰会"、"上海铅锌峰会"和"世界废金属大会"

三大会议将通过研讨交流，帮助企业应对后金融危机影响，找到解困的策略与措施；同时，将通过峰会这一平台，加强企业产品技术交流，引导民间投资，促进内需发展，寻求新的合作与发展机遇。

5. 筹备协会换届改选工作

2010 年 7 月，协会将按规定进行换届改选。协会将做好各类会务工作，确保圆满完成换届改选工作。

6. 建立协会专家委员会，开展技术咨询服务工作

协会将充分发挥专家组成员作用，开展行业科学发展战略研究，向政府提出推动行业发展的政策建议，为企业提供各方面咨询服务，参与行业内职工申报技术职称的评审工作。

7. 进一步指导和扶持技术监测中心和有色计量站的工作

协会将利用网站、报纸等宣传手段，提高监测中心知名度，协助监测中心拓展内外业务；同时，将通过成立有色计量专业委员会，与上海市计量测试技术院建立战略合作伙伴，进一步提升有色计量站的服务功能，形成对企业计量工作的一条龙服务，探索工业园区、企业集中度高的地区进行计量集约化检测管理的新路。

8. 开展行业内名优产品评选工作

协会将坚持科学、公正、公开的原则，评出一批名优产品；对被评为行业名优产品的生产企业，将颁发有效期为两年的荣誉证书。

9. 开展行业内职工职称的评选工作

协会将在行业内评出一批专业技术职称（资格）和经济类职称（资格）的助理工程师、工程师、高级工程师和高级经济师，并颁发行业专业职称资格证书。协会还将组织和推荐已获职称（资格）证书的人员参加上海市同级职称评审，力求通过并获得职称（资格）证书。

10. 加强信息服务平台建设

协会将在"上海有色检测网"网站上增设产品技术咨询、检测信息查询、企业广告宣传等栏目，为检测用户及下游客户搭建买卖产品的商机平台，不断提升监测中心的影响力。继续办好《上海有色金属》电子简报，畅通协会与广大会员单位和相关企业的信息渠道。加强宣传和灌输"上海有色金属"移动手机网站高效、便捷服务的功能和理念，使其真正成为企业品牌展示、宣传特色产品、了解行业信息的平台。

11. 加强与国内外企业的经济交流与合作

2010年将组织部分会员单位赴白银、赤峰等中西部地区学习考察，推进两地经济的发展。还将组织相关企业赴国外考察先进有色金属生产工艺技术装备和管理经验，为企业创造了解最新国外信息动态的机会。

12. 继续发展新会员，壮大协会组织

将以上海地区的有色金属生产企业为发展重点，同时大力发展苏浙两省及华东地区的加工和贸易企业，进一步提高协会的行业代表性和覆盖面。

上海生物医药行业协会

一、2009 年工作主要成效

1. 以服务企业为核心，拓宽协会服务领域

（1）为企业解读政策及提供项目申报服务。协会先后邀请市政府有关部门领导就新医改、小巨人、创新基金、服务外包等政策向企业进行宣讲和解读；有针对性地帮助企业解决项目申报过程中的一些具体问题，在协会的帮助和推介下，上海复星长征医学科学有限公司"宝山体外诊断产品研发生产基地"等 30 家会员企业的产业化项目被市科委、市发改委列入"2009 年度第一批生物医药产业转化项目"，凯利泰医疗科技的"椎体扩张球囊导管"等产品被市经信委列为专利新产品，药明康德、生物芯片、张江药谷等企业被市商务委为服务外包支持企业。

（2）举办主题研讨及论坛。协会先后举办了诊断试剂行业发展沙龙，承办了第十一届上海国际生物技术与医药研讨会、中意生物和纳米技术论坛、2009 上海医药行业人力资源高峰论坛、第六届长三角科技论坛生物产业发展分论坛等一系列国内外产业研讨会，分享行业中优秀企业的成功经验，推动企业不断拓展经营模式。

（3）促进合作交流。协会先后促进复星医药产业基地落户金山工业园区和复星医药创新基地落户张江高科技园区，并与金山区和浦东新区签订了战略合作协议；促进张江生物医药基地与新先锋药业、金色药业与今鼎投资、中西药业与美凯默斯公司等开展交流合作；同时，多次参与举办国内外展览会，如中国（上海）诊断试剂和设备展览会、日本国际生物技术博览会、第七届新药发明科技年会等；分别与沈阳市医药代表团、福建三明市医药代表团、海南省医药代表团、长春高新区代表团，台湾生技产业促进会，以及意大利贸促会进行行业间的交流；此外，协会还组织复星医药、联合基因、科华生物、新兴医药等会员企业赴湖州开发区考察调研，并与安吉县政府签订了战略合作协议。

（4）开展有针对性的专业化、个性化服务。协会针对不同会员单位的需求，开展"个性化"服务，如应上海申元企业发展有限公司、青岛九龙药业公司的要求，分别组织召开了消避灵阴道栓专家咨询会、制剂车间布局专家咨询会；上门为上海汤振生物科技公司、上海凯利泰医疗科技有限公司、联合基因、泽润生物等企业提供专项服务；组织相关专家对由联合基因生物医药有限公司、上海博仲生物技术有限公司等五家单位联合编制的《基因检测样本采集服务规范》进行评审；组织行业专家对上海迪赛诺维生素有限公司的发酵法生产维生素 B_2 工艺进行技术成果鉴定。协会通过提供这些服务，进一步明确了今后的服务方向。

（5）走访、调研会员，反映企业诉求。协会先后走访了复星医药、张江生物医药基地、新先锋、罗氏等 50 多家企业，深入了解这些企业在发展过程中遇到的困难、需求及对协会和有关部门的建议。协会将这些情况整理成文，定期向市科委、市经信委、市发改委、市商务委和相关产业园区等反映，在企业和政府部门及园区间建立起沟通联系的纽带。

（6）以会刊、快讯形式，提供信息服务。协会每月按时出版会刊《生物技术产业》，及时传递国家和政府部门相关产业政策法规，报道国内外产学研动态，反映业界的要求。2009 年累计发布国际国内同行信息 280 条，刊发各类相关文章 114 篇。协会运用网站和电子信息快递等现代化手段，向会员单位提供专业信息。2009 年向协会会长、副会长单位发送信息快递累计 20 期。

（7）提供知识产权服务。6 月，协会知识产权部门参加了"2009 年世界制药原料中国展"，并在市知识产业局领导下受理会展中涉嫌侵权投诉事件 6 件，通过协调和处理，使部分事件当场得到了解决。2009 年，协会知识产权部门为相关企业申报专利 447 个，其中发明专利占 61%，实用新型占 36%。

2. 配合政府部门，开展政策宣传和园区推介

（1）在做好调研基础上，围绕产业，献言献策。协会围绕市委办公厅的《当前本市生物医药创新成果产业化中的突出问题及相关建议》、市科委的《上海生物医药产业发展行动计划（2009 年 –2012 年）》、市经信委的《上海生物医药产业发展情况汇报》等产业政策的制定及产业发展中的瓶颈问题提出了建设性意见，从而极大地提升了协会的话语权。协会编撰完成了《上海医药产业发展报告（2009）》，受到市经信委的好评。

（2）推进和落实上海生物医药产业发展三年行动计划。协会通过加大生物医药产业政策的宣传力度、帮助生物医药产业基地招商引资、推进生物医药科技成果转化等工作，配合市委、市政府扩大生物医药产业规模。

协会制作了两期特刊，专题报道三年行动计划、产业政策和六大产业基地；与张江高科技园区和金山、奉贤等区签署合作协议，利用各种国内外行业研讨会等的机会，介绍相关政策，推荐产业园区；形成了上海市生物医药产业推进工作月度报告，每月向市科委生药处反映上海生物医药产业现状及协会的工作情况，对重点关注的医药企业的动态和行业情况进行分析。

（3）做好行业统计工作。协会扩大了统计范围，增加了未纳入统计局企业的统计工作，受到市科委、市统计局、市工经联分管行业统计领导的好评。

（4）承担了市商务委指派的本市服务外包发展资金的推荐和评审工作。

（5）做好相关项目的评估和评审工作。积极参加上海市科技项目绩效评估和上海市科技小巨人企业、高新技术企业、技术先进型服务企业、市经信委技改项目、专利新产品、工博会等评审工作。目前协会已对"骨髓间充质干细胞体外扩增及成骨诱因的应用研究"、"珍菊降压片中西药配伍机理研究"等项目完成了绩效后评估。协会还积极参加了张江园区入驻企业的咨询评估工作。

（6）参与编制《上海市生物制药工业污染物排放标准》的修订工作。在市环保局主持召开的技术审查暨项目验收会上，专家组对由协会与华东理工大学起草的标准给予了充分肯定。

（7）参与上海市著名商标认定工作。协会在对申请企业进行充分调研的基础上，向市商标认定委员会提出了明确的推荐意见。

（8）推进新型易制毒化学品工作。在协会新型易制毒化学品工作委员会的努力下，目前新型毒品的检测试剂已获批，"管制和禁用药品索源框架体系"正在建设中，这些工作均得到了市经信委肯定。

（9）为张江集团提供信息。2009年，协会定期向上海张江（集团）有限公司提供月报、季报和半年报，及时反映张江园区内医药企业的发展现状和需求、企业的投资扩建和兼并重组以及政策的变化的影响，为张江集团的发展提供信息服务。

3. 以规范内部管理运作为保障，推进自身建设

（1）坚持民主办会，加强自律管理。协会定期向理事会、会长们汇报协会的重大事宜，及时召开理事会、会长会和联络员工作会议，商议及安排协会工作。2009年有23家企业加入了协会。

（2）推进自身建设，提升协会发展持续力。2009年协会招聘了4名协会工作者，其中2名为研究生；秘书处严格执行岗位责任制和目标管理制度，加强日常管理，确保各项工作按时、有效进行；将党建工作与业务工作紧密结合，开展"深入学习实践科学发展观"活动；协会党支部注意关心青年同志，做好发展工作，目前一名预备党员已转正，至此协会党支部共有正式党员 8 名。

4. 不断提高协会在社会中的地位

（1）组团参加建国 60 周年成就展。在市经信委领导下，协会组织由信谊、迪赛诺、联合赛尔、中信国建、微创等 5 家企业组成的展示团参加了在北京举办的建国 60 周年成就展。协会因此荣获由市经信委颁发的"参展工作先进集体"称号，陈少雄秘书长被工信部授予先进个人荣誉。

（2）在抗击甲型 HIN1 流感蔓延中发挥作用。协会按市发改委要求，积极做好莽草酸市场监测工作，掌握有关医药产品及原材料市场供求和价格变化，及时采取措施，稳定市场价格。

（3）引导和推进行业诚信工作。协会开展了市星级诚信企业、诚信创建企业和第四批诚信企业的认定工作。到目前为止，已认定 38 家行业诚信企业，促进了行业诚信建设。

（4）成功组办第二届"谈家桢生命科学奖"。2009 年的评奖工作启动早、范围广、沟通畅，进一步改善了评奖过程的管理，共收到全国 30 多所高校、科研院所、企事业单位的 64 封推荐信，通过评审，产生了 2 名成就奖及 9 名创新奖。

协会的工作得到了社会的认可，协会被市经济团体联合会评为 2007–2008 年先进行业协会，协会秘书长陈少雄被评为 2007–2008 年先进工作者。

二、2010 年工作要点

1. 确定一个目标

在上海市生物医药产业三年行动计划及配套产业政策的指导下，2010 年协会将充分利用政府、社会和企业的各种资源的优势，为会员企业打造一个全方位、多角度的综合服务平台，增强本市医药企业的持续创新能力和产业化能力。

2. 抓住三个重点

（1）进一步落实上海市生物医药产业三年行动计划的宣传推进工作，增强协会会员企业之间的联系，利用上海生物医药产业链的优势，打通上下游关系，促进企业的横向联系，推动产业往深度和广度发展。

（2）加强协会自身建设、促进协会在行业管理中的职能建设，提高协会在产业发展规划、行业标准制订和产品价格形成机制完善中的话语权。

（3）在前两届举办的经验基础上，继续组织办好"第三届谈家桢生命科学奖"的评选工作。

3. 落实六项工作

（1）加强协会自身建设，坚持不懈地把会员服务工作作为协会的"第一要务"，同时拓展自身功能，增强协会在行业发展中的服务能力和服务水平，并做好协会的换届改选工作。

（2）积极配合市生药办、市科委利用各种途径宣传推进上海市生物医药产业三年行动计划；协助相关职能部门做好政策配套工作和各产业基地的招商引资工作；促进会员单位的发展，协助各企业做大做强。

（3）配合市经信委、发改委做好"十二五"医药产业发展战略研究、规划的编制以及产业的推进工作。

（4）积极协助市食药局做好法规宣讲和行业监督；继续配合市商务委做好 2010 年度国家服务外包专项资金和本市配套服务外包发展资金申报工作。

（5）遵循"公平、公开、公正"的原则，继续组织办好"第三届谈家桢生命科学奖"，并在可能的情况下成立"谈家桢生命科学奖基金会"，促进我国生命科学领域的研究和产业化进程。

（6）围绕医改等产业政策环境的变化，组织专题报告会、研讨会、培训班，帮助企业解决发展过程中信息不对称、沟通不畅等问题。协会要充分利用"世博会"这一平台，进一步开展国际交流与合作，加强与美国、法国、比利时、丹麦、加拿大等同行之间的交流，提升上海生物医药产业在国际医药结构体系中的影响力。

上海重型装备机械行业协会

一、2009 年工作主要成效

1. 进行产业调研，撰写专题报告

协会充分发挥专家委员会的作用，深入开展调研，编撰了《行业节能减排蓝皮书》和《关于加快开发核电材料、振兴上海先进制造业的建议》、《积极推进两个中心建设发展上海先进制造业的建议》，分别提交给市经信委、浦东新区政府；面对"后危机时代"的到来，行业协会又组织编写了《上海重型装备制造业'后危机时代'的应对措施和建议》，得到了市商务委、市统计局等及市经团联的好评。

2. 积极开展节能减排（JJ）小组活动

由市经团联组织的"上海市首批试点 JJ 小组活动"，于 3 月份正式启动。协会与上海重型机器厂有限公司和上海力达重工制造有限公司为首批试点单位，认真参加了节能减排 JJ 小组活动试点单位的专题培训，组建了 3 个 JJ 试点小组，积极开展节能减排活动，取得了较好的成效。

3. 开展教育培训，进行技术职称评定工作

协会与上海应用技术学院合作，深入企业进行现场培训，为企业经济类初级、中级职称评审打好基础；协会聘请高级专业师资、组织国家统一教材，对各企业进厂 2~3 年的 136 名大学毕业生进行培训，让学员们结合企业的销售、物流、仓储管理等业务实践，再次接受工商管理的基础知识教育。

同时，协会继续开展重型装备制造专业工程技术类的职称评定，经技术职称专家评审委员会审定通过，业内有 8 人被评为高级工程师，17 人被评为工程师、9 人被评为助理工程师。

4. 推进产学研结合，开拓厂校合作

为加快企业自主创新、转变发展方式、推动结构升级的步伐，协会与上海第二工业大学联手，举办了"产学研技术合作对接座谈会"。出席座谈会有上海第二工业大学、上海机电工程学院及电子、电气工程学院领导、教授、专家，有协会会员企业，双方就企业信息化、测量控制、数控装备维修、机械故障分析等应用技术领域的学科和科技优势进行了座谈。双方就开展校企间全方位合作，实现产学研结合达成共识。

在 11 月二工大召开的科技工作会议上，协会与上海第二工业大学签订了产学研合作协议。双方将发挥各自优势，以信息交流、项目合作为基础，不断拓宽合作领域和合作渠道，共同实现跨越式发展。

5. 抓行业统计调查，提供经济信息

一年来，在市统计局的指导下，在各会员单位统计员的努力下，重型装备制造行业统计工作顺利开展。目前参加行业统计有 18 家企业，统计对象涉及金属冶炼设备、采矿设备、锻压设备、金属轧制设备。协会每月上报的《主要工业产品产、销、存及订货情况表》，基本上做到数据准确，上报及时，符合市统计局的要求。目前所有统计数据均进入市数据库，有效地反映了重型装备制造行业的经济信息。

6. 成功举办第十五届上海国际冶金工业展览会

6 月 11–13 日，协会参与主办的"第十五届上海国际冶金工业展览会"在上海国际展览中心隆重举行。协会会长、上海电气集团副总裁吕亚臣，副会长、上海第二工业大学副校长瞿志豪等领导参加了开幕式并剪彩。这次会展展出面积 12000 平方米，513 个标准展位，参会企业 302 家；13591 人次，10956 名观众到场参观，海外观众有 1284 名，分别来自 37 个国家及地区。协会会员单位上海重型机器厂有限公司、上海建设路桥机械设备有限公司、上海重矿连铸技术工程有限公司、上海力达重工制造有限公司等展台得到了参观者的一致好评。

7. 搭建与兄弟省市间合作交流平台，探索为全国同行服务

3 月 10 日，协会参加了有四川省成都崇州市与四川省驻沪办事处所举办的"危急中的交流与协作 2009 成都崇州——上海推介会"，并陪同四川省招商引资局李建局长为团长一行五人考察参观访问了上海建设路桥机械设备有限公司。5 月 11 日协会组织上海重型机器厂有限公司、上海力达重工制造有限公司、彭浦机器厂、上海冶金矿山机械厂等多家单位参加海宁市政府在上海锦江汤臣洲际大酒店举办的《海宁·上海制造业 招商暨项目推介会》，双方进行了交流。

2009 年 6 月 22 日~27 日，协会秘书长唐波等人应邀参加了由上海市政府驻东北办

事处主任、吉林省上海商会名誉会长孔祥毅为团长40人组成的上海企业家代表团赴吉林省长春市通化市、吉林市进行了考察交流。

10月14–17日，应辽宁省抚顺市人民政府的盛情邀请，协会与上海科学技术开发交流中心共同组团，以协会副会长、上海力达重工制造有限公司总经理陈豪敏为团长一行21人赴抚顺市，受到了抚顺市政府的热情接待。代表团参加了"辽宁装备制造基地·黄金水岸主题概念推介会"，并与有交流合作意向的企业签订了合作协议。通过与外省市的交流活动，为推荐企业、加强合作交流，拓展销售渠道创造了条件。

协会先后三次接待鞍山市的有关领导，协会负责人在上海电气临港重装备基地分别与他们进行了交流并陪同现场参观考察。

8. 走访会员，了解行业情况

2009年4月，协会走访了上海重矿连铸技术工程有限公司。面对金融危机的冲击，公司以"危"为机，以积极的姿态拓展市场营销，兴建拥有20000平方米总装配厂房项目，为公司进一步发展打下扎实的基础。公司产品不断改进升级，在连铸生产中拥有了国内外的先进技术，获得市高新技术企业、市民营企业100强的称号，使协会人员深受教育。

在此基础上，协会秘书处又先后走访了上海荣星动力传动有限公司、上海通用重工集团公司、上海康南机械设备公司、上海晓庄平付有限公司、上海智高机电设备制造有限公司、上海振栋材料有限公司等单位，这些企业应对危机，始终以更优的质量、更高的品位、更全的品种、更好的服务立足市场，不断促进企业经济发展。在走访企业，了解企业发展情况的同时，协会的专家们也结合所见所闻，为这些公司的进一步发展提出了建设性的意见。

9. 加强自身建设

2月20日，协会召开第二届会员大会，选举产生了新一届理事会，并聘请原航空航天工业部部长、中国工经联首任会长林宗棠为协会名誉会长。

按照市工经联党委的要求，协会党支部组织党员积极参加第二批学习实践科学发展观活动。通过活动，深化了协会每个党员在新时期贯彻科学发展观的理念，进一步增强了为会员单位的服务意识。在第二批学习实践科学发展观活动总结大会上，市工经联党委对协会党支部进行了表扬。

（二）2010年工作要点

1. 编制"十二五"发展规划建议

按照上海推进高新技术产业化9个重点领域中"发展先进重大装备"的方针，协会将加强对重型装备制造业的调研，开展对行业、企业发展的难点、行业动态、企业需求等的调查研究，为上海重型装备制造产业做大做强、平稳较快发展献计出力。

2. 召开"国际装备制造业发展论坛（2010 上海）"

本次论坛将搭建起一个面向国内外的装备制造业的高端对话平台，邀请世界上装备制造业发达国家以及地区的专家、企业家代表参会，与涵盖长三角、东北、中部、西南等我国重点区域装备制造业的专家、企业家，抓住上海世博会之年和在装备制造重大项目中率先推进结构优化和调整的机遇，共同研讨装备制造业的发展战略，集聚各方新创意、新思路、新举措，促进上海装备制造业的建设和发展。

3. 职称评审与继续教育

按照市委关于《上海实施人才强市战略行动纲要》的要求，构建凝聚人才服务平台，协会将进一步开展对技术人员的业务培训和继续教育，搞好技术职称的评审工作，调动工程技术人员的积极性和创造性。促进企业科技创新水平。

4. 进一步在行业中推进节能减排 JJ 小组活动

在 2009 年试点的基础上，2010 年将扩大 JJ 小组活动的会员单位，并力求取得较大的成效。

5. 开展产学研技术合作

协会将充分发挥专家委员会的作用，加强与上海第二工业大学的合作，加快形成以企业为主体，市场为导向，产、学、研相结合的创新机制。组织课题合作、学术研讨，促进技术交流，推广运用 CAE 软件加快新产品的研发以及开展维护知识产权和国际公平贸易的活动。

6. 加强信息建设和建立联络员网络

进一步抓好《上海重型装备行业简讯》和上海重型装备制造协会网站的建设，建立协会会员单位的联络员网络，以加强信息沟通、密切与会员间的信息交流。要立足市场，捕捉市场信息，举办各种不同类型的经济、技术、信息等讲座，从而达到资源共享、共建、共赢。

7. 推进与兄弟省市的交流互动

进一步加强协会与兄弟省市区域工业经济的交流、合作和互动。重点要加强与长三角地区、沈阳等东北七城市和四川重庆成都地区的重型装备制造企业的联系。

8. 深化行业统计工作

深化行业统计工作是协会进一步自主落实职能的需要，是联系企业与政府纽带的需要，更是为企业、为行业、为政府提供经济信息的需要。协会要努力做到统计数据准确、上报时间及时，特别是逢节假日做到按时间节点上报，保证统计数据质量符合统计局的要求。要在现有的 4 类统计对象基础上，逐步扩大统计工作的覆盖面。要搞好统计数据的分析，并加强统计员的互动交流和业务培训。

9. 开展行业诚信建设

按照"规范发展行业协会和市场中介组织，健全社会信用体系"的要求，协会将继续开展信用体系建设企业试点，进一步营造行业信用氛围，促进行业健康发展。

10. 进一步加强自身建设

加大协会的宣传力度，在产业链中不断发展新会员，扩大会员覆盖面，特别要加强对民营企业和中小型企业的发展工作，增强行业代表性。要巩固学习实践科学发展观活动成果，加强协会党支部和秘书处自身建设，增强办会能力，拓宽服务功能，更好为企业服务，为促进行业经济又好又快发展作出新贡献。

上海市化工行业协会

一、2009 年工作主要成效

1. 为会员服务工作

（1）提供信息服务

——办好两个网站。协会在做好信息发布及网站日常维护的基础上，2009 年起对协会信箱网络进行扩容，不断充实提高内容，并与许多政府部门、行业协会和企业实现网站链接，全年共向市经团联、市经信委、社会工作党委的网站及通讯提供信息 30 条，基本都被采纳。

——办好协会会刊。全年共编纂发行《协会通讯》6 期。重点针对全球金融危机形势，加强了企业如何应对金融危机的报道，还加强了对会员单位的宣传推荐。

——收集编写经济运行分析。协会全年共向市经信委提供化工行业经济运行分析报告 16 篇；编制了《2008 年上海市国民经济和社会发展报告》中的"石油和化学工业篇白皮书"。

——编制 2009 年月度统计报表。协会完成了会员单位 2008 年的年报及资料汇编；进行了协会会员单位 2008 年工业总产值、销售收入、利润、利税、净产值、人均销售收入、人均利税等指标的排序，并刊登在协会通讯上；向市工经联报送了《2008 年行业年报及半年报》。

（2）进行各类培训

协会培训部在人员减少的情况下，坚持积极为会员单位开展各类培训。组织易制毒化学品管理人员初训班 12 期，参加培训人数 1093 人；组织易制毒化学品管理人员复训班 19 期，参加培训人数 2125 人；组织危险化学品从业人员培训班 12 期，参加培训人数1548人；组织安全管理干部培训班2期，参加培训人数是280人。全年共培训近5000人。

为加强易制毒化学品监管服务网站管理工作，协会对500多家报表未上网单位进行了单独培训，共组织了四期，培训523人，通过培训，使会员单位报表上网率大大提高。协会还为会员单位举办了"财务管理培训班"、"国家级信息师培训班"。

（3）开展市场服务

协会对评为2008年"上海化工诚信企业"的10家单位，在上海市化工行业协会会员大会上进行表彰、颁发奖牌和证书；并在《中国化工报》、《上海化工杂志》、协会网站等媒体上进行宣传。

协会组织开展2009年"上海化工名优产品"评选和复评工作，共有15家企业31项化工产品评为"上海化工名优产品"。协会积极推进会员企业创品牌工作，2008年协会会员企业有5家5项产品荣获上海名牌产品，8家企业8个商标荣获上海著名商标。协会把荣获上海名牌产品、上海著名商标的13家企业的产品和商标登入协会网站和协会通讯上进行宣传。

为掌握会员企业主要化工产品在市场生产经营的状况，协会收集了51家企业110种主要化工产品的生产量、销售量和出口量的数据进行汇编，为协会进一步了解化工产品在市场供需关系上提供了有价值的资料，为企业应对国际贸易争端中各类应诉和诉讼提供有力依据。为帮助企业开拓市场，提供更多化工市场预测信息，协会市场部收集、编写、出版了五万字左右《2009年化工市场预测》刊物，发送到200多家企业，为企业制定经营战略和经营决策提供参考。

为了实施推进"上海市知识产权战略纲要"和"上海品牌战略实施计划"，加快化工产品技术创新、品牌创新，提升化工品牌适应国内外市场竞争力，协会召开了"化工品牌后续管理交流会暨2009年上海化工名优产品表彰会"，成立质量与计量工作委员会，对化工行业申报67项上海名牌产品逐项进行审核、初审。

（4）推进节能减排工作

——抓调查研究。协会对行业节能减排工作进行调研，确定上海氯碱股份有限公司、上海吴泾化工有限公司、上海焦化有限公司、上海华谊丙烯酸有限公司和双钱集团股份有限公司等5家企业为重点单位，并把这些企业的48个节能减排JJ小组列为协会的试点单位，加强经常的联系和指导。目前，试点JJ小组已初出成效，预计年内JJ小组的15个项目完成后可节约费用1500万元。

——抓JJ小组培训。协会和市经团联合作举办3期JJ小组骨干培训班，讲解JJ小组基本知识和节能减排适用技术，有 180 名试点 JJ 小组的骨干参加了培训。

——节能减排工作取得成果。通过对企业节能减排 JJ 小组活动的指导，目前已有 39 个小组开展了活动，活动率 90%，完成 31 项节能减排项目，完成率 80%，8 项在进行中，5 项将延期到 2010 年。12 月 16 日协会召开化工行业节能减排 JJ 小组活动交流会。为推动企业污水处理，加强企业生态环境建设，协会组织会员单位 60 多人参观了"2009 年国际水处理展"，促进了企业节能减排工作。

（5）帮助会员单位应对金融危机

协会分类型、分地区召开会员单位"应对金融危机措施座谈会"，及时了解企业遇到的困难，采取的应对措施以及建议要求。协会向企业宣传讲解化工行业整体情况，预测走势，鼓励企业增强信心，共渡难关。协会还向市政府有关部门反映企业的诉求，协助企业解决调整产品结构、产品出口和争取政策支持等问题，如帮助振泰公司解决了氯化镁出口受阻问题，帮助三爱富公司向国家发改委、商务部要求提高氟产品出口退税等。

（6）组织相关大型活动

协会组织和参加了在安徽合肥召开的第六次"中国长三角化工协商会议"，会议围绕行业调整振兴进行了深入交流；协会组织原协会老领导和行业老专家进行交流联谊活动；协办了"长三角化工行业解困与发展论坛"，许多专家、教授、企业家对化工行业解困和发展的精辟观点，使企业受益匪浅；主办了"知识产权如何产业化论坛"，通过专家、教授对知识产权的保护和产业化的演讲，使参会代表增强了知识产权的观念；与市教委联合举办"上海市化工行业协会双边技术交流对接会"，促进化工科技成果产业化，加强产学研交流合作。

（7）帮助化工区招商引资。协会协助安徽安庆、山东东营等化工区举办 4 次招商会，组织了 90 家会员单位领导参加了会议。

（8）帮助企业加强财务管理。协会举办财务"应收账款管理"讲座和"企业融资渠道解读与策略选择"讲座，帮助企业提高融资管理意识，探寻创新融资方式。

2. 发挥政府和企业的桥梁作用

（1）协助政府加强易制毒化学品监管。协会组织召开易制毒化学品管理工作委员会第三次全体会议，总结去年的工作，听取政府相关委办局和企事业单位的意见，进一步改进工作。协会加强对"上海市易制毒化学品监管服务网"的数据收集、处理工作，使报表上网的单位增加到近 3437 家。协会每月向政府有关部门提交易制毒化学品统计汇总报表及分析，供政府参考。

（2）协助政府加强危化品管理。协会开展了危险化学品从业人员培训和安全管理干部培训，2009 年共培训 1828 人。为生产经营企业做安全评价报告，完成经营单位安全评价 67 家，复评 16 家，为 27 家经营单位提供换证服务；完成生产及仓储企业安全评价 7 家。

（3）协助市经信委编制《上海石化产业调整振兴规划实施意见》。

3. 加强协会自身建设，提升协会的素质与功能

按照市工经联党委的布置，协会党支部有组织、有步骤地开展了学习实践科学发展观活动，在市工经联党委组织的第二阶段动员会上，协会党支部专门作了交流发言。党支部组织协会秘书处人员参观了"中国小康建设十佳红旗单位"蒋巷村，接受农村实践科学发展观的生动教育。

协会始终不渝的加强自身建设，提高服务能力和工作效率，协会秘书处比上年减少 3 名工作人员，虽然现有 16 名人员的工作量增加了，但全体工作人员团结和谐，努力完成了协会的各项任务。

协会配合市经团联组织"大学生就业招聘会"，提供本行业 16 个岗位，有约 50 人报名；参加了市经团联组织的"书画摄影展"，协会推荐的 4 名同志全部获奖，协会也获得"优秀组织奖"。2009 年协会发展了 8 家会员单位。

二、2010 年工作打算

1. 深化为会员服务

（1）促进行业结构调整。协会重点要按照国家关于石化产业调整振兴规划的要求，做好上海化工产业结构调整，产品结构调整和布局结构调整，在基本完成对高耗能、高污染、高耗资源的产业和产品调整退出的基础上，重点发展石油化工、新领域精细化工、化工新材料和生产性服务业，确保行业"十一五"规划目标的全面完成。

（2）推进行业技术创新，转变经济增长方式。协会将积极规划行业的技术创新，推进生物化工、纳米、催化剂、功能膜以及现代煤化工等新技术的研发，争取政府研发经费的支持。动员企业增加研发投入，加强技术创新，增加具有自主知识产权、高端技术、高附加值的产品投放市场。在化工新材料、新领域精细化工领域，推动产学研合作，建立战略性技术创新联盟。

（3）继续推进节能减排工作。

——协会将继续通过杂志、网站等媒体或办培训班、讲座等形式大力宣传节能减排、低碳经济，提高企业对节能减排的认识，增强企业的自觉性；召开行业节能减排座谈会，现场交流会，帮助企业开拓思路，推动节能减排向纵深发展。

——继续推广节能减排 JJ 小组活动。在去年试点的基础上，向全行业推广，动员各企业开展 JJ 小组活动；继续培训 JJ 小组骨干，让他们掌握节能减排的基础知识和适用技术，使行业的节能减排更有成效。

——动员企业推进节能技术和减排技术的创新。培育一批发展低碳经济和循环经济成绩显著的企业和园区，促进全行业节能减排工作的深化；继续向企业推介节能减排新技术、新设备，帮助企业解决节能减排项目的建立和实施，帮助企业寻找项目承包公司等。

——探讨能源合同管理的有效办法。了解能源合同执行中出现的问题，协会将以第三方的身份帮助协调、评估，解决矛盾。

（4）协助政府办好世博会。为此，协会要在安全生产、三废排放、危化品运输，确保企业正常生产等方面，积极为企业服务，确保不影响世博会举办、确保行业经济平稳运行。

（5）协会继续帮助会员单位开拓国内外市场。向会员单位免费发送协会编辑、出版的 2010 年《化工市场预测》，为企业提供化工市场信息和产品价格走势。年内将组团到国外考察化工市场，洽谈贸易，寻找合作机遇，提高上海化工产品出口的比重。

帮助会员企业和产品提升市场竞争力，年内将继续评选"上海化工名优产品"和"上海化工诚信企业"，并在各种媒体上宣传介绍，以提高知名度；继续为会员单位推荐上海名牌产品、著名商标和中国驰名商标，公布上海化工行业企业经济指标排序。

（6）继续办好协会刊物和网站。协会现有的《上海化工》和《协会通讯》，"上海市化工行业协会网站"和"上海市易制毒化学品监管服务网站"2 个网站，要继续提高质量、充实内容，做到及时、准确，并加强"政策法规"、"节能减排"和"会员动态"三个栏目，更好地发挥其引导和指导作用。

（7）做好咨询培训工作。2010 年将举办 8 期危化品从业人员培训班，预计参加培训人数达 800 人次；举办企业安全管理干部培训班，力求培训数 200 人；举办每月 1 期易制毒化学品管理人员初训班、1 期易制毒化学品管理人员复训班，预计培训人数 2000 人。

（8）组织会员活动。年内将举办"第十二届化工产学研技术交流会"和" 第六届上海国际精细化工研讨会"；召开"节能减排 JJ 小组研讨会、适用技术推广会"、各工作委员会 2010 年年会、2 次会长暨顾问会议和一次理事会议、"第七次长三角化工协商会议"和会员新春联谊会；组织专业协会秘书长考察交流等八项活动。

（9）提供中介服务。继续为会员单位提供产品、技术、市场、资产重组、合资合作的中介服务；继续为化工区招商引资提供服务。

（10）拓展协会职能。争取在为申请高新技术企业和推行清洁生产方面的企业提供服务。

2. 发挥好政府和企业的桥梁作用

协助市安监局进行危化品的管理，承接市安监局委托的其他工作；召开易制毒化学品管理工作委员会全体会议，协助政府进行易制毒化学品监管；举办培训班，加强企事业单位管理人员的禁毒意识和责任感；为市经信委提供月度和年度行业经济运行情况分析，每月至少提供一份报告；认真做好"十二五"上海化工产业发展规划建议书的编制工作，为政府出台"十二五"规划提供依据。

3. 加强自身建设，提升协会素质和功能

加强会长会议和理事会对协会的领导作用，发挥协会党支部的政治核心作用，不断加强党支部建设，努力把协会建成和谐协会。

加强与国内外同行的联系与交流，学习他们的先进经验；宣传上海化工，扩大上海化工的影响力。协会所属各工作委员会年内至少开展一次活动，要讲求活动的效果，让更多的会员单位参与协会各种活动；继续发展会员，年内争取发展10家新会员。

着力提高协会工作人员素质，提供各种培训，不断提高协会工作人员的政治素质和业务技能，适当招聘一些素质较高的年轻人才，改善协会的专业和年龄结构。在做好服务的前提下，努力实现创收，确保协会财务收支平衡，并有积余；继续实行市场化运作，搞活机制，关心员工，进一步提高协会的凝聚力和影响力。

上海家用电器行业协会

一、2009 年工作主要成效

1. 发挥桥梁纽带作用，反映企业诉求

协会先后走访、调研了大金、开能、申花、奔腾、双鹿等 30 多家企业，了解企业生产形势和困难，组织企业开展应对措施的交流，增强企业攻坚克难的信心。4 月，协会组织了有近 200 名企业代表参加的"企业直面危机，积极推进节能减排"的论坛。与会企业代表在会上围绕迎战危机的挑战，提高产品科技含量和自主创新能力、提高提高品牌价值等专题进行了讨论与交流。协会及时总结资料，向政府有关部门反映企业的生产经营情况和面临的困难。

在 3·15 消费者权益保护日来临之际，协会与苏宁电器组办了"商道协手，增益于民"的大型研讨会，围绕"3·15 消费与发展"的主题组织研讨。与会行业专家与企业代表达成共识，要实施有效措施，一方面维护消费者的合法权益，努力提高上海市场的客户满意度；另一方面要支持优秀品牌的再建设，提高品牌产品的市场占有率，以实现促消费、保发展的根本目标。

2. 主动参与家电下乡、以旧换新和节能产品的推广工作

协会及时与中国家电协会、上海有关委办取得联系，并根据政策，在了解企业需求的同时，主动帮助企业推荐产品，参与家电下乡活动。经协会推荐并与相关部门协调，先后有苏宁、水仙、双鹿、索伊、双菱、尊贵、中日、奔腾、新科、奥克斯等企业在上海地区中标，对拉动内需，推动企业经济发展起了积极作用。

4 月，协会与上海节能协会、苏宁电器等单位共同发起"节能，让城市更美好"的活动；与上海市消费者协会、上海节能协会和苏宁电器等联合发出倡议，鼓励消费者选

用一、二级能效比的变频和定频的家用空调。

财政部、国家发改委先后下发《关于开展"节能产品惠民工程"器的通知》和《"节能产品惠民工程"高效节能房间空调器推广实施细则》等文件，对符合要求的能效等级2级以上的定频空调实行全国市场的财政补贴。协会及时与市发改委、商务委、技监局等部门联系，并组织相关空调生产企业，及时向市有关部门上报资料。同时，协会主动向政府有关部门反映上海变频机生产厂家的产品、销售及市场需求特点，争取变频空调能在惠民工程中推广。目前三菱电机，大金、日立、富士通、惠而浦、双菱、海尔、松下、美的、格力、奥克斯、海信、三菱重工、春兰、长虹、伊莱克斯、志高等企业的变频和定频机产品均上了上海市推广目录。协会在家电下乡和节能产品推广中发挥着越来越大的作用，也为企业的生产发展创造了条件。据协会统计，至2009年10月底，纳入上海补贴节能空调器总销量达211059台，其中定频空调155168台，占73.52%；变频空调55891台，占26.48%。节能型空调销售占全市空调器销售总量的比例上升到42.8%。预计到2010年5月，销售总量将超过32万台。

协会还先后与苏宁电器、上海消费者协会、上海市节能协会等合作开展"购买燃气热水器、灶具送优惠的活动"、"节能空调使用论坛和销售送补贴活动"，有力地促进了产品销售，使节能产品更加深入人心，同时也提升了协会自身的影响力。

12月，在以旧换新政策的引领下，协会与苏宁电器共同推出了手机以旧换新，并实行10%补贴的活动，在市场引起很大反响，从而成为手机市场一大销售热点。

3. 开展各类技术培训和工程设计大赛

2009年，协会先后举办了3期制冷工上岗证班和等级工班，2期水家电等级工的培训，近600人参加了各类培训，并经考核，取得了各种相应证书。由市人事局职业考试院组织的第5期全上海家用制冷空调维修工程师班于5月开班，有55人通过考核。第6期班已有53人报名，预计在明年5月进行应知应会考试。

为了推动我国家用中央空调作业技术进步和发展，促进应用技术的提高，协会连续6年举办"家用/商用中央空调优秀工程设计实例"大奖赛活动。2009年举办的大奖赛，收到稿件43篇。通过评审，评出了优秀奖10名。大奖赛活动，为会员单位搭建了技术交流的平台，也为广大技术人员创造了交流学习的机会。

4. 深入开展"迎世博，讲文明，树新风"活动

举办世博会是2009年的头等大事。协会抓住这个契机，针对上海家用电器普及率高、使用率高、客户诉求丰富多彩的特点，策划了各类活动。协会成功组织了"迎世博，创一流消费活动"为主题的"3·15"咨询、投诉活动，47家参加单位，包含了冰箱、空调、洗衣机、热水器、手机、电脑、音视频、电热器具、净水机、小家电等十大类产品。这次活动突出了指导消费、宣传名牌、宣传创新与新品,主动提供挑选产品、产品服务、产品保养的客户咨询,以增强客户自我防范意识,保护消费者正当权益。

在协会与市质监局、市质量协会共同组织的第二次上海地区13家主要空调品牌的客户满意度调查活动中,协会认真组织和开展了用户回访、用户座谈会和投诉客户的上门听取意见等活动,得到了质监局有关领导的充分肯定,对各品牌企业自觉提高客户满意度、提升服务质量也起了促进作用。目前第三次上海地区销售量前15家主要空调品牌的客户满意度调查活动正在进行中。

5. 做好标准的制定和宣传贯彻工作

协会根据市质监局标准化处对标准工作的要求,先后编写了《上海家用空调器清洗规范》和水家电专业的相关标准。协会成立了标准领导领导小组,充实标准专业编写人员,先后召开了十多次相关会议。目前《家用和类似用途水质软水器》、《家用和类似用途反渗透饮用纯水设备》、《家用和类似用途超滤或微滤净水机》、《家用和类似用途活性炭中央净水机》4个标准已通过初审和复审,进入了试行期;《家用和类似用途饮用水处理设备服务规范》及《上海家用空调器清洗规范》标准也完成了各单位会签,即将向市质监局申报。

为切实做好《GB11790-2008家用和类似用途空调器安装规范》新标准的宣传,确保标准在实际工作中贯彻执行,协会先后两次组织了200多家企业负责人、技术质量和服务相关人员参加的讲座,对新标准作了深入浅出的专题讲解,受到与会人员的欢迎。

6. 开展诚信企业创建工作

协会与上海市"知荣辱、讲文明、迎世博、建诚信"活动组委会合作,成立了诚信企业创建办公室。根据诚信企业的创建要求,利用协会的报纸、刊物和网站进行宣传。经企业申报,创建办公室推荐,并经征信机构评估,上海海立集团、日立电器、三菱电机、奔腾企业、奇士企业、开能、复旦申花等等33家企业被评为2009年度诚信企业。

7. 组织国内外会展活动,扩大视野和信息交流

协会先后组织家电生产企业和水家电企业参加了荷兰—阿姆斯特丹国际水展、国际健康生活方式博览会、大连轻工博览会和印尼·上海技术设备和商品展等多个展会。通过参加这些展会,提升了消费者对这些品牌的知晓率和满意度,拓展了与海内外客商的业务联系,并通过展会了解新品新技术和新市场新渠道,有力地促进了销售业绩的增长。

8. 积极做好信息服务工作

为了使协会的信息工作更贴近企业,协会对报纸和双月刊栏目进行了必要的调整,在报纸上增设了一厂一品的项目，每期宣传一个企业，介绍一个产品，推广一个品牌。针对水家电产品宣传力度不够、消费者对各类产品还很陌生的现状，协会多次策划了多品牌的产品推广活动。协会先后与开能、康福特、康立根、A.O 史密斯与 3M 等公司合作出版了上海水家电的品牌产品专刊，发行了 2000 多册，受到了企业和市场消费者的好评。出服务品牌专刊，既利用了上海水家电企业群的集团优势，又集中了水家电品牌，协会将在其他产品的推广上继续尝试。

9. 加强协会自身建设工作

在第五届理事会成立后，秘书处根据协会章程和专业委员会工作条例，先后对维修委员会、家用中央空调专业委员和水家电专业委员会进行了换届和工作条例的修改。同时，充实了这三个专业委员会的工作班子，确保各专业委员会顺利开展工作。2009 年，协会发展会员 34 家。

协会党支部在市工经联党委领导下，参加了第二批学习科学发展观实践活动，并将学习成果落实到实际工作中。家电分工会在上海轻工联合工会的指导下，各级工会在组织开展职工教育、技术培训等方面发挥了积极作用。认真做好关心员工的工作，在春节期间，积极开展帮困扶贫活动。在高温期间，与上海轻工联合工会的领导到双鹿电器有限公司、索伊电器有限公司进行了高温慰问，体现出工会组织对一线员工的关心。在 2009 年，家电分工会从组织上得到了壮大，新发展会员单位 3 家，现会员单位已达到 24 家。协会将上海市全总的领导下和上海轻工联合工会的指导下，使工会工作融入企业的发展中，在保发展、调结构、促转型中充分发挥工会组织的作用。

二、2010 年工作要点

1. 做好编制上海家电行业十二五发展规划建议工作

协会将动员业内专家、企业家，集中各类人员的智慧，提高编制上海家电十二五规划的参与度，做好政府参谋。协会将根据国务院颁布的《轻工业调整和振兴规划》，工信部颁发的《加快我国家用电器工业转型升级的指导意见》，结合上海家电行业的特点，围绕家电行业结构调整、转型升级和创新发展方式，交出一份有质量、可操作的建议书。

2. 继续做好家电下乡、节能产品推广和家电以旧换新工作

2010 年，协会将继续及时为企业提供信息，做好服务，建好渠道，把好事办好。

3. 服务世博，参与世博，推进上海家电行业发展

办好世博会是上海的头等大事，协会将在节能工程、提升上海主要品牌的服务质量、开展中小企业安全认证、诚信企业建设、诚信服务、诚信形象等方面开展多种形式的活动。要强化服务管理,畅通投诉渠道,开展产品质量满意度、销售服务满意度、安装服务满意度、售后服务满意度和投诉处理结果满意度的多项评比,并加强监督检查。要通过参与世博活动,进一步推动上海家电行业健康发展。

4. 继续组织好培训,开展职称评审工作

在举办上岗证培训的基础上,协会将积极开展等级工、技师及助工、工程师、高级工程师的培训与教育,在行业中逐步养成好的学习风气。要大力开展技术竞赛、理论交流等活动,不断提高行业的整体素质。

协会还将利用轻工系统这一平台,开展工程师和高级工程师的技术职称的推荐评审工作,为机械、电气、管理等几大类的技术骨干提供一个考核的平台,为企业提供优秀的工程技术人才。

5. 加强信息平台建设,提升为企业服务能力

继续办好协会网站、报纸和专刊,进一步丰富和扩大信息来源,加大各种信息量和报道深度,及时传递政府和市场的信息。充分利用报纸的一厂一品专栏,做好企业的品牌宣传。加强网站建设,加快栏目的更新,增设相关板块,丰富各类信息内容,提高协会网站点击率,使协会网站成为行业乃至全社会都喜欢浏览的信息和服务平台。

6. 组建行业专家队伍,提高行业技术管理水准

组建行业专家队伍旨在全面提高家电行业的技术管理水平,这支队伍将主要从事以下工作:协助各企业新品开发、新技术应用;组织家电行业的技术、设计等咨询;开展行业标准咨询服务,对项目开发、安装、调试、维修服务等提出指导性意见;组织技术项目开发和技术评定和鉴定,参与相关标准的制定、宣贯工作;开展技术交流、技术讲座、技术培训,组织出版《家电科技专刊》;协助做好行业市场规范工作。

上海市节能协会

一、2009 年工作主要成效

1. 开展课题研究、咨询评审、学术交流，做好"三项服务"

（1）开展各类课题研究活动

一是受市人大财经委开展"当前实施'合同能源管理'的主要障碍和对策研究"课题调研的委托，协会组织数十位专家，成立 4 个工作组，通过收集资料、分析案例和学习兄弟省市经验，结合本市实际，提出了若干政策建议。9 月 15 日市人大财经委领导听取课题汇报，对课题研究工作给予充分肯定。

二是承接市发改委下达的编制"上海市热电联产规划"课题任务。协会组织专家团队走访基层，深入调研，经过多次修改，规划草案已通过市发改委评审。

三是受市发改委委托，协会会同市节能监察中心、上海建筑科学研究院和市交通港口局共同承担"上海市能源环保产业发展战略研究"中有关节能产业发展的调研工作，目前该工作已取得初步成果。

四是完成市科委下达的"节能减排技术创新体系与推广应用机制"课题，已通过上海市清洁能源研究中心验收。

五是与上海电力公司、中科院上海硅酸盐研究所、上海建筑设计研究院等专家一起，编写《电池储能电站技术规程》，现已完成送审稿，如获批准，将填补我国这方面规程的空白。

（2）参与节能咨询和评审活动

一是组织"分布式供能"应用推广活动。协会开展新江湾城铁狮门项目的分布式供能咨询服务工作，在闵行中心医院举办"新建三级医院推广应用分布式供能系统现场会"

等活动。

二是开展行业重点用能产品能效对标工作。在有关行业协会支持下，协会开展了以冶金、电力等行业重点用能产品能效对标的试点工作，提出了建立十大行业 50 个重点用能产品能效对标标杆体系和标准，还为中海三航局等单位的能效对标工作，进行调研、咨询和辅导。

三是开展电力变压器节能调研工作。为淘汰高能耗设备，协会承担了市经信委关于开展对全市工业企业电力变压器节能的专项调研工作。在 11 家重点用能单位配合下，已提交报告，并得到有关部门的肯定。

四是参与节能技改项目节能量审核工作。按照市经信委要求，协会作为节能技改项目节能量审核第三方认证单位，先后承担完成了对外高桥第二发电厂等 8 家单位 10 个节能技改项目的节能量审核。

（3）开展节能减排、建设低碳经济的国际学术交流活动

根据市经信委外经处安排，协会与日本节能技术交流代表团就合同能源管理、热电联产、分布式供能系统的技术和政策进行了交流；与加拿大维多利亚大学代表团就照明节能及路灯节能技术进行了交流。

根据市科委安排，协会与上海清洁能源研究与产业促进中心、丹麦腓特烈松市能源城主办"上海工业节能国际论坛"，与丹麦专家共同探讨工业领域节能问题与解决方案。协会还参加了接待美国参议院议长访华代表团活动，就协会在节能减排方面的工作进行了交流。

2. 利用信息平台，做好全市节能减排的系列宣传

（1）参与节能宣传周活动的策划、筹备和实施工作。协会作为节能宣传周活动的主要承办单位之一，积极协助做好宣传周主会场开幕式活动；配合市经信委办好"工业节能高峰论坛"；与市建筑节能办公室等 8 个单位联合主办第四届上海国际节能减排博览会；成功举办了两场国际节能技术和产品交流推介会。

协会组织的节能知识竞赛，参加人数达 19 万 5 千人，有 8000 多人参加了网上答题竞赛活动，由于发动面广、贴近群众，取得良好效果。协会还围绕全国节能宣传周主题，制作宣传画 4000 余套，编制"节能政策选编"等宣传资料 2 万余册，发放到各区、县、集团（公司）及主要的重点用能单位。

（2）开展形式多样的节能产品、技术和理念的宣传。协会成功举办以低碳经济为主题的第七届"上海节能论坛"，邀请复旦大学能源研究中心、西安热工研究院绿色煤电技术部、上海市发展改革研究院能源交通研究所等专家就发展低碳经济进行演讲，使大家

加深对低碳经济认识，提高了发展低碳经济的积极性。

10 月 27 日，协会在上海吴泾第二发电有限公司召开高压变频技术推广研讨会，通过会议，加深了各单位对高压变频节能技术的认识，提高企业采用该项技术的积极性。

2009 年，协会积极开展社会性节能宣传教育，在社区、校区开展十余次节能宣传、讲座和推介节能产品等活动。协会和市青少年科技中心联手举办"尚德电力杯第三届中国青少年创意大赛"，全市近百所中小学校报送近千个小科技作品参加比赛。经评选，20 余件作品参加了市科学节能展示馆展示，得到市领导及广大观众的好评。

协会在本市企业中积极开展节能、节电培训。先后为第一八佰伴、金山石化、中海三航局、东方航空等单位举办节能技术、节能管理培训班和节能形势报告会；并深入虹桥机场、上海锅炉厂、太仓保利热电厂等单位进行现场调研、考察，宣传节能政策，介绍节能经验与方法，为本市企业及长三角地区的节能减排做好服务。协会先后举办六期"合同能源管理"高级研讨班，约有 500 余人参加了研讨，对提高"开展合同能源管理实施节能改造工程"的认识，发挥了很大作用。

协会围绕阶段节能工作重点举办"上海节能沙龙"22 期活动；围绕提高能效、中央空调节能、节能知识、建筑节能等专题，举办 6 期沙龙，由于沙龙活动形式生动活泼，受到了会员单位的欢迎。

（3）《上海节能》杂志改版取得成功。在市经信委领导的关心和支持下，《上海节能》杂志改版工作进展顺利，得到广大读者和会员单位的好评。杂志质量逐步提高，杂志发行面逐步扩大，每期发行量已从原 2000 册上升到 5200 册以上，自费订阅的读者有所增加，外地单位发行数有较大增长，例如云南省节能协会现订阅《上海节能》杂志 270 份。

改版后的《上海节能》杂志由双月刊改为月刊，加强了杂志内容的时效性，还拓展刊物内容，及时刊登节能的政策法规和有关精神；开设"节能标兵"栏目，宣传市级节能先进事迹；开设"节能降耗动态"栏目，及时报道各单位开展节能工作的新思路、新创造。另外，围绕中心工作，搞好重点专栏或专题。杂志围绕近期节能工作重心，结合实际，认真策划每期重点专栏，这些专栏内容丰富，有一定深度和针对性，受到了大家欢迎。同时，《上海节能》杂志编辑部还根据形势的需要，编辑出版了《节能政策法规资料简编》第 4 册，现正在筹备出版第 5 册。

（4）大力提升"上海节能"网站运行质量。2009 年"上海节能"网站在内容和更新速度上有了新的面貌，共发布国内外有关节能减排信息 466 条；法律法规 2 本；能效有关标准 45 本。网站的访问量不断提高，月平均流览量达 2860 以上，在节能宣传周前夕，最高达到 6000 多。

3. 参与"上海市节能先进评选表彰"工作

协会受市经信委的委托，积极承办了由市人力资源和社会保障局、市公务员局、市经济信息化委、市发展改革委组织的"2008年度上海市节能先进单位和先进个人的评选表彰活动"，通过对上报材料的汇总和甄别，组织专家组评审、公示，及时按要求完成了任务。

4. 加强协会自身建设

（1）积极发展会员单位。按照注重吸收节能产品制造单位，包括其中的非公企业入会的要求，协会发展会员单位91家，目前协会总会员数达601家。

协会被评为2008年度上海市节能先进单位，协会理事长施明融荣获全国离退干部先进个人称号。

（2）开展分支机构换届改选工作。根据章程要求及各分支机构的实际情况，协会于上半年开展了各分支机构的换届改选和整顿工作，原轻工、高化、杨浦三个分支机构因变动原因，申请撤销；现有汽车工业工作委员会、纺织行业工作委员会、化工行业工作委员会、嘉定区联络站、崇明县联络站、合同能源管理专业委员会、制冷冷冻节能专业委员会、分布式供能专业委员会等8家分支机构均通过换届，产生了新一届分支机构领班子。

（3）加强党风廉政建设。协会十分重视党风廉政建设，加强协会的规章制度建设，严格财务管理和严格财务制度，每年都做好并通过财务审计。秘书处学习氛围浓厚，党员充分发挥先锋模范作用，虽然收入不高，但大家还是精神饱满，干劲十足。

（4）逐步推进秘书处的年轻化。协会通过招聘引进2名工作人员，其中1名为新毕业的大学生，今后还将根据需要，逐步推进秘书处工作人员的年轻化。

（5）坚持各项议事规则。协会坚持每年举行一次理事会、半年一次常务理事会、每季一次理事长会议，每周一次秘书处办公会议；秘书处认真执行这些会议决议，做到了决策和执行系统运作规范化。

二、2010年工作要点

1. 做好节能减排系列宣传工作

（1）积极参与2010年上海节能宣传周各项系列活动的策划、筹备和实施工作；按照市经信委要求，努力做好节能先进单位和先进个人的评选表彰工作。

（2）办好第八届"上海节能论坛"，要抓紧策划，选好主题，把论坛办成具有世界视野、中国特色、上海特点的有影响的品牌论坛。

（3）花大力气办好《上海节能》杂志和网站，提高杂志和网站质量，提高发行量或点击率，把《上海节能》杂志办成社会影响大、综合功能强、专业特色鲜明的媒体，成为向政府建言献策的好参谋，帮助企业排忧解难的好朋友，专家学者发表学术见解的好园地。要不断提高"节能降耗动态"信息收集的质量，使协会成为市经信委在节能减碳、智能电网等方面的智库。"上海节能"网站要加强与上海市能效中心的合作，扩大网站的内容和范围。

2. 开展推进合同能源管理、促进节能服务产业发展的系列活动

（1）举办合同能源管理工作会议。一是召开上海市合同能源管理工作会议，主要内容为部署本市推进合同能源管理工作，解读合同能源管理最新政策及交流成功经验等。二是举办中国合同能源管理上海高峰论坛，论坛上有合同能源管理政策的宣讲报告，还将举行合同能源管理项目的签约仪式等。三是举办上海节能服务产业展览会，不仅有节能服务产业的展示，案例介绍，还将举行合同能源管理节能技改工程的招投标活动。

（2）开展推进合同能源管理宣传活动。一是要动员本市的主要媒体，集中报道"合同能源管理"内容，上海市近年来在推广这项工作所取得的初步成果，典型工程案例以及对于"合同能源管理"的科普宣传等。二是设计制作一套以"合同能源管理"为主题的宣传画，在相关企业、大楼中张贴。三是利用《上海节能》杂志，开展对"合同能源管理"的主题宣传，出一期"合同能源管理"专题。四是利用市节能协会等各家网站开展以"合同能源管理"为主题的宣传。五是编制有关节能减排政策法规资料汇编和宣传小册子等。

（3）相关培训工作。继续举办以"合同能源管理"为主题的培训班，提高对合同能源管理的认识水平。

（4）发动区县开展合同能源管理工作。请各区县制定推进"合同能源管理"宣传计划，对突出案例进行宣传和报道等。

3. 推广使用节能产品，促进节能产业发展

根据本市节能产品与技术应用现状和优势，大力推广节能潜力巨大的节能技术和产品。2010年重点推广以高压变频和节能变压器为重点的机电系统节能产品和技术、以中央空调节能为重点的楼宇系统节能产品和技术、照明系统、新能源汽车等十大系列127种节能环保新技术、新产品，力争产品销售额达到100亿元，高效节能和环保产品市场占有比例提高5-10个百分点。按照市经信委要求，协会对2009年评选、推荐的127种高效节能产品，除了进行公告外，还将和有关方面沟通，推荐进入政府采购目录，进一步促进本市节能产业的发展。

4. 围绕节能减排重点工作，开展课题调研、咨询及培训工作

（1）积极参与和承担调研课题。2010年初定的项目有: 市发改委下达的"分布式供能"课题后评估,建议开展对"当前实施'分布式供能'的主要障碍和对策的研究"的课题研究;市科委下达的"节能减排创新集群技术"和"建设崇明生态岛研究"课题；国家电网公司的《电池储能电站技术规程》的评审、编制；对企业实施电力变压器节能专项技改工程优惠政策建议等。

（2）开展节能咨询和评审工作。一是协会将继续配合市能效中心,做好节能技改项目节能量审核的第三方认证工作。二是继续深入会员单位帮助做好节能诊断、咨询服务等项工作。

（3）组织节能培训。2010年重点将举办区属重点用能企业管理人员的节能基础培训和专题培训,目标为6个区（县）以上。

（4）扩大建设专家队伍。发挥协会与全社会联系面广的特点,扩大建设专家队伍,参照十大重点节能工程,充实专家库人员,充分发挥专家作用,积极承接技术和管理课题研究。

（5）加强合作,放大协会工作的半径。加强"区会合作"、"会会合作"、"院会合作"和国际交流,在协会与30多个协会建立合作关系的基础上,继续放大工作半径,拓宽工作眼界,摸索办会新路子。

5. 加强发展工作，做好协会自身建设

一是2010年要吸纳50家新会员,重点是用能重点单位、制造节能产品的中小型企业和现代服务型企业。二是整顿和发展二级机构。三是逐步推进秘书处的年轻化,办好节能沙龙,每年6次以上。四是坚持每年举行一次理事会、半年一次常务理事会、每季一次理事长会议,每周一次秘书处办公会议,做到决策和执行系统运作规范化。

上海钢铁服务业协会

一、2009 年工作主要成效

1. 促进政企沟通，开展行业调研

协会深入企业调研，了解企业情况，向政府相关部门提供行业信息和数据参考，反映企业的生存发展状况，努力为企业谋求有利的政策环境。2009 年协会加强了与市经信委、市科委以及市工经联等有关部门沟通，协调组织多次钢铁电子商务、产业发展模式和行业诚信建设等调研活动，使政府部门及时了解行业现状和企业诉求。

在市经信委的指导和支持下，协会着手进行对上海钢铁服务业的系统调研，编制《上海钢铁服务业发展报告》。这将是全国首部行业性的生产性服务业类发展报告，协会将力求以详尽的数据、翔实的图表和专业论述来反映上海钢铁服务业的发展情况。目前报告的编制工作正进行中。

2. 增进行业沟通，助力商机拓展

协会牵头举办和参与了各类会议、沙龙等活动。通过活动，促进了行业内部的交流联动和资源共享，为帮助企业拓展商机，发挥了协会的桥梁纽带作用。

2009 年 7 月，协会创办了主题为"危中求机"的首届钢铁服务业发展论坛，邀请政府有关部门、专家学者和企业精英，就钢铁服务业的发展进行交流探讨，吸引了 500 多名业界代表参与。

12 月，在宝莲投资集团和欧浦钢网的协助下，协会组织商务考察团到海南、广东两地，考察乐从钢市、欧浦钢铁物流，并与乐从钢铁协会建立了信息沟通的渠道。

协会与欧浦钢网合作，协办"2009 宏观经济形势下的钢铁走势与应对策略"、"钢市、楼市、股市华山论剑"两个大型讲座，邀请著名经济学家郎咸平，《货币战争》的作者宋

鸿兵、复旦大学教授谢百三主讲。每场都吸引了上千人的参会，讲座取得了良好的效果。

协会还协办了"2009 中国建筑钢材高峰论坛"、"钢材市场、钢铁物流中心（园区）发展高峰论坛"、"2009 年宏观经济与期货市场高层论坛"等。除这些大型的会议外，协会还举办了信息交流会、钢材期货培训等形式多样的小型沙龙。

3. 强化专业服务，做好保驾护航

到目前，协会已经挂牌成立了钢铁服务业仲裁中心、钢材期货培训中心和人事服务中心等，通过强化专业服务，逐步建立和提升服务功能，为广大会员企业的发展保驾护航。

加强仲裁中心的推广运营，引进行业仲裁机制，推行合同示范文本，为广大钢铁服务企业提供优质高效的仲裁服务，以快捷灵活的处理程序，为当事人双方及时化解矛盾纠纷。协会还成立仲裁之家，开设仲裁服务点和仲裁厅，更好地服务企业，到目前中心已受理了多起行业纠纷案件。

协会还联合"上海共识久久律师事务所"、"上海沪栋律师事务所"等律师团队，提供常年法律咨询服务。目前法律咨询服务已经使多家企业受惠，并受到好评。

钢材期货培训中心通过与国泰君安、上海中期等多家期货公司的合作，举办了系列培训，为企业正确使用期货市场规避风险进行普及性教育推广。7月份协会成立的人事服务中心，努力为会员企业提供高质量、高效率的人事外包管理服务。

4. 加强信息交流，提升信息服务

以会刊和网站为主要信息载体，协会积极搭建信息服务平台，通过发布行业和企业信息，并加强与《现代物流报》、《中国冶金报》等行业媒体的合作，形成共享的行业信息服务及工作网络，来为企业服务，促进信息资源共享，使更多企业从中受益。

协会加强会刊《通讯》编辑工作，增设专业编辑人员，组建通讯员队伍，不断提升刊物质量，加强栏目建设和企业信息采集，更多报导会员企业动态。《通讯》的对外发行和交流逐步扩大，到目前已覆盖到更多的政府部门、兄弟商协会和企业。

加强网站维护和信息更新，并与钢之源、今日钢铁等合作，建立现货市场和电子交易市场栏目，提供更丰富的市场资讯。为更好地发挥网站的网络优势，协会正对其进行改版。

此外，协会还推出了《钢铁资讯每日报》，每天收集整理国内外钢铁行业的重大新闻事件，发送到企业邮箱，帮助企业更及时方便了解行业资讯。

5. 加强组织建设，优化工作机制

协会通过与会员企业广泛深入的合作，加强协会的组织建设，增强协会的团队工作能力，并优化工作机制，探索更具活力的发展模式。

2009 年协会成立首个专业委员会——型钢专委会，由理事单位鹿骋的杨总任专委会会长。专委会紧密团结相关生产、贸易、加工等服务企业，为广大企业提供更有针对性的、更加专业的服务。目前，协会的顾问专委会也正筹建中。

同时，协会秘书处招聘了若干名新成员，在巩固原有工作成效的基础上优化各项工作机制，为协会的可持续发展夯实了基础。

二、2010 年工作要点

1. 工作方向：坚定、优化、强化

（1）坚定工作原则

协会 2010 的工作原则为：紧贴企业，办实事，求实效。

宗旨是：服务企业、规范行业、发展产业。发展产业是核心，服务企业是根本，规范行业是职责。为企业服务，为行业服务，是协会存在的价值，是协会生存的根本。

协会将贴近企业，通过走访、调研等方式，熟悉更多企业情况，了解企业需求，成为企业的知心人、后援团，成为企业的家园。

企业的需求是实实在在的，企业的基本诉求是要获得更大的发展，创造更多利润，提供更多就业岗位，上缴更多利税。只有实实在在为企业办实事，求实效，才能赢得企业的认可，赢得行业的尊重。

这两年来协会推出的仲裁中心、钢材期货培训中心、人事服务中心等这些专业服务平台，都是本着这个原则，为企业服务，为企业提供帮助，从而取得了更多的实际效果。

（2）优化运营机制

两年多来，协会已经在市场化运作的摸索上积累了一些基础的经验，建立了相应运营机制的一些基础，继续寻求更好的发展模式，优化运营机制，增强协会活力，是协会下一步的核心问题。

首先要借鉴和吸收国内外行业协会的成功发展经验，研究和分析钢铁行业和钢铁服务业的特点，寻求更具行业适合性的发展经营模式；在尽到规范行业职责和服务企业、推进产业发展的大前提下，通过市场化运营机制在实现和延伸协会服务功能的同时，以服务项目的开展来增加协会经济收益，建立和增强协会的自身造血功能。

其次要建立横向、纵向的立体沟通，加强与企业老总、业务、行政等不同层面的沟通。下一步协会将巩固和发展通讯员队伍，通过通讯员的信息渠道加强对企业动态和需求的了解。一方面便于协会利用刊物、网站等渠道发布企业信息，为企业宣传推广助力；一

方面便于协会汇总企业需求，来增强协会服务的针对性和有效性。

（3）强化服务功能

首先要加强服务主体——协会秘书处的团队建设，进一步加强培训和培养，来保证专业服务平台的搭建和运营，提高服务效率和水平。同时总结仲裁中心、钢材期货培训中心和人事服务中心等现有专业服务平台的运营经验，强化专业委员会的对口服务，通过专委会和各个工作中心的联合互动，整合行业资源，丰富服务项目，为会员企业提供更丰富更专业的有效服务。

另外，协会还将在适当的时候根据工作进程和会员企业分布情况，加强不同地区的工作力量，筹划设置地区性分支机构：沪南分会、沪北分会、沪东分会、沪西分会和长三角分会。

2. 主要举措：4 个加强

（1）加强政企沟通

加强政策传导服务，向会员企业及时传递政府有关政策信息。

加大行业调研力度，积极反映企业需求；编制《上海钢铁服务业发展报告》。

协调政府与企业，筹建钢铁服务产业联盟，促进产学研结合，推进企业在创新基础上进行业务联盟，引领行业先进发展方向。

协调编写钢铁电子交易行业规范，协调相关电子交易公司，探讨出台电子交易规范可行性，以及后续的编写工作。

筹建职称评定服务站，为会员企业的职称评定提供服务。

（2）加强发展建设

筹建地区分支机构，拟先筹建沪南分会。

加强专委会建设运营，为会员企业提供更多有针对性和专业性服务。

发展新会员，吸收更多有实力、有影响力和有成长潜力的企业加入协会。

加强秘书处建设，进一步提高业务能力和为企业服务的水平。

加强现有专业服务平台的推广和运营，重点加强仲裁中心、人事服务中心和钢材期货培训中心工作，计划在沪南、沪北增设法律仲裁服务点。

筹建钢铁产品质量检测中心，探讨成立质检中心的建设方案和运营机制。

（3）加强信息服务

扩大刊物和网站的信息量，提高编辑人员业务水平，提高原创信息，并加强美观度。

扩大通讯员队伍，加强信息交流会（通讯员联络会）的举办效果，建立和巩固信息采集渠道，更多更广地发布会员企业信息。

加强《钢铁资讯每日报》的编制工作，不断扩大发送覆盖面。

利用刊物和网站，开展行业间的交流，建立和扩大与兄弟商协会的沟通和合作，信息互通，资源共享。

加强与各媒体的联络，扩大协会在媒体的宣传，提高社会的知名度和影响力。

（4）加强活动组织

年内拟举办宝山国际钢铁文化节、第二届钢铁服务业发展论坛暨三周年年会等大型活动。

组织商务考察，上半年组织国外考察（初定日本或我国台湾地区），下半年开展国内考察。

举办小型沙龙，如行业供需会等活动，结合企业需求，为企业开拓商机。

组织各类培训讲座，为企业提供多方面的培训服务。

上海市信息法律协会

一、2009 年工作主要成效

1. 组织信息法律专项工作

（1）开展"3G 增值业务法律热点问题研究"课题研究。2009 年，市经信委将"3G 增值业务"课题列入重点课题计划。协会按要求召开专题会议，确定课题围绕手机支付、手机视频、移动搜索、知识产权等主题进行实务性研究。会后协会与三家运营商建立联络机制，由他们每月向协会提供 3G 增值业务开展过程中遇到的法律问题；同时协会也及时与运营商沟通，听取其对课题的意见和建议。11 月，在上海电信移动行业法律事务联席会议上，协会以 3G 增值服务法律问题为题作主题发言，其成果得到与会方的肯定，会议确定以手机支付和手机视频两个板块为研究内容。以后协会又开展了课题的调研和深化，该课题已经进入收尾阶段。

（2）编撰《长三角信息化政策法规联动机制研究项目》。市信息委委托协会开展《长三角信息化政策法规联动机制究项目》工作，协会在对上海电信、上海联通、市信用服务行业协会等单位进行调研和向江苏、浙江发函征求意见的基础上，撰写了调研报告，经过 16 稿的修改形成送审稿，12 月经专家评审会讨论，获得通过。会后协会根据评审会意见，对调研报告又作了进一步的修改。

（3）开展《国内外信息化政策法律动态》的改版工作。协会针对信息传播的实际情况，对动态月刊进行了改版。将原来的电子邮件版改为电子书版，以后又将电子书版本改为 PDF 文件版，还增加了内容，改版后《动态》发行量得到了增加。

（4）开展上海电子商务法律服务团活动。"上海电子商务法律服务团"自 2008 年 9 月成立至今，已开展多项服务工作。2009 年服务团的工作重点放在了校园服务上。5 月

31 日，"电子商务进校园活动"在松江大学城举办，协会选派律师为创业就业大学生提供法律咨询，并设立 MSN、QQ 等平台，为其提供相关后续服务。

（5）进行课题申报工作。根据市经信委"'十二五'规划前期重大问题研究"的要求，协会将与上海无线电管理局台站处合作编撰的《上海信息基础设施发展思路、重点和对策研究》、与上海大学合作的"上海市政务信息资源开发利用研究"2 个项目进行了申报；同时根据市经信委关于政策法规项目计划，就《上海市促进电子商务发展规定》宣传贯彻工作等 7 个项目进行了申报，目前，有 5 个项目已得到市经信委批准，2 个项目已进入筹备阶段。

（6）承接工商代理业务。2009 年度，协会继续承接电信企业的工商代理、变更注册业务，为中国联合网络通信有限公司上海分公司提供代办工商年检的服务。

2. 开展信息法律的宣传与培训

（1）加强信息法律的宣传

一是与新闻媒体的合作与交流。经市法学会推荐，协会与《青年社交》杂志社达成合作办专栏的意向。自 7 月起，协会在《青年社交》杂志上普及电子信息法律知识。协会结合具体案例，向青年朋友介绍有关信息法律问题，提高他们的防范和维权意识。

二是与《上海信息化》杂志合作出版法律专刊。协会与《上海信息化》杂志社合作，对信息化领域法律法规进行思考和探讨，并计划在 2010 年 3 月推出专刊，全方位讲解信息化领域普法的焦点和亮点等话题。

三是接受电视台、广播电台、杂志报社等媒体的采访。协会就短信诈骗、网络侵权等问题先后接受了中央电视台焦点访谈栏目、上海文广电视台、上海广播电台、文汇报等媒体的采访。协会通过这些媒体，为社会普及信息法律知识，同时也借此对协会作了宣传。

（2）进行信息法律培训工作

一是举办手机支付讲座。2009 年，协会向上海电信业务部门人员进行了"移动支付法律问题"的培训；培训结束后协会与相关人员就未来业务中的法律服务又作了进一步交流和沟通。

二是开展烟草专卖局法律培训。协会受邀前往上海市烟草专卖局，为处室领导及有关同志进行了题为"信息化时代新经济形势下法律风险控制"的专题讲座，得到了有关领导的肯定。

三是组织法制宣传及联络员会议。2009 年，协会协助市经济信息化系统组织了"法制宣传教育工作会议"；协助市经信委举办了"市经济信息化系统法宣干部培训班"，通过培训加强了同各单位的联系与交流，探讨了开展合作的可能性。

3. 结合会员需求，开展专项研究

协会经常根据各会员单位的需要，以现有法制环境为基础，开展了一系列专题研究。一年内主要围绕：手机支付、手机的视频、企业管理中的个人信息保护、电子商务中的点击合同、企业知识产权的保护与滥用之间的平衡等法律问题，以及信息化时代新经济形势下的法律风险控制等进行研究，从控制法律风险的角度为企业提出了各种切实有效的建议，受到会员的欢迎和好评。

协会应邀为中国移动上海分公司编写《移动政策研究汇编》，每两周向中国移动上海分公司报送一期研究汇编，为企业决策提供有价值的参考信息。

协会将生活中涉及信息网络的现象等相关问题进行深化研究，发表了一系列文章：《注意交易细节，减少网购风险》、《网上购物如何应对卖家取消订单》、《云时代个人信息谁来保护》、《银行卡遭克隆谁负责》、《话费有效期引起的风波》、《网店遭受"差评"勒索》、《手机垃圾信息挑战信息安全》等，这些文章兼具法理性及可读性，获得了较好的评价。

协会还将研究成果制作成培训专题资料，供各类培训或讲座使用，取得了良好的成效。

4. 协助组织法律专题活动

协会积极参加各类法律专题活动，在浦东软件园，协会驻派专业研究员前往现场为企业提供法律咨询服务，热情解答前来咨询的每一位客户提出的问题，为他们提供合法合理的法律意见；应市政法委要求，协会利用自身的专业优势为"上海政法综治网"研究制订了具体的建设和运营方案；协助市法制宣传教育联席会议办公室和市法学会组织了法治短信征集活动，推进广大公民提高法律意识和法治观念。

5. 打造信息平台，加强协会建设工作

（1）创建协作平台，实现资源共享。协会将课题项目、规章制度、企划宣传等信息资料进行整合，建立网络协作平台。目前协作平台包括协会工作指南平台、业务平台以及资料库，在协会内部做到信息资源实现有效共享，促进了工作效率的提高。

（2）重建协会网站。新设立的中英文网站汇集了协会最新公告、协会各项活动的进展情况以及国内外信息化政策法律的立法成果和最新资讯等；协会各项研究成果、专栏文章等均能及时地在网上发布。

二、2010 年工作要点

1. 做好"工业化与信息化的融合"中的法宣工作

协会将与上海市企业顾问协会合作，联合承担《工业和信息化政策法规汇编》的编辑印刷工作和"上海市工业和信息化领域政策法规"框架两个研究课题，要通过课题了解企业在"两化融合"中遇到的法律问题与政策需求，积极做好法律宣传工作。

2. 围绕世博会与"两个中心"建设开展信息法律工作

协会将落实政府对世博会信息化建设的精神，将"3G 增值服务法律热点研究"、《上海市公用移动通信基站设置管理办法》修订工作"等课题与世博会召开相结合，为世博会做好服务；围绕上海"两个中心"建设的目标，在"国内外经济和信息化政策法律动态研究"、"上海市工业和信息化领域政策法规框架研究"等课题上深入研究，为"两个中心"建设作出贡献。

3. 针对信息化领域新情况加大相关课题研究

一是要继续跟踪国家信息化政策法规的实施情况，通过各种渠道，广泛搜集最新政策法规，关注实施中出现的问题，从法律角度进行解析工作。

二是要挖掘信息化领域的热点问题组织研究工作。随着信息化的发展，黄色网站的泛滥、黄色短信的整治、移动媒体版权侵权、移动搜索侵权等问题不断出现，协会将加强这些热点问题的研究工作，及时有效地解决客户单位在信息化的过程中遇见的法律问题。

三是针对会员单位遇到的法律问题开展服务工作。2010 年协会拟通过与会员单位的交流，了解会员单位在实务中遇到的法律问题，并对这些问题进行针对性的研究，及时将结果提交会员单位。

4. 完成重点课题研究，做好园区法律咨询

（1）积极认真地完成各项调研项目。受市经信委的委托，协会单独承接了《上海市公用移动通信基站设置管理办法》修订工作，与上海市电子商务行业协会共同承担《上海市促进电子商务发展规定》宣传贯彻工作课题，与上海市企业法律顾问协会共同承担《工业和信息化政策法规汇编》编辑印刷工作、"国内外经济和信息化政策法律动态研究"和"上海市工业和信息化领域政策法规框架研究"等课题。协会课题组将深入调研，广泛征求各方意见，在各方面的支持下，力求高水准地完成各课题项目。

"3G 增值业务法律热点问题研究"课题计划已经进入最后攻坚阶段，协会将就其中存在争议的几个问题向委托单位、专家学者、律师征求意见，对报告进行最后调整。

（2）主动为园区企业提供信息法律咨询服务。协会计划借助软件园平台，进一步开拓协会的业务范围，为浦东软件园入驻企业就创设运营、信息传媒、电子商务、知识产权等方面的法律事务提供服务。此外，协会将根据需求，为企业提供员工法律培训。

（3）开展信息化领域法律培训工作

协会将结合当前信息行业企业的需求，开展企业信息人才流动制度、企业知识产权保护、信息化过程中的侵权行为、电子商务的法律风险等方面的法律培训工作，为信息行业的广大企业提供服务。

（4）加强协会的信息平台建设

2010年，协会将进一步完善网络宣传的建设，并与《上海信息化》、《IT时报》、《科技与法律》等多家报社杂志社合作，将信息产业的法律研究成果分享给社会。

继续完善网站建设，增加栏目内容，用网站这个信息平台为广大企业服务。协会将利用博客、微博客等宣传方式，及时将工业与信息化领域的行业动态、政策导向、各方观点等传递给各单位。对电子商务网站遇到的新问题，将加强法律普及进一步开展宣传工作，要通过这些工作提高协会在社会中的影响力。

5. 加强自身建设，积极发展新会员

通过信息化手段简化办公流程，提高办公效率，落实信息积累制度。重视协会内部建设，认真开展党员教育，充实协会办事机构，为协会的进一步发展奠定基础。

协会要提高为会员服务的质量，通过提供法律咨询、网站服务、专家研讨等形式，加强与相关企业的沟通和交流，积极发展新会员；经常听取会员对协会工作的意见和建议，充分发挥会员的专长和作用，依靠广大会员共同做好协会工作。

上海漕河泾新兴技术开发区企业协会

一、2009 年工作主要成效

1. 拓展为企业服务形式和方法，发挥桥梁与纽带作用

（1）沟通信息，反映呼声。协会主动走访会员单位和企业，及时反映企业的诉求、呼声，帮助会员单位和区内企业共同应对金融危机，共克时艰。同时，协会及时跟踪和传递政府部门相关政策和信息，努力促使各项政策及时落地。2009 年，协会走访企业 400 多次，了解企业情况，有针对性地为企业服务。3 月份，为应对金融危机，徐汇区出台了总额度 3000 万元的扶助困难企业政策。协会了解后，在第一时间与开发区创业中心沟通，共同联系企业后上报两批 11 家企业，共获得扶助资金 310 万元，为企业雪中送炭。另外，协会办公室、创业中心争取到和正在申报的大张江基金分别为 40 万元和 167 万元，为企业的发展起到了锦上添花的作用。

（2）举办各类讲座、研讨会，促进企业发展。2009 年，围绕应对经济危机、大学生就业、促进产业发展、技术创新等内容，协会与会员单位、政府主管部门和创业中心等合作，先后举办讲座、恳谈会或研讨会 20 次。如协会与 SGS 公司合作，先后召开了汽车零部件企业应对国际市场挑战和中小企业如何应对金融危机两次研讨会；与虹梅社区企业服务中心联合举办"常见劳动争议及其实务处理"讲座，近 100 多家企业领导与人事干部听讲；邀请律师事务所与大学生创新创业园企业座谈并为他们提供法务服务；在市经信委、市通信制造行业协会、信息服务业行业协会和区科委的支持下，协会联合开发区内外通信和半导体龙头企业，第一次主办了全市范围近百家企业参加的推进新一代无线宽带技术与产业发展的主题研讨会。协会还为企业解决货款难等问题，采取银企（政）恳谈会方式，使银行和企业之间就各自需求实行面对面的沟通，取得了很好的效果。

（3）开拓协会工作方式。2009 年，协会改变思路，将各项体育活动委托专业的体育服务机构承包。羽毛球包给上体产业发展有限公司承办，篮球包给兴博体育公司承办。这样既把协会从过去具体运作赛事转移到监督管理上来，使协会从繁杂的赛事事务中解放出来，集中精力投入到为企业服务重点工作上；又通过区内企业冠名、政府支持出资与争取政策等，有效控制和降低了赛事活动成本，而且使运作更规范、专业，有利于赛事竞技水平的提高。

协会组织的"相约漕河泾"活动已经五年，深受企业与青年欢迎，在社会上也有一定影响。2009 年，协会采取与区、街道、大学的工、青、妇组织联合，与"相约漕河泾"俱乐部联合承办的方式，把协会、企业（俱乐部）、政府与志愿者几支力量整合在一起，实现了把公益性活动与市场化运作结合，把提高活动频率与提高成功率结合，把解决青年婚恋社会问题同打造开发区园区文化品牌结合的目标，发挥了各自优势，取得了比往年更明显的成效。年内，协会先后组织 5 次活动，共有 580 名男女青年报名、245 人次参与、8 对青年成功结对。

（4）利用社会资源，拓展服务领域。协会充分挖掘开发区内会员企业的资源、利用开发区外社会和政府的行政资源，使这些服务资源为我所用。如协会与徐汇区体育局合作，向大学生创业创新园捐赠了 3 万元的体育健身器材；协会和农业银行漕河泾支行合作，与市、区体育局联合承办了徐汇"农行杯"长三角电子竞技比赛，第一次走出漕河泾，参与组织了市级体育赛事活动；针对开发区内一部分中小企业不设常年法律顾问的情况，协会会同会员单位中一家律师事务所在协会开设了免费法律咨询服务窗口，设立免费咨询电话和免费坐堂咨询，并为会员单位和开发区内企业提供优惠收费的法律代理服务等，在开发区向企业提供法务服务方面迈出了新的一步。协会充分利用开发区内企业仪器设备资源，打造社会公共测试共享服务平台，由 8 家企业联合签订《服务平台公约》，还为大唐、615 所、21 所和计量测试院等单位争取到了大张江基金中 50 万元的服务费补贴；协会和虹桥中医院合作，筹划在开发区开展推进针对改进企业员工亚健康状况的健康服务计划；协会在企业之间架起提供人才、招聘人员等方面的服务桥梁。另外，协会正分别与政府和一些体育机构洽商合作，探索充分利用开发区周边地区已有的体育文化设施、场地，推进开发区企业员工业余健身活动的方式。

（5）组织学习考察，扩大对外交流合作。2009 年，协会围绕总公司"走出去"战略，与侨界联合会合作先后组织思科、诺基亚西门子、山高刀具、高智科技等区内十几家知名科技企业的新侨人士，分赴杭州科技绿洲余杭创新基地、漕河泾开发区海宁分区考察；组织汽车专业委员会成员单位赴长春经济技术开发区和一汽大众学习考察；组织区内部分企业、银行考察了吴江汾湖开发区等。协会积极推进开发区内企业走出上海、走进长三角、走近兄弟园区，为企业进一步创业和促进企业新发展搭建平台。

（6）热情伸援手，帮助企业解决急事、难事。年内，协会会同总公司投资部、招商中心等，协调地方政府相关部门，先后帮助801所化解个别退职人员闹访矛盾；帮助联蕊科技解决近百名录用大学生的集体户口；协助高智科技解决土地使用费政策落实；帮助澜起科技与麦考林管理人员加速办理护照与签证；协调处理太科电子新建楼报批程序、惠安公司加工产品海关入境等矛盾；陪同企业领导扩建选址考察；还为天合公司、奥兰诺公司、百利通、沙迪克公司等就老企业注销、迁移与新企业注册登记、税务检查和政策咨询等牵线工商、税务人员登门现场指导。协会感到，企业在遇到困难时能主动找上门，是对协会的信任与肯定，协会能为企业做排忧解难工作不仅是一种责任，而且还能为留住企业增强凝聚力。

2. 建立侨界联合会，开展新侨工作

根据上海市归国华侨联合会要求，经总公司、徐汇区侨联、虹梅街道党工委研究，在市侨联直接指导下，协会经过近一年的筹备，于2009年7月正式成立了上海漕河泾开发区侨界联合会。

侨联成立后即以推进开发区内"再生电脑公益行"活动的项目为抓手，开展各项活动，并已取得初步成效，得到了全国侨联和市侨联领导的高度评价和肯定。截至目前，协会已成立了"再生电脑公益行"漕河泾开发区分中心和"再生电脑公益行"大学生见习基地，以及以物业园区为基本单位建立的"再生电脑公益行"浦原科技园捐赠站。先后接受200多家企业捐赠各类电脑主机、显示器9000台，以及一批复印机、打字机等废弃电子配件。同时还与一批企业签订长期捐赠意向书，解决了36个就业岗位和吸收了19名应届大学毕业生工作。

为有效地开展为新侨服务，协会向全体会员发函进行"问卷"征询调查。在问卷调查基础上，有针对性地举办侨务工作和政策培训。在市侨联、市华侨工业发展基金会的支持下，协会组织16位新侨人士和家属参加疗养，使在开发区的新侨安心、家属高兴。

3. 加强同开发区总公司和徐汇区办等的联系、沟通与协作

2009年，协会在信息沟通、对外宣传及深入企业调查研究等方面与总公司办公室的合作配合取得明显成效。9月，双方共同策划、组织了开发区"迎世博，庆国庆，星光舞动"大型文艺演出活动，取得圆满成功。协会与创业中心成功举办多次讲座和银企恳谈会，联合接待中外客户来访，共同参与政府机构的调研活动，协力关心和支持大学生创新创业园建设和转移中心工作，合力推进区政府扶困基金在开发区的落地，并合力争取大张江基金的落实。协会和总公司各部门沟通、协作，招商中心积极协助协会联系、走访企业，筹建汽车专业委员会，协助协会共同协调解决企业困难，向协会推介新会员；协会也主动为他们拓展市场牵线搭桥，及时介绍商机信息，推介项目入驻，还联手组织和推进以废弃电脑捐赠为抓手的废弃电子的回收工作等；协助开展推进开发区环境建设和维稳工作。

同时，协会与徐汇区区合作办公室之间设立了"双联络员"机制，保持经常的沟通与协调。双方合作开展了企业调查，合力推进政策落地、筹建开发区侨界联合会、新社会人士联席会议制度建设，联合举办沙龙、讲座，联手组织文化体育活动，协调政府相关部门解决企业困难和矛盾等方面的工作。

4. 适应形势发展需要，加强协会基础建设

（1）年初，协会按章程召开第二届理事会及第三次会员大会，完成了换届改选工作。为适应协会发展需要，又先后调整、增补副理事长、常务理事、理事共18名；增加新会员单位32家。

（2）建立每季度一次的秘书长工作例会制度，落实责任，明确分工，调动和发挥了十几位企业兼职副秘书长的作用。

（3）采取调整主任单位、提供活动保障资金、改进活动形式等措施，激活各专业委员会工作。2009年协会对协会所属现代服务、集成电路、通信、人才资源等专业委员会主任或副主任单位进行了调整，在帮助各专业委员会开展有特色活动的同时，加强专业委员会之间的对接与互动，并与市各行业协会和团体增进联系和沟通，使各专业委员会工作开展得有声有色。如金融专业委员会主动与集成电路专业委员会对接，先后召开银企（政）恳谈会九次，涉及工农中建交等11家金融单位和数十家企业参加。各银行还分别与大学生创新创业园签订战略合作协议，推介各类服务产品，积极为企业融资贷款，仅建行就为开发区企业贷款3亿资金。通信专业委员会积极跟踪新一代无线移动通信新技术和开发区通信产业未来发展，现代服务业专业委员会围绕开发区现代服务业集聚区的建设与已入驻服务业企业未来发展的影响，人力资源专业委员会配合上海市高新技术人才引进、创新人才培养、外地人才户籍管理新政策、新规定的实施等都组织开展了很有特色、较高水平的专题报告会、主题讲座和市级研讨会等活动。

（4）新建分会组织和筹建专业协会。为适应开发区内汽车研发、零配件企业集聚的新形势，协会新建了汽车研发和零部件专业委员会；在支持浦江高科技园分会工作的同时，又建立了开发区协会松江分会；为适应开发区通信产业发展，协会在市通信制造业行业协会的支持下，在原通信专业委员会基础上，正积极探索新建区域性分会，即上海市通信制造业行业协会漕河泾开发区分会；为延伸和拓展开发区服务范围和功能，团结、调动开发区内各产业、各企业、各层次科技人员的积极性，协会正筹建上海第一个区域性、专业性的个体成员协会——开发区科技工作者协会。

（5）协会加强与改进了财务管理，设立专职会计岗位，由原来委托代理记账改为直接管理，实行协会与侨界联合会财务分账管理、大张江基金专项管理、礼品专人管理和现金支付、报销规范管理等。

（6）协会加强了对内部文书档案、行文、文明办公环境等方面管理。同时，协会在秘书处日常工作中，关心员工生活和健康，开展春节家访、探望住院员工家属、创造条件组织体检、支持员工参加社会组织的培训和讲座，还关心和帮助解决员工的社会保障交费、党员关系转移等实际问题以及人事纠纷方面的遗留问题。

二、2010 年主要工作

1. 围绕企业实际，提供各项服务

协会将按照各企业实际，提供个性化服务，如为企业提供人才需求、金融法务、政策咨询、民生健康等服务；提供智力支持、协调劳动关系等的帮助。努力增强服务功能，提升服务效率，为企业和企业家创造良好的社会环境。

2. 推进各分会建设

协会争取在上半年完成上海市通信制造业行业协会漕河泾开发区分会和上海漕河泾开发区科技工作者协会的筹备工作，并召开成立大会；推进创新侨界联合会、通信分会和科技工作者协会等的工作方式与方法，根据不同对象、不同活动特点、不同服务要求，在实践中不断总结与积累经验。

3. 在服务内容上有新突破

协会将在丰富宣传内容、拓展宣传渠道、增加宣传手段、扩大宣传范围上，争取有新的突破。一是与办公室密切合作，改进协会在开发区外网的宣传工作；二是与社会媒体合作，扩大对开发区企业与企业家的宣传；三是适时组织会员单位与企业家赴国内外考察活动，宣传漕河泾开发区，扩大漕河泾开发区的影响，增强协会和漕河泾开发区在企业中的凝聚力。进一步推进"相约漕河泾"的公益性青年联谊交友活动，并形成协会的服务特色，打造协会的服务品牌。

4. 拓宽与各方面的合作领域

协会继续加大与各方面的合作力度，引进和利用企业、社会及政府行政服务的资源，

为开发区企业服务、为科技创新服务、为完善开发区投资环境服务。争取年内在推进开发区企业员工健康服务、丰富文化体育活动、出入境管理开通网上绿色通道等方面有所新举措；继续推进和做实各项公益性事业。一是继续抓好"再生电脑公益行"活动，协助浦江和松江分会在浦江和松江两个科技园区建立捐赠站；和闵行区中医医院合作，在开发区推行实施"菁英健康关爱计划"，改善企业从业人员的亚健康；要在协会秘书长和理事单位分别签订《捐赠意向书》；努力实现年捐赠 5000 台旧电脑的目标；二是动员与组织会员单位参与世博、宣传世博、服务世博；三是倡议在开发区企业中，开展节能减排生产，"践行低碳生活"活动。同时在帮助企业做好事、解决难事、处理急事等方面要有所作为。

5. 加强与总公司与区、街道的合作

协会将继续加强与开发区总公司"四中心一办"（即创业中心、招商中心、园区管理中心、产业转移中心和办公室）与区区合作综协办和街道政府等的沟通与合作，形成服务企业、服务大局的合力；共同组织与推进开发区系列文化节活动；推进"科技园区、人文园区、生态园区、和谐园区"建设目标实现；共同为开发区招商引资、产业结构调整、技术创新和投资环境完善努力工作。

6. 建立联席会议制度

进一步开拓创新，在会员单位中探索分步建立企业财务负责人员联席会议制度、人力资源管理人员联席会议制度和行政管理负责人员联席会议制度，以联席会议制度方式，把政府的服务与企业的需求更紧密、更直接地联系在一个平台上，解决政企之间信息不匹配的问题。更好地反映企业的诉求和呼声，更好地参与献计献策，发挥协会桥梁与纽带作用，当好政府的参谋与助手。

7. 继续加强协会的内部建设

协会要继续坚持秘书长工作例会制度，进一步调动企业兼职副秘书长的积极性；继续推进各专业委员会开展活动，尤其要结合各行业在发展中的重要、热点问题开展活动；进一步加强与浦江、松江两个分会的联系与交流；与浦江分会一起，在完成对开发区内生物医药产业企业分布情况调查基础上，于上半年内建立生物医药专业委员会；在加强企业走访和日常联系的同时，在市经信委的帮助下，在会员单位内试行 imo "网上园区"的联系新方式，便捷会员单位之间、与秘书处之间相互沟通；要加强与全体会员单位日常联系；加强协会的能力建设，提升协会自主办会能力，以适应会员单位与企业对协会的服务需求和期望。

上海中药行业协会

一、2009 年工作主要成效

1. 举办 20 周年庆系列活动

2009 年，协会迎来了 20 周年庆。协会通过举办"中医药书画、摄影、征文大赛"抒发中医药人爱岗敬业的豪情；通过召开 20 年经验交流座谈会，撰写 20 周年工作报告与大事记、举办庆典大会等活动，反映协会走过的历程与行业发展的巨大变化。

2. 规范行业生产经营，促进行业健康发展

中药作为一种特殊商品，与人民生命健康息息相关。协会非常重视中药自生产源头至经营流通各个环节的质量规范，始终致力于帮助企业把握质量生命线，形成上海中药饮片产业新的质量与服务优势。

（1）协助执行"饮片炮制规范"。2008 版《上海中药饮片炮制规范》已正式执行，协会每季度组织饮片企业、饮片专业委员会对执行标准进行讨论，通过收集、整理、分析检测数据，促进企业与药政部门的双向沟通，推进上海中药饮片炮制质量迈上新台阶。

（2）选编柜台方，惠民利民。柜台方是中医药为民服务的传统项目，为促使其造福更多百姓，在协会的推进下，经过多方努力，恢复销售"柜台方"取得了突破，并获市药监局批准，首批试点的 31 只"柜台方"已邀请专家编写了方解和使用说明。

（3）弘扬传统文化，促进假日经济。协会组织第二届"端午节香囊评比"活动，在时下流行性感冒影响百姓健康的情况下，加大传统"香囊、烟熏剂"的宣传，发挥中医药在应对感冒流行中的作用。在协会和沪上各大中药店的努力下，端午假日经济效应逐步扩大，据不完全统计，部分药店销售被香囊带动同比上升 50% 以上，端午节当日，童涵春堂香袋、系列旅游纪念产品销售比去年同期上升 12.5%。

（4）落实防霉保质工作。自 2009 年 5 月起，中药行业防霉保质工作拉开序幕，协会布置了自生产源头至商业流通的检查工作；对 120 家中药生产、经营单位进行了抽查；并于 9 月召开总结工作会议。在全行业努力下，2009 年未发现严重的霉变、虫蛀等影响药效的事件。协会还组织会员单位参观浦东新区医药药材有限公司物流中心，交流经验，探讨防霉保质工作之道。

（5）加强"定制膏方加工"管理工作。随着人民保健意识的增强，"定制膏方"的市场前景引起众多企业关注，不少企业在改造加工场地时，纷纷来协会咨询。协会先后为蔡同德堂药号等 9 家单位提供咨询服务，指导其对加工场地的规划与改造。在提高《定制膏方加工管理办法》标准基础上，协会对提出申请的 50 余家单位进行检查和评定，对评出的首批 46 家"定制膏方达标单位"在媒体上公告。

（6）试行"煎药管理办法"。"代煎中药"是中药行业标志性的传统服务项目。为保证中药汤剂的煎煮质量，协会推出了《上海中药行业中药煎药管理办法（试行）》，从煎药操作场地、设备到煎药操作流程、业务管理进行规范。协会计划于 2010 年开展相关人员的培训，提高行业员工素质的提高。

3. 开展专业培训，提升行业整体素质

（1）2009 年度组织职业技能培训共 731 人，其中，中高级以上 390 人；为配合规范"定制膏方"加工工作，协会组织了中药膏滋药制剂（定制膏方）的培训；为医药企业开展 GSP 认证工作培训 2170 人；首次对 48 名外来人员进行了安全生产培训。协会还为蔡同德堂国药号全体职工进行了中药专业业务、服务规范等技能和知识培训，对 32 人进行了上岗培训。同时，协会先后为上海熔仁堂、同仁堂、雷西药业等单位选送、介绍新职工，为企业提供了新生劳动力。

（2）协会完成了国家职业资格中药调剂员（五、四、三级）职业标准、培训大纲、鉴定题库、鉴定指导手册、培训手册等全套文件的维护提升工作。

（3）协会对几年来的培训工作认真进行自查、总结，接受通过了区与市人力资源和社会保障局的现场专项检查，通过了上海市职业培训机构诚信等级评定，取得了"B"级资质。

（4）为保证中药职业培训的延续和提高，协会从行业中选拔了部分中青年专业人员充实到教师队伍。同时，与上海市职业技能鉴定部门联合选聘了 20 名新的中药类职业技能鉴定考评员。

4. 正视行业现状与经济规律，做好价格协调工作

协会陪同物价部门人员深入工厂、药材集散地，在掌握第一手资料基础上，使价格得到适时调整，改善了饮片企业亏损经营的境地。协会还通过对成本、比价、质量等因素的分析，提出初审意见报上级部门，对报价存疑的产品严格把关，妥善处理平衡与退审工作。

5. 推进实施品牌战略，弘扬中药传统文化

（1）行业名优产品评选。协会组织专家们对 2008 年业内企业申报的 63 个产品（中成药 38 个产品，中药饮片 26 个产品）进行审查，共有 66 个产品被推荐为上海中药行业"名牌产品"。

（2）举办"网上博览会"。协会依托网站，举办"上海中药名药、名企、名店博览会"，整体展示上海中药行业名牌企业的风采，为广大企业和投资商、消费者提供了一个交流、互动的平台。

6. 优化信息平台

协会加强信息网络建设，调整编辑委员会，注意收集企业与相关部门信息，利用一刊、一讯、一网平台，为企业提供信息服务。

二、2010 年工作要点

1. 树立科学发展观，促进行业可持续发展

（1）编纂《上海中药行业"十二五"规划》。协会将积极参与编制《"十二五"发展规划的建议》工作。通过调研、座谈、考察等多种方式，分析上海中药行业的发展，为制定"十二五"期间上海中药行业发展规划，当好政府的参谋助手作用。

（2）参与"中医药与生物医学工程产业推进研究"课题研究。协会积极参与市科委"中医药与生物医学工程产业推进研究"的课题研究，为政府部门提供中药宏观经济调控的依据，促进本市中药行业资源整合与利用，推动科研成果的产业化进程。

（3）强化统计分析工作。为提升行业统计研究分析水平，促进统计分析工作更好地服务于行业科学发展，协会将推出两期中药行业经济运行分析报告，逐步形成以统计分析为载体，参与行业经济的管理，为领导决策提供依据。

（4）推动行业产业结构调整。协会将充分发挥制药专业委员会作用，通过服务推动企业开展产、学、研合作，研制新品种和老品种的二次开发，推进企业自主创新。进一步优化工艺，降低成本，提升产品的市场竞争力，恢复上海中成药在全国的应有地位。

（5）围绕热点问题，开展行业调研。结合医药行业零售业态结构的变化，协会将针对一些热点问题展开调研，探索解决难点的途径。

（6）组织交流学习。协会将加强与各地相关协会、中药企业的联系沟通，组织交流学习和考察活动，为会员企业的技术创新和市场开发开辟更广阔的渠道。

2. 规范行业生产与经营，推动中药产业创新发展

（1）协助执行与修订新版《上海中药饮片炮制规范》。协会将根据 2008 版《上海中药饮片炮制规范》在执行中发现的情况，汇总、整理、分析检测数据，参与《上海中药饮片炮制规范》修订工作，将规范的平稳执行落实到各个环节，提升上海饮片产业的竞争力。

（2）制定优质饮片等级标准。协会将组织人员，年内完成 200 个主要品种的标准制定，提高饮片质量，满足人们各种需求。

（3）开展名牌与名优产品评审。继续开展行业品牌与名优产品评选和诚信、名牌及先进个人等推荐活动，推动企业打造自身形象。

（4）推进行业自律，维护消费者权益。协会将结合工商企业联合检查、3·15 活动与夏令防霉保质工作，动员全行业自觉提高药品质量，维护消费者权益，促进行业健康有序发展。

3. 弘扬传统文化，焕发行业发展的活力

（1）提升服务质量，喜迎世博盛会。围绕"健康世博"的目标，协会将通过重点检查药店零售示范服务规范与服务承诺，全力营造诚信服务氛围和舒适度购物环境；通过组织执业中药师、中药师的培训，促进药店零售服务窗口为市民与游客提供更优质、更规范的中医药防病治病服务。协会将在第二季度举办"迎世博、展行业风采"交流会，以优异的面貌为世博会提供服务。

（2）推广"网上博览会"。协会将依托"上海中药名药、名企、名店网上博览会"，进一步扩展参展单位，集中、全面、整体展示名牌企业的风采。

（3）扩大"中药饮片拉卡"医保定点零售药店的布点。协会将开展对本市 26 家中药饮片拉卡医保定点零售药店的调研，与有关部门继续协调、商议，将选择本市符合条件、具有代表性的大型中药门店，逐步开展这一项既惠及百姓，又有益于行业发展的工作。

（4）推进中医坐堂试点工作。协会将重点开展对本市 26 家中药饮片医保定点零售药店的调研，促使医保饮片零售与中医坐堂试点形成相辅相成的互助力，使市民获得更优质、便捷的中医药服务。

（5）推进药店中医门诊纳入医保试点工作。协会将加强与有关部门沟通，逐步突破政策制度的局限，推进药店中医门诊纳入医保试点，满足群众对中医药服务的需要，促进中药饮片零售业的发展。中药汤剂代煎是中药传统特色服务之一，协会亦将促进该项服务纳入本市医保范围。

（6）推广"柜台方"的应用。协会计划通过召开"柜台方销售操作流程"的培训，正式试点推广"柜台方"工作，逐步实现"柜台方"惠民利民的目标。

（7）开拓传统节庆经济市场。协会将延续端午节香囊、烟熏剂的评比与竞赛，使传统文化的精髓展现新的风采和魅力。

4. 培育行业专业人才，激发行业发展的原动力

（1）第九届职业技能竞赛。技能操作比赛历来是整个上海中药行业盛事，两年一届的操作比赛是行业选拔人才的舞台。协会将积极筹备 2010 年技能比赛的各项工作，为行业培养更多优秀人才，不断提高行业整体素质。

（2）创新培训体制，促进再就业。协会将开展中药炮制高级工的培训，以提高该工种的技能水平与就业积极性。此外，对人才紧缺岗位开展有针对性的培训，促进社会再就业工作。

（3）编修专业教材，提高培训质量。为提高和规范职业培训工作，2010 年将修订中药经营师培训讲义、制订高级中药经营师培训讲义、制订 2008 版市中药炮制规范与中药调剂员培训教材的对照资料。

5. 加强自身建设，提升行业管理的水平

（1）建立会员单位年鉴制度。通过建立会员证书年检制度，完善会员管理工作，提高秘书处工作效率。

（2）完善例会制度，提高协会工作效率。"六大员"、专业委员会以及各类专家小组是行业管理的有效网络，对协会工作有不可替代的作用。协会计划完善例会制度，充分利用行业人才资源，促进行业经济工作更好地开展。为提高行业网络骨干的整体素质，协会将开展"物价员"、"统计员"和"信息员"的专题培训。

（3）"上海中药行业信息"改版与提升。通过"信息"编辑委员会的换届、"上海中药行业信息"的改版、网络信息平台的完善，使协会更及时掌握会员单位信息，更有效为会员服务。

上海市电子商务行业协会

一、2009 年工作主要成效

1. 发挥协会作用，推动行业和谐发展

（1）以推广活动为抓手，推动电子商务普及与发展。协会在市经信委指导下，先后在松江大学城、复旦大学和虹口北外滩开业园区举办"电子商务进校园"活动，组织近70 家会员单位进入高校，吸引了近 20 所上海知名高校逾千名在校大学生踊跃参与。活动受到电子商务行业及社会的广泛关注，部分企业与高校签署了共建电子商务教育培训基地的合作意向，并吸引一些单位加入了协会。

协会举办了"2009 上海网上创业创意大赛"，来自复旦大学、同济大学等 20 所高校的近 600 名大学生报名参赛。经过专家评委评审，上海大学和上海二工大的参赛选手获得优胜。一批获奖优秀学生被电子商务企业相中，获得了就业双向选择机会。

（2）倡导诚信经营，培育电子商务诚信环境。协会在举办电子商务进社区、进高校等大型推广活动中，组织会员企业参加"迎世博电子商务诚信倡议"仪式，并与上海"诚信建设活动"相互呼应。近 50 家本市知名电子商务企业（或网站）在企业诚信倡议板上留下企业标识，宣读诚信誓言，表达自律经营、诚实守信的决心，为营造上海电子商务诚信环境起了示范带头作用。

协会在虹口北外滩园区针对入驻用户要求开展签订"诚信承诺书"、"用户守则"活动，杜绝在网上创业基地发生商业欺诈等不法行为；配合园区"倡导诚信、实践信用"，开设"网上卖家诚信承诺"登记；组织卖家诚信经营经验交流，为诚信承诺登记的网上卖家提供政策法规咨询和业内信息服务。

（3）以统计分析为抓手，促进行业研究。协会积极开展统计调查，分析运行动态，

向政府部门反映行业存在问题和政策调整建议，向企业提供发展导向意见。协会通过增加统计人手、落实专人专管等措施，加强对统计人力的投入；运用科学的统计方法、分析软件，提高统计分析的质量。目前已初步建立以年度统计样本数据为主的统计分析基础数据库，建立了半年报统计分析机制，完善了年报数据的分析机制。

协会还完善统计指标体系，扩大统计数据采集样本，提高统计数据代表性，为深化行业的分析研究奠定基础。

（4）关注电子商务园区建设，做好服务支持工作。协会继续在虹口北外滩开业园区设立服务工作站，服务园区企业，组织多项专题活动，为企业经营和创业提供平台。为加强对园区经验的宣传，协会在《2009年上海电子商务报告》中重点反映园区近两年来的建设成果；在会刊开设专栏，集中报道园区动态信息。

协会加强了对新兴电子商务园区建设规划与发展动态的关注。推进对宝山庙行智理创业园区的扶持与合作，共建与嘉定智慧金沙3131产业园区合作关系；组织会员单位参加电子商务园区招商会，介绍优秀电子商务企业入驻新兴电子商务园区；并利用会刊等宣传工具介绍园区建设情况，为新兴电子商务园区发展造势。

（5）以发展为要务，做好调查研究。围绕《2009年上海电子商务报告》的编纂工作，协会开展了一系列调研，有近40家知名电子商务企业提供了案例，确保了调研数据的代表性；协会组织走访了亿贝、易趣、东方CJ、大宗钢铁等有代表性的会员企业，了解企业的发展动态、面临的困难及应对措施，在会刊《电子商务资讯》上刊出。协会还就品牌评价体系、信用体系建设、电子商务交易记录存储交换标准等问题，多次深入企业进行调研活动。

针对电子商务领域的热点问题，协会组织了多场专题座谈会进行交流研讨。如组织有政府、高校和企业代表参加的三方座谈会，共商电子商务人才发展战略；组织"电子商务如何应对金融危机"、"网络购物状况"等专题座谈会，倾听企业意见，了解企业诉求。协会还组织电子商务品牌标准研究、信用体系建设等专题座谈会，组织中小企业"互帮互助"经验交流会，并在此基础上整理了一批调研报告和汇报材料，为政府部门制定产业政策提供参考。

2. 坚持服务宗旨，加强会员服务

（1）组织会员单位参加品牌创建活动。协会积极推荐或提供信息，帮助会员单位参加上海名牌产品和相关品牌创建的评选活动。会员企业东方钢铁电子商务和携程旅行网成功获得上海市名牌称号；斯迪尔和数字认证中心获得上海市中小企业品牌产品称号，斯迪尔还由协会推荐得到虹口区经委的资金扶持。会员单位齐家网、付费通和篱笆网的企业家，通过企业申报、协会推荐、专家评审，获得"上海 IT 青年十大新锐"入围奖。协会还推荐东方钢铁电子商务和大众点评网参加上海市领军人物评选。通过评选活动，逐步在业内树立了一批企业家品牌和行业标杆。

（2）引导会员单位参加政府专项资金项目申报。协会与相关政府部门保持密切联系，及时将政府有关电子商务试点或引导发展的专项资金项目等信息传递给会员，引导和支持会员企业参与专项资金项目申报。2009 年协会向会员单位发送各种项目申报信息近百次，会员单位上海农信获得了上海信息化发展专项资金项目支持，盖世汽车网项目也获得了政府专项资金扶持。此外，还有十多个单位分别参加了"信息化发展专项资金项目"、"服务业发展引导资金项目"、"中小企业专项资金"等材料的填报。

（3）搭建沟通平台，促进会员交流。协会全年共组织了近百家（次）会员单位参加各种形式的交流活动，一批企业通过活动寻找到潜在的客户或商业合作伙伴；举办虹口园区中小企业经验交流会，新老会员企业通过交流诚信经营体会、推介自主创新技术和产品，加深了相互了解；组织电子商务品牌服务和信用状况企业调研座谈会，促成宅急送、环迅、篱笆网等建立了合作关系；推荐企业参加商务推介活动，为更多会员企业提供新兴电子商务园区产业规划设计和地方优惠政策信息。

（4）强化媒体宣传，为会员提供宣传阵地。协会网站成功改版，新增设十多项新栏目；协会编撰的《电子商务资讯》月刊，除对政府和协会工作、电子商务园区建设、行业动态进行报道外，还刊登会员单位动态、专访等，为会员单位提供了良好的信息服务。协会还邀请上海主流媒体，参加并报道协会举办的活动，扩大协会和会员单位的社会影响力。

（5）加强会员发展工作，壮大行业协会队伍。协会通过建立会员信息资料库，完善目标客户的信息；通过制作问卷调查表，开展会员服务网上调查，听取会员对协会服务的意见，及时改进协会工作。

2009 年新发展 28 家会员，目前会员总数为 110 家，联系会员逾 200 家。随着阿里巴巴、聚尚、宅急送、跨国采购等知名电子商务企业加入协会，协会的行业代表性得到进一步的提高。

3. 整合各方资源，开展行业专题研究

（1）组织"电子商务政策分析与实施建议研究"专题调研。协会深入企业、高等院校开展调研，全面了解和掌握上海电子商务的现状和发展趋势，分析面临的挑战和机遇，并提出措施和建议，形成的《2009 上海电子商务发展报告》，目前已进入修改和完善阶段。

（2）完成"电子商务交易记录存储交换标准制订"课题研究。协会在调研基础上，编制起草了"电子商务交易记录存储、交换管理标准"联合企业标准,完成了课题的研究。

（3）完成"上海电子商务企业品牌评价体系"中的评价指标体系标准预研究。协会在对会员单位和行业重点企业调研的基础上,提出了上海电子商务企业品牌评价指标体系标准和上海市电子商务优秀企业品牌评审规范（草案）,为研究和规范上海电子商务企业品牌管理和监测工作创造了条件。

4. 强化协会自身建设,拓展服务能力

（1）加强党组织建设,提升团队工作能力。2009 年,协会党支部进行了换届改选,党员学习实践科学发展观活动达到了预期效果,完善了协会秘书处团队建设,提升了协会秘书处综合服务能力。

（2）完善数据库建设,夯实管理基础。协会秘书处修订、完善了原有规章制度,建立健全了企业信息数据库和行业动态资料数据库,为上海电子商务行业发展提供更有价值的服务奠定了基础。

（3）加强行业交流,拓展服务渠道。协会与电子商务领域研究专业机构艾瑞咨询集团建立了联系,就行业信息交换、统计分析及组织论坛等合作达成了共识;与市大学生科技创业基金会开展了合作;应黑龙江省电子商务协会要求,安排了两地会员的互访;与成都市政府驻沪办进行了沟通交流,为两地电子商务企业搭建信息交换平台。

二、2010 年工作要点

1. 编印电子商务发展报告,引领行业发展方向

在市经信委指导下,组织电子商务专业人士,研究本市开展电子商务的成果和经验,分析行业特点和比较优势,探索上海电子商务发展新思路,组织《2009 上海电子商务发展报告》的编印和出版。

2. 推动《法规》宣贯,完善电子商务法律环境

开展对《上海市促进电子商务发展规定》等相关政策执行状况的调研,了解会员对贯彻法规和专项培训的需求;邀请电子商务法律专家解读政策,宣传《法规》;编撰培训资料,开展贯彻法规的经验交流和专题培训。

3. 强化行业统计,掌握发展动态

继续探索统计长效工作机制,深入调查研究,掌握行业发展和企业经营状况;进一步完善统计分析机制,加强样本筛选和统计分析;不断改进统计方法,提高统计分析质量,使协会统计工作再上新台阶。

4. 配合"双推"对接工程，促进中小企业电子商务应用

协会将推进中小企业应用电子商务公共服务平台的相关工作，落实对服务中小企业的第三方电子商务公共服务平台的支持和帮助，促进上海中小型企业与电子商务的融合发展。

5. 开展电子商务信用体系研究，推动电子商务诚信环境建设

协会要从开展电子商务信用体系研究入手，通过深入调研，分析当前电子商务面临的诚信问题及其主要原因；研究重点电子商务平台的信用评估方法；就建立上海电子商务信用行业规范和信用评价机制、探索建立第三方信用公共服务平台、建设电子商务交易风险防范机制等方面开展研究，为政府部门决策提供参考依据和可行性方案，推动上海电子商务诚信环境的改善。

6. 参与编制上海电子商务"十二五"规划的相关工作

协会将根据市政府的要求，参与《上海市电子商务发展"十二五"专项规划》的建议工作。协会将组织行业调研，深入研究上海电子商务总体战略和实施措施，为政府部门提供有价值的建议。在"十二五"规划正式颁布实施后，组织好行业内的推进工作。

7. 完善会员服务，开展适应企业发展的活动

要走访所有会员，听取诉求建议，并及时向有关政府部门反映，尽可能帮助会员解决实际困难。

联合市呼叫行业协会、市通信协会等单位，举办电子商务及通信服务共融发展论坛；围绕会员关心的热点问题，组织相应的讲座和讲坛，促进信息交流，引领行业发展。

继续关注政府专项引导资金项目，及时向会员单位提供信息，引导会员单位申报专项资金项目。

密切关注市名牌产品、中小企业品牌等评选活动，及时做好推荐工作，继续组织会员单位参加 IT 青年十大新锐等评选。

组织举办各类经验交流会、座谈会和联谊活动，搭建企业交流平台。

8. 组建专委会，引领行业发展

分步组建包括电子支付、物流、信用等电子商务专业委员会，逐步完善电子商务专业领域内的研究和专家指导机制。协会电子商务专业委员会要从宣传电子商务政策法规，为企业建立专业支撑平台提供咨询，指导专业领域体系建立和质量监督，组织学术交流，加强国内外交流合作，进行技术培训等方面开展工作。

9. 把握"世博会"契机，加速电子商务普及和推广

利用协会宣传工具，向世博会展示电子商务行业的优秀品牌，推广电子商务诚信服

务理念；开展支持电子商务企业服务"世博会"的相关活动。以世博会为契机，推进上海电子商务行业跨越式发展。

10. 加强对电子商务园区的支持服务，推动示范基地建设

继续关注市政府有关电子商务园区的政策和规划；推广庙行智力产业园区和智慧金沙 3131 产业园区等新兴电子商务园区的成功经验；做好电子商务园区的配套服务和行业引导工作；加强对电子商务园区和园区优秀品牌的宣传力度；向会员单位和电子商务企业提供有关电子商务园区的信息中介服务；为电子商务园区建设和园区企业提供资质认证、信用评估等专业化的支持和帮助。

上海仪器仪表行业协会

一、2009 年工作主要成效

1. 积极推动产业发展

（1）不断建言促进行业发展。协会以发展振兴行业为己任，积极向政府主管部门建言，1 月 23 日协会向市工业经济联合会呈送了《一个急需振兴的行业——仪器仪表》。内容包括上海仪器仪表行业的历史与现状、存在的问题和瓶颈、仪器仪表行业在上海的重要作用以及振兴上海仪器仪表行业的建议。工经联于 2 月 12 日召开"振兴上海仪器仪表行业"专题座谈会，并向市委、市政府递交《关于振兴发展上海仪器仪表行业的建议》专报。

2 月 15 日中共中央政治局委员、上海市委书记俞正声肯定了专报提出的意见，并指出了行业的主攻方向和战略重点。为贯彻落实俞正声书记批示，协会先后 3 次召开理事长会议及振兴上海仪器仪表行业座谈会，学习贯彻俞正声书记批示，对振兴上海仪器仪表行业进一步提出了相关建议；协会汇总这些建议，梳理出振兴上海仪器仪表行业的组织和政策措施，呈报市经信委，以后又配合市经济和信息化委员会装备产业处拟订《上海推进仪器仪表高新技术产业化工作方案》。

（2）协助办好"仪器仪表和自动化控制系统发展"论坛。11 月 4 日，协会协助市经信委、市经团联举办了 2009 中国国际工业博览会——"仪器仪表和自动化控制系统发展"论坛。与会专家们对提升仪器仪表产业的地位，加快对仪器仪表系统国有企业的体制、机制改革，如何规划仪器仪表产业在"十二五"期间的发展提出了意见和建议。协会从论坛主题的选材、嘉宾和出席代表的邀请等方面做了大量工作。为此，协会被工博会论坛部授予"优秀组织奖"奖牌。

（3）组织高新技术项目申请。协会配合市经信委装备产业处，参与了项目的评审工作；帮助和促进企业申报高新技术产业化项目，使上海自动化仪表股份有限公司、上海精密科学仪器有限公司等会员单位及时申报了项目。此外，还协助市经信委装备产业处跟踪 2007 年度重大技术装备研制专项合同的执行情况和督促验收。

2. 多种渠道服务企业

（1）开展诚信企业创建活动。协会积极在仪器仪表行业推进"诚信企业创建活动"，设立了"上海仪器仪表行业诚信企业创建办公室"。经协会推荐和组委会审核，目前已有 11 个会员单位，荣获"诚信创建企业"称号。为提升"诚信创建企业"形象，协会在网站和会刊设立专栏，宣传荣获"诚信企业"称号的会员单位，扩大其社会影响力。

协会响应市征信办《关于开展上海市社会诚信体系建设专项资金（第三批试点）申报的通知》，制定《建立应收账款风险控制防范体系》项目申报可行性方案，有 6 家企业申请加入市征信办试点范围。

（2）推荐企业创建创新品牌和著名商标。2009 年，除已荣获此称号的 5 家企业续报外，协会又推荐上海自动化仪表股份有限公司等 5 家企业申报创建创新品牌，其中 3 家企业被已正式入选"上海市 2009 年装备制造业和高新技术产业自主创新品牌"；协会推荐 6 个企业申报著名商标，其中米诺测量仪表（上海）有限公司的"米诺"商标已通过审议，被认定为著名商标。

（3）为企业在金融危机下化解信用风险提供咨询服务。协会会同上海中小企业信用评价中心，举办"合同法新司法解释及渣打银行融资服务"专题讲座，为会员单位引进新的经营决策思考提供咨询服务。

（4）组织会员单位参加各类展会。协会与兄弟协会协办的"2009 年上海电子展"在嘉定区江桥电子城举行，展会为电子生产商、经销商和采购商提供了交流互动的平台。协会组织 13 家会员单位免费出展，其中上海尚光显微镜公司达成交易。协会还组织 3 家单位参与"'2009 印尼上海技术设备和商品展"的出境展出活动。

（5）行业联手架桥梁，促进产业链上下对接。协会和上海电子元器件行业协会首次合作，于 12 月 8 日举办"市场需求及产品改进研讨会"，20 余家供需双方的企业领导及工程技术人员近 30 人应邀出席。会上供需双方纷纷交流洽谈，会后相互走访，已有一些企业正形成合作意向；协会还通过网站发布元器件的供货信息。

（6）用好资源为企业多办实事。上海维诚信用风险咨询公司是新加入协会的一家专业从事控制和解决市场交易风险的服务供应商，拥有金融、法律、资产三位一体系统服务的综合实力。公司加盟协会后，为协会服务企业拓宽了通道。一年来，维诚公司积极参与协会各项活动，主动举办各类公益性培训；在"上海市社会诚信体系建设专项资金

（第三批试点）申报"工作上，帮助协会制定了切合仪表行业实际的可行性方案，项目获得市征信办的审核认可。目前维诚公司已与多家会员单位签署了应收帐款催收外包服务的合作协议。

融资贷款难困扰着中小企业的发展。在协会牵头下，帮助上海双虹仪器仪表成套有限公司落实了 120 万元的从宽优惠抵押贷款，缓解了公司在招投标项目上急需资金的困难。

此外，协会帮助有关企业科技人员申报职称评定，组织专家委员会为上海平安高压调节阀门有限公司召开超临界锅炉给水泵最小流量控制阀产品鉴定会。

（7）组织会员单位考察台湾企业。6 月 21 日至 28 日，协会组织考察团拜访台湾地区机器工业同业公会。在台期间，通过交流行业信息，考察台北企业，感受到了台湾企业先进的设备、现场管理及经营理念，对促进各企业发展起到了一定的作用。

3. 加强自身建设，提升服务能力

（1）召开协会联络员大会和"会员论坛"。为加强与会员单位联系，提高服务水平，9 月 17 日协会组织召开了"'2009 协会联络员大会"，会上通过了《协会会员单位联络员工作联系制度》，42 家会员单位、52 名代表出席本次大会。通过协会联络员队伍的恢复和整合重建，建立了稳定、通畅的信息沟通渠道，加强了联络员队伍的制度化建设，使协会与会员的联系交流、信息沟通以及以后活动的组织都有了可靠的保障。

会议还增设"会员论坛"的内容，为广大会员单位提供一个资源共享、信息发布的合作平台。通过企业领导的专题演讲，加深了企业的业务交流，促进了企业间业务的联系和合作，受到与会代表的欢迎。

（2）举办沙龙活动。10 月 29 日协会在上海朱家角经济城举办了主题为"行业发展趋势及小企业'专、精、特、新'的交流与合作"的 2009 年沙龙活动，15 家会员单位的主要领导，约 20 余人出席活动。这次沙龙首次与地方镇政府及开发区联合举办，丰富了沙龙内涵；首次邀请兄弟协会——上海电子元器件行业协会一起参与，开启了行业间相互交流的先河，活动还安排了参观考察。通过交友、交流、交谊的沙龙活动，进一步增强了行业的凝聚力。

（3）网站改版升级初见成效。协会原有网站由于不能自主上传信息、更新不及时，信息量不大，不能满足会员单位实际需求。本着努力打造上海仪器仪表行业大品牌的理念，在经费不足的情况下协会出资近 3 万元，自 2008 年 7 月起设计、制作、调试新网站，目前已建成拥有 1100M 空间的大型行业网站，并正朝建立上海仪器仪表行业第一门户网站而努力。

与老网站相比,网站改版升级已初见成效。自 2009 年 2 月 12 日正式开通后的一年间,访问总次数为 618312 次（老网站开通 2056 天,访问总次数为 46525 次）;平均每天访问 1717.5 次（老网站平均每天访问 22.6 次）。至 2010 年 2 月 6 日止,网站发布资讯 4042 条,上传产品信息 3919 个。

二、2010 年工作要点

1. 以完成政府购买服务为抓手,推动行业健康发展

（1）集聚行业专家和企业的智慧,组织编写《上海仪器仪表行业"十二五"发展规划建议》,增强规划的科学性、前瞻性、创新性和可操作性,引导企业促进产业结构调整,推进高新技术产业化、优化制造业与服务业融合发展,推动上海仪器仪表行业在"十二五"期间得到较快的发展。

（2）认真实施"上海市诚信体系建设专项资金项目（第三批试点）"单位的试点工作,帮助会员单位建立应收账款风险控制防范体系,在取得实效的基础上逐步向面上推广,以降低企业的经营风险,提升企业的管理水平和经济效益。

2. 以实际需求为切入点,做好为政府和企业的服务

（1）加强与会员单位的联系,了解会员单位的发展现状、存在问题困难和需求,为企业转变发展方式、推进科技创新和拓展市场出谋划策;帮助团队好、有自主知识产权产品和好项目的企业,争取政府的政策和资金资助,加快这些企业的发展步伐。

（2）加强与政府相关委办联系,及时反映企业的困难和需求,使单个企业难以解决的问题和困难,从行业层面上得到实际的帮助。

（3）收集各种基础资料和了解行业基本信息,提高为政府部门、会员单位服务的能力。

（4）利用社会专业机构的资源,根据会员单位的实际需求提供各种专业服务。例如开展管理和技术培训;提供法律咨询和帮助;开展经验的宣传推广和交流;组织学习考察,学习国内外同行先进的技术和管理等。

（5）继续为会员单位特别是中小企业提供有效服务,如:组织高新技术产业化项目申报;推荐申报自主创新品牌和著名商标;为申报高新技术企业和高新技术成果转化进行前期咨询;提供专利和软件著作权的申报渠道;进行工程类专业技术职务资格评定申报的前期审查;推荐申报各级科技奖和发明奖及组织和主持新产品鉴定会。

（6）加强与兄弟行业协会的联系,从产业链上帮助会员单位加强与上下游企业的联系,推进产业链的联动发展。

3. 加强协会团队建设，努力提升服务能力

（1）进一步加强信息化建设，在网站改版升级的基础上，进一步发挥网站作用，增强资料收集的广度和加工提炼的深度；及时更新网站内容，增加网站流量；积极宣传会员单位和产品，摸索网站的市场化运作方式，把协会网站打造成会员单位共享的行业品牌。

（2）组织秘书处工作人员按计划走访会员单位，了解企业需求及时为企业提供帮助和服务。

（3）做好行业统计工作，努力提高统计覆盖面，发挥统计资源效应。努力办好刊物，快速传递各种信息，及时反映企业动态。

（4）发展会员，扩大会员队伍，重点做好民营、三资、国有改制企业和中小企业的会员发展工作，提升协会服务工作的覆盖面。

（5）创造条件充实关键岗位工作人员。不断完善协会内部工作制度，努力提高协会工作人员的业务素质，从整体上提高协会为行业的服务能力。

上海工艺美术行业协会

一、2009 年工作主要成效

1. 以长三角行业联动为契机，加快协会工作转型

协会与 8 个城市的工艺美术行业协会联合发起组建"长三角工艺美术协会联合体"。9 月 25 日，"长三角 16+n 城市工艺美术行业协会联合体"在上海成立，来自长三角 16 城市工艺美术行业协会和学术团体，以及新疆、大连、深圳等城市的专家学者百余人参加了会议。全国人大常委、上海工艺美术行业协会名誉理事长龚学平为"联合体"揭牌，上海工艺美术行业协会常务副会长石力华主持大会。会议决定由上海工艺美术行业协会名誉理事长龚学平出任联合体名誉主席，中国工艺美术协会副理事长、上海工艺美术行业协会会长担任主席团执行主席，上海工艺美术行业协会秘书长担任联合体办公室主任。"长三角 16+n 城市工艺美术行业协会联合体"的组建，对区域工艺美术行业的发展，具有重要意义。

2. 推进工艺美术行业发展

（1）参与中国工艺美术大展。由中国美术馆和中国工艺美术协会联合主办的中国工艺美术大展在北京举办。协会组织 15 名大师和工艺美术工作者展示 15 件作品，向公众展现了当代上海工艺美术的新工艺、新技法、新材料、新创意。

（2）开展传统工艺美术品种、技艺的评审、认定工作。经协会评审、徐汇区公证处公证，市经信委认定了上海市传统工艺美术 6 项品种和 14 项技艺。这些被认定的作品，有的已被国家、市、区收入非物质文化遗产名录，有的具有重要的研究价值。4 月协会召开了传统工艺美术品种和技艺的颁证会。

（3）开展工艺美术大师评审、认定工作。协会组织行业内外专家建立资格审查小组，

根据《上海市传统工艺美术保护规定》和《上海市工艺美术大师评审细则》有关规定，对71名上海市工艺美术大师的申报者进行评审。经过组织培训、专家研讨、资格审查、预先公示和进行公证等合法程序，评审出第二批上海市工艺美术大师30名。8月18日，由市经信委下达《通知》认定；8月26日协会举行颁证会议暨工艺美术精品展。

（4）组织考试教材修订和初、中级专业技术任职资格考试工作。经市职业能力考试院同意，协会组建领导小组、专家组和工作小组，对2004年第一次出版的上海市工艺美术专业技术任职资格考试所需的《考试标准》和考试用书《工艺美术》进行首次修订，并交付考试院定稿和上海人民出版社出版。

协会与室内装饰协会、职业学院联手，根据本市2009年度初、中级工艺美术专业任职资格考试考务工作安排，于11月7-8日组织了第五次考试，报考人数达343人。

（5）组团参加"第十届中国工艺美术大师作品暨国际艺术精品展"。10月29日至11月2日，协会组团参加了在杭州举办的"第十届中国工艺美术大师作品暨国际艺术精品展"。15家会员单位的46件作品参加"2009天工艺苑·百花杯中国工艺美术精品奖"评审，共获金奖11枚，银奖7枚，铜奖5枚，优秀奖6枚。

（6）推动"工艺美术走进社区"。协会联手徐家汇街道办事处和上海工艺美术职业学院，在徐家汇街道社区文化活动中心建立"社区手工艺名师工作室"。工作室主打两个传统工艺美术品种——绒绣和剪纸。学员们既有社区文教干部，也有社区居民，还有市四中学的预备班学生。这不仅丰富了社区老年人生活，帮助智障儿童找到自信，也是居民参与社区教育、参与传统手工艺的传承与发展的有益尝试。

（7）帮助上海海派红木艺术博物馆领取登记证书。上海海派红木艺术博物馆自2006年立项以来，在协会的帮助下，经过专家论证、文管委审核、宣传部批准、社团局核名、登记等程序，领取了《民办非企业单位登记证书》；2009年3月28日，博物馆于浦东新区正式奠基兴建。

3. 以迎世博为契机，开拓旅专委工作新局面

（1）开展旅游纪念（礼）品流行趋势发布。协会在上海老码头创意园开展 "2009年旅游纪念品流行趋势预测" 发布活动，以推动旅游纪念（礼）品的设计开发，促进旅游消费和旅游经济发展。

（2）参与"老凤祥杯"旅游纪念品设计大赛。2月，评选出2008"老凤祥杯"上海旅游纪念品金设计作品及10个金点子，同时启动了2009年的大赛开赛。2009年是旅游纪念品市场至关重要的一年，如何在世博会到来之际，将世博精神、上海精神体现在旅游纪念品中，是2009年新赛季设计的根本宗旨。

（3）参加第44届全国工艺品、旅游纪念品暨家居用品交易会。协会组织参加3月26日至29日在扬州举办的"第44届全国工艺品、旅游纪念品暨家居用品交易会"，其中上海忠荣玉典公司的白玉籽"阿弥陀佛之尊"获"百花玉缘杯"中国玉石雕精品金奖。

（4）组织世博特许旅游纪念品产品开发工作。协会协助上海市世博特许商品经营领导小组办公室开展特许旅游纪念品产品开发，推动会员企业进驻展示订货中心展示产品，并召开会议推进世博会特许商品的经营工作。

4. 探索红标委和红专委的信息化工作

（1）"上海红木网"全新改版，建立全新真品标志管理系统。

2009年初，协会的上海市红木家具标准化技术委员会（简称红标委）与新民网合作，更新"上海红木网"网页内容，并建立全新的真品标志管理系统，凡经红标委审核许可使用真品标志的31家企业，均可在"上海红木网"上查询到产品信息。协会还召开"红木家具真品标志新系统培训讲座"；启动红木家具真品标志管理系统V2.0；召开记者招待会，通过媒体报道和宣传，扩大红木家具真品标志的社会影响力。

（2）开展红木专题讨论和讲座。以协会会刊和"红木网"为主要载体，开展关于"艺术家具"以及"红木材料"的专题讨论。与社区合作，开展"红木家具的鉴定与收藏"讲座，为社会居民提供咨询服务。

5. 开展各类专业展会，积累海内外交流经验

（1）开展两岸工艺美术的交流活动。协会先后组织会员参加了"2009两岸五地竹刻艺术、产业交流活动"的"南京展"和"杭州展"；参与了台湾生活艺术精品展，推进了两岸工艺美术品及其产业发展的研讨和交流。

（2）举办"光影五色——上海灯彩传承展"。6月协会联合上海工艺美术研究所、嘉定区人民政府和外冈小学举办了"光影五色——上海灯彩传承展"，推动国家级和上海市级的非物质文化遗产——"何氏灯彩"普及传承到嘉定区外冈小学的师生中，以落实对非物质文化遗产项目技艺的有效保护。

（3）主办2009天山白玉精品展。9月，协会举办的"2009天山白玉精品展"在长房国际开幕，这是长三角工艺美术行业协会联合体的系列活动之一。展览期间举行了"中华玉文化"讲座、玉雕大师与观众互动见面会、玉雕专家对玉器鉴定和评估的鉴赏会。

（4）组团参加首届中国轻工商品博览会。协会组团老凤祥、夏氏琉璃、唐艺红木、宜和会展、艺神、本素等企业参加了在大连举行的"首届中国轻工商品博览会"，会长沈国臣担任评委。

（5）参与组办"上海原创纸艺大展"。协会与上海民间文艺家协会、上海工艺美术学

会等组办了"2009 上海原创纸艺大展",在弘扬中华民族的传统文化的同时,积极倡导时尚、环保的理念。

6. 加强秘书处自身建设

自 6 月起,协会秘书处建立中班工作制度,即每一天实行两班工作制,保证协会从上午 8 点半至晚上 8 点半都能正常运作。同时建立了信息交流平台,每天通过邮箱向会员单位发布当天信息,加强了与会员单位的信息沟通。协会成立 12 年,文书档案都保存在秘书处办公室内,2009 年协会的档案经整理后移至徐汇区档案馆保存,不仅探索了一条保存、管理和查阅档案的新途径,同时也节约了相当一部分的办公空间。

二、2010 年工作要点

1. 编写"十二五规划"的建议

2010 年,协会将认真编写"十二五规划"的建议,探索编制"十二五"行业发展规划。"十二五"规划要体现贯彻《上海市传统工艺美术保护规定》,体现上海申请成为联合国教科文组织命名的"设计之都"和加入"国际创意城市联盟"的工作要求;要探索世博后"十二五"期间传统工艺美术保护工作的重点,借鉴各省市的经验,并结合本市实际形成滚动的实施工作规划。

2. 借世博契机,大力发展旅游纪念品产业

2010 年上海世博会将迎来 7000 多万游客,协会要千方百计抓住这个历史性机遇,为行业企业扩大销售、加速发展,壮大经济实力服务;又要为行业工艺美术旅游纪念品的设计、创意、时尚产业长远的发展,为全国各城市群工艺美术行业的发展提供服务。

3. 发挥红标委和红木专委会作用,引导企业转型促增长

要在市质量技监局标准化处指导下,按照标准化委员会《章程》要求,完成市红木家具标准化技术委员会的换届工作。通过加强红标委组织建设,推进"上海市红木家具产品标识"工作的落实,推进规范行业,维护正常、有序的市场秩序,保护企业的合法权益,维护消费者合法权益等方面工作的进行。

发挥红木雕刻专业委员会的作用,以"上海海派红木艺术博物馆"筹建工作为抓手,推动行业逐步提高红木加工产品的文化、艺术价值,加速提高红木材料的利用率,减少天然木材资源的消耗,为红木行业探索可持续发展打下基础。

4. 高度重视人才资源,重谋划抓落实促增长

总结本市工艺美术初、中级职称考试工作的经验,在《工艺美术》教材及《考试大纲》

修订的基础上，进一步推动长三角其他城市参加上海市任职资格考试。

探索有条件的企业及大师的带徒工作，探索带徒的模式和奖励措施。

编写出版《第二批上海市工艺美术大师风采录》、《上海市工艺美术精品、品种、技艺专集》，扩大人力资源的影响力、辐射力，建设上海工艺美术人才高地。

探索工艺美术大师进修、培训方案，逐步建立大师终身学习的机制。协会将通过同海内外有关高等学府、社会机构的合作，创新上海工艺美术高级人才的培训途径，为建设为全国服务的大师培训中心打基础。

在市经信委的指导下，做好推荐、申报第六届中国工艺美术大师的准备工作和上海市工艺美术精品申报、评审的准备工作。

要以上述各项工作为抓手，提高协会服务工艺美术、旅游纪念品产业发展的能力和水平。

5. 加强长三角行业互动，推动城市工艺美术产业的转型和升级

在长三角 16+n 城市工艺美术行业协会联合体组建的基础上，在中国工艺美术协会的指导下，借世博会契机，加强长三角工艺美术行业协会之间的互动，推动本市工艺美术行业企业的转型和升级。要加大探索协会与北京、天津、重庆等直辖市行业协会之间互动的步子，从而推动各区域间工艺美术行业的互动。要发展信息、策展、典当、拍卖、鉴定、交易、翻译、贸易、会所、博物馆等延伸服务业，发展专业物流网络，以及产、学、研三位一体的增长模式。在政府等有关部门的指导下，探索国际的交流合作。

6. 加强行业协会自身建设

以世博会为契机，探索在匈牙利、中国台湾等地设立行业协会合作的业务部门，选择合适的业务代表，探索拓展工艺美术的海外市场（重点是欧洲、中国台湾地区及美国市场），寻找上海工艺美术行业协会服务长三角、服务全国、走向世界的突破口。同时为热爱工艺美术事业的大学生创造机会，为上海工艺美术行业可持续发展打基础。

在工艺美术旅游纪念（礼）品专业委员会的组织机构设置、运作模式、工作内容等方面要突出重点并有所突破，努力发挥专业委员会的作用，增强行业协会的核心竞争力。

筹建行业协会理论专业委员会、首饰专业委员会、美术陶瓷专业委员会和编织专业委员会，拓展协会的覆盖面，增强协会的凝聚力。

加强协会秘书处和两个专业委员会年轻工作人员的培养，通过压担子、传、帮、带等措施，让青年人在实践中得到磨炼，以适应上海工艺美术行业协会发展的需要。

上海市资源综合利用协会

一、2009 年工作主要成效

1. 突出重点，推进资源的综合利用

（1）提出脱硫石膏和粉煤灰综合利用建议。本市电力行业和冶金行业的固体废弃物粉煤灰、矿渣、钢渣达 2000 万吨 / 年，以粉煤灰计，自 2008 年起，综合利用率开始下降；而电厂烟气脱硫工作全面展开，上海又将产生 150-180 万吨脱硫石膏，且按上海水泥生产规划，只能利用消化脱硫石膏 35 万吨，这些因素势必影响本市工业固废的综合利用。面对这一状况，协会在大量调查分析的基础上，以多年从事的工作经验，向市委、市政府呈送了《关于上海市脱硫石膏和粉煤灰有关情况反映及建议》。对于协会的报告，中共中央政治局委员、市委书记俞正声、常务副市长杨雄十分重视，即时作出了批示，并由市政府办公厅转发了市发改委制定的《上海市脱硫石膏综合利用和安全处置实施方案》，从而使脱离石膏的综合利用工作有政策可依。

（2）推进脱硫石膏综合利用工作。为贯彻落实发改委的要求，协会组织相关专家对脱硫石膏综合利用的 7 家水泥厂喂料系统改造、13 家脱离石膏利用企业的补贴情况进行了认真的检查核验等工作，积极推进脱硫石膏综合利用工作，并取得效果。2009 年，本市粉煤灰利用率为 94.93%，脱硫石膏利用率为 98.92%。

（3）促进余热、余压利用发电工作。由于上海发电企业基本采用燃煤发电，余热、余压资源综合利用发电仍有较大拓展空间。为此，协会一直把推广余热、余压资源综合利用作为工作的重点，多次会同资源综合利用发电专业委员会、集中供热热电联产专业委员会，深入宝钢、外高桥电厂、梅山钢铁公司等企业，走访了解，掌握第一手资料，并通过各种会议和专业培训，宣传推广他们的经验和成果，以促进资源综合利用发电的

深入开展。

2. 总结典型案例，推进综合利用深入开展

为展示本市"十一五"期间资源综合利用方面取得的成果，进一步总结经验，推进资源综合利用工作全面开展，协会在市经信委节能与综合利用处的指导下，在全市征集资源综合利用典型案例，准备汇编成册，交流推广。

根据平日调查研究积累掌握的典型材料，协会已推荐了40多家企业的资源综合利用工程项目和产品（工艺），目前协会正指导帮助这些企业汇集情况、撰写材料、总结经验。这些企业在工业"三废"综合利用，在社会消费废弃物再生利用等方面的典型经验汇编成册后，必将有力地推进本市资源综合利用工作深入、全面的开展。

3. 组织资源综合利用企业认定工作

（1）制定实施方案。年初，协会组织相关人员认真学习《资源综合利用产品（工艺）认定管理办法》的有关规定，全面领会精神、分析研究，并结合本市实际，及时向领导部门提出了在本市贯彻实施的方案和建议。

（2）组织学习培训。为严格按照文件要求，扎实开展评审工作，协会会同本市各区（县）经委，分别组织相关人员和专家的学习培训。在培训中，解释文件条文内容，学习财税等政策，明确评审程序要求，并建立市、区网络专人负责制度。还协助市经信委节能与综合利用处组织参与评审的工作人员和专家，前往金山水泥厂进行示范性评审认定，为全面开展认定工作打下基础。

（3）组织专家深入企业开展评审。由于这次申报单位较多，认定程序严格，工作量很大。为做好这次评审认定，评审人员和专家深入企业，听取企业介绍；分组对口，对企业生产经营个环节进行认真核验审查；再从企业地位、法律资质、生产条件、环保状况等十个方面进行测评打分，形成评审认定意见。

（4）颁发认定证书。被评审单位，在市经信委网上公示后，协会制作了《资源综合利用产品（工艺）认定证书》，经市经信委审核后正式颁发。至2009年底，有224家单位283项产品（工艺）获得证书，享受到了国家规定的税收优惠政策。

4. 加强政策宣传，抓好专业培训

为使广大企业明确责任，增强搞好资源综合利用的思想意识，协会通过各种渠道，运用各种形式，在会员单位、专业人员中宣传有关政策法规，组织专业技术培训。一年来，协会先后举办了资源综合利用认定细则、粉煤灰综合利用、燃煤电厂烟气脱硫石膏利用和处置、供热蒸汽能效使用和管理、船舶行业节能减排等5个专业培训班。针对民营小企业人员素质不高，管理水平较低，工业固体废弃物月报不及时、不准确的状况，协会正抓紧筹划，争取组织民营企业业务培训。

5. 做好基础工作，加强协会自身建设

（1）开展工业固体废弃物统计分析。年初，按市建交委的要求，协会承担了全市粉煤灰、脱硫石膏、钢渣、矿渣粉等工业固体废弃物统计分析工作。这方面涉及众多民营小企业，给做好统计工作带来不少困难。针对这种状况，协会加强了对各企业统计工作日常指导、及时督促，情况有了好转，确保了协会按时、准确地完成统计分析。

（2）健全信息网络。为完善信息，畅通渠道，协会加强了各类资料的建档归档，新建了资源综合利用认定企业信息网络。

（3）强化专业委员会管理。协会是个专业性技术协会，下设粉煤灰专业委员会、冶金渣专业委员会、集中供热热电联产专业委员会、资源综合利用发电专业委员会、船舶专业委员会共五个分支机构。协会注重对下设机构的管理工作，坚持秘书处与各专业委员会秘书长每月一次会务会议，沟通情况，分析研究实际工作中的突出问题，帮助会员单位更好地开展工作。

二、2010 年主要工作

1. 以"五大工程"为抓手，发挥典范的引领作用

协会注重的"五大工程"实施单位，均是上海近几年资源综合利用的示范企业。这"五大工程"是：上海市排水公司实施的亚洲最大的城市污水处理厂——白龙港城市污水处理厂污泥处理工程；上海建材集团实施的脱硫石膏煅烧线工程；上海大众汽车发动机、变速箱再制造工程；上海建材集团实施的水泥熟料生产线工程和高性能掺和料生产线工程。协会将继续关心跟踪，做好各项推进服务工作，并发挥这些典范的引领作用，鼓励更多的企业搞好资源综合利用工作。

2. 以业务培训为基础，提高人员的能力水平

根据目前会员单位和协会工作人员的实际知识和业务能力，协会将加强资源综合利用科技知识、政策法规的培训，初步拟办 16 期培训。

（1）资源综合利用认定的专业培训。对 2009 年通过认定的 245 家企业分 5 期进行培训，培训资源综合利用政策的宣贯、资源综合利用认定管理方法及工作细则、资源综合利用检测标准方法以及企业在资源综合利用工作中倾向问题等。

（2）固体废弃物统计人员统计业务培训。由于从事固体废弃物综合利用的民营企业占较大比例，不少企业场地简陋，管理不规范，统计人员参差不齐，计划对这些企业所

有统计人员进行一次业务培训，以求提高统计报表的质量。

（3）资源综合利用发电操作工业务培训。集中举办一期操作工业务培训，解决新上岗人员专业知识缺乏的问题。

（4）粉煤灰和脱硫石膏专业人员知识培训。共举办二期，培训粉煤灰利用基础知识、产品性能、市场预测和相关应用技术等。

（5）船舶行业资源综合利用业务知识培训。计划培训四期，内容有水资源的利用、废油资源再生利用、提高钢材利用率等。

（6）集中供热、热电联产行业培训。计划培训三期，内容有：蒸汽管节能支架的设计、选用及节能效果、国家有关节能政策等。

3. 以调研分析为重点，做好协会的基础工作

协会要加强资源综合利用前瞻性课题的分析研究，要善于从宏观上、大局上来思考协会的具体服务工作，急政府之所急，想企业之所想，做好政府与企业的"桥梁"，发挥好协会的作用。

（1）认真做好粉煤灰、钢渣、矿渣及脱硫石膏利用的统计工作。要与全市从事资源综合利用工作的其他协会（如水务、废旧物资回收、汽车发动机再制造等协会）加强信息沟通工作，实现资源共享，形成合力，共同做好全市的资源综合利用工作。

（2）继续做好资源综合利用产品（工艺）的认定工作。在总结 2009 年工作的基础上，要注重一些规模较小的民营企业，帮助他们找出资源综合利用工作中存在的不足，分析问题的原因，指出努力的方向，从而推动全市的资源综合利用工作上一个新的台阶。

（3）做好"十二五"规划。协会要组织有关专家做好《上海市资源综合利用"十二五"规划》和《上海市粉煤灰（脱硫石膏）综合利用"十二五"规划》。要认真调研、分析，注意发挥有关专业委员会和专家的作用，为全市的资源综合利用工作献计献策。

（4）做好办公室基础管理工作。继续做好各类资料的建档、归档，建立和健全各会员单位和被认定企业的信息、渠道和联系网络。

4. 筹备协会换届工作

上海市资源综合利用协会第二届理事会，因诸多原因未按时完成换届工作。2010 年要根据市经信委综合规划处对换届工作的要求，制定好换届改选工作的文件及资料，确保换届工作顺利进行。

第三部分

2009年上海工业及信息化协会大事记

2009 年上海工业及信息化协会大事记

一月

6 日，在上海市经济团体联合会召开的十四次主席团扩大会议上，蒋以任会长作"广泛开展 JJ 小组活动，持续推进节能减排工作"的报告，对开展节能减排 JJ 小组活动试点工作进行部署；上海铝业行业协会等单位作开展节能减排 JJ 小组活动的交流发言。韩正市长出席会议，对开展节能减排 JJ 小组活动作重要讲话。

8 日，上海市焊接协会召开五届四次会员大会进行协会换届选举，会议选举徐域栋为理事长。

12 日，在上海市经济团体联合会举办的 2009 年迎春联欢会上，对荣获市经团联 2007-2008 年度的 27 家先进行业协会和 20 名协会先进工作者进行表彰并颁奖。

15 日，上海仪器仪表行业协会向市经信委报送《重点领域自动化控制系统发展对比研究》报告。

二月

1 日，上海印制电路行业协会参与制定的《清洁生产标准——印制电路板制造业》正式实施。

2 日，上海广告设备器材供应商协会搭建的行业电子商务门户网站——广告设备器材贸易网开通运行。

2 日，上海市信息安全行业协会编制《上海市民信息安全手册》，手册派发到各区县、各大银行及运营商。

6日，上海市企业清算协会召开会员大会及理事会进行换届选举。

13日，上海市焊接协会为帮助培训教师提高业务水平，组织首期业务培训班。培训班讲解了美国焊接学会（AWS）焊接技术标准、验收要求和中国船级社（CCS）焊接技术标准。

13日，上海市节能协会编制的《上海市热电联产规划（2008~2015年）》课题，通过市发改委专家组评审。

15日，上海市委书记俞正声在上海市经济团体联合会《关于加快振兴发展上海仪器仪表行业的建议》专报上作重要批示，各行业协会按照批示要求推进上海仪器仪表行业发展。

18日，上海市信息家电行业协会组织制定的《数字音频及数据广播技术规范》通过专家审议。

20日，上海工艺美术行业协会主办的"台湾生活艺术精品展"、"国际现代壶艺展"在上海唐人国际购物中心开幕，协会名誉理事长龚学平出席并剪彩。

20日，上海重型装备制造行业协会召开第二届会员大会进行换届改选，选举吕亚臣为会长。

26日，上海硅酸盐工业协会召开第二届会员大会，会议选举产生第二届理事会及会长、副会长和秘书长。

26日，上海市信息系统质量技术协会编撰完成《2008年度上海市信息化质量技术工作发展蓝皮书》。

26日，上海市自行车行业协会召开"助力车生产许可证工作会议"，部署电动自行车企业生产许可证换证工作。

三月

1日，上海工艺美术行业协会启动上海市红木家具真品标志新操作系统试运行，新系统在方便使用和减少企业负担等方面作了改进。

3日，上海市担保行业协会在奉贤区小企业贷款担保中心召开政策性担保机构专业工作会议。

4日，上海铝业行业协会成立技改节能项目专家组，全程指导和协助会员单位申报上海市技改节能项目。

4日，上海生物医药行业协会与英国驻沪总领事馆贸易投资处联合举行"中英打击假药之防范策略与技术"圆桌会议，双方在打击假药、防范假药领域进行深入探讨。

5 日，上海市焊接协会受上海机电产品设计院委托，承接上海重型机器厂 600 吨行车轨道梁加固改造任务。

10 日，上海市信息家电行业协会撰写《上海电视整机产业发展建议》、《上海发展数字电视产业联盟的建议》等产业发展建议报告递交市政府主管部门。

10-12 日，上海服装行业协会在新国际博览中心举行国际服装贸易博览会，围绕"绿色时尚"20 余家品牌进行集中展示，协会还积极推荐品牌企业与百联集团进行对接。

12 日，上海市工经联由全国政协常委、市工经联会长蒋以任带队，赴北京拜访北京市工经联，双方交流了各自在开展枢纽式管理和发挥行业协会功能等方面的做法和经验。

19 日，上海市轻工业协会举行会员大会，表彰轻工业系统"诚信企业"和"诚信创建企业"、"上海轻工新品名品展示展销会"参展获奖单位、"上海轻工行业劳动关系和谐企业"、"我为节能减排做贡献"十佳金点子奖和优秀组织奖单位。会议向轻工行业企业和员工发出《"勇担社会责任，携手共克时艰"倡议书》。

20 日，上海市工业经济联合会党委召开"市工经联党委系统深入学习实践科学发展观活动第二批动员大会"，会议就开展深入学习实践科学发展观活动进行动员。

20 日，上海重型装备制造行业协会与上海应用技术学院合作，在企业现场结合企业的销售、物流、仓储管理等业务，为 136 名大学毕业生进行培训。

24 日，上海有色金属行业协会召开"工业炉窑大气污染物排放标准"专题讨论会，会后协会汇总讨论意见呈送市环保局。

26 日，上海市信息法律协会编撰的《长三角信息化政策法规联动机制立法调研报告》，送浙江省、江苏省信息产业厅政策法规等部门征求意见。

四月

1 日，工业和信息化部电子工业标准化研究院所属部半导体照明技术标准工作组授予上海市光电子行业协会"半导体照明技术标准工作组 - 2009 年度成员单位"证书。

1 日，上海电子制造行业协会与上海第二工业大学签订了产学研合作协议。

1 日，上海市节能协会在闵行区中心医院组织"新建三级医院应用分布式供能系统"现场推广活动。

3 日，上海市润滑油品行业协会进行换届改选，推荐张安利任会长，潘稼钢为秘书长。

9 日，上海企业家联合会举行"推进企业信息化和工业化融合——走新型工业化道路"

系列培训,培训主题是企业信息安全。

9日,上海新沪商联谊会在上海国际会议中心召开"首届新沪商峰会"。全国政协副主席厉无畏发来贺信和"提振信心,逆势飞扬"的亲笔题词;市委统战部部长杨晓度等领导出席会议;著名经济学家樊纲作主题演讲;中国民营经济研究会会长保育钧和民营企业家进行了互动交流;峰会向上海广大民营企业家发出了战胜困难、发展经济的倡议书。

10日,上海工艺美术行业协会联合上海工艺美术职业学院和徐家汇街道成立的"社区手工艺名师工作室"在徐家汇街道社区文化活动中心亮相,该工作室以绒绣和纸艺为主。

14日,上海轻工业行业协会举办以"创意,让生活更精彩"为主题的2009年上海"轻工杯"生活用品时尚创意设计大赛活动。组委会评选出60件获奖作品,其中25件分获功能创意设计、外观创意设计一、二、三等奖。

15日,由上海市质量协会与上海市中小企业(贸易发展)服务中心、上海市中小企业(生产力促进)服务中心合作设立的"上海市中小企业质量服务工作站"挂牌成立。

20日,上海市交通电子行业协会成立航空电子专家委员会和船舶电子专家委员会,并召开首次工作会议。

24日,上海市产业结构调整办公室召开铸造、锻造、电镀、热处理等四大基础工艺行业产业结构调整工作会议,要求各协会配合政府做好产业结构调整工作;上海市电镀协会提出电镀行业准入办法及产业调整的补偿办法。

24日,上海工业设计协会成立青年设计师专业委员会并揭牌,上海市经济和信息化委员会副主任邵志清出席会议并讲话。

27日,上海市轻工业协会撰写完成《关于调整、振兴上海轻工业的建议》,报送市政府办公厅。

五月

5日,上海钢管行业协会主办的"第五届上海国际钢管工业展览会"开幕。

6日,上海中药行业协会为落实防霉保质工作,开始对本市120家中药生产、经营单位进行抽查,以保障市民用药安全有效。

9日,上海市企业信用互助协会召开第二届全体会员大会,选举产生新一届理事会,上海金铖科技发展有限公司董事长陈献峰当选为协会会长。

14日,上海市室内装饰行业协会为充分发挥室内设计在装饰"产业链"中的作用,组织80名设计师与生产厂商开展互动交流活动。

15 日，上海市质量协会举办"卓越绩效模式"专题报告会。上海实施"卓越绩效模式"、争创质量奖的企业质量负责人和有关人员出席会议。

17 日，市经团联与杨浦区人民政府在杨浦知识创新区人才广场联合主办"上海市经团联及行业协会大学生专场招聘会"。

18-20 日，应美国质量学会邀请，上海市质量协会代表团出席 2009 年世界质量与改进大会暨美国质量学会第 63 届年会。唐晓芬会长在会上发表演讲，并介绍新研究成果——质量对经济发展的贡献率问题。

19 日，上海市信息服务业行业协会召开上海市地方标准《网络游戏行业服务规范》制订工作启动新闻发布会，向业界发起开展网络游戏优质服务的倡议。

20 日，上海出口商品企业协会联合福建省贸促会举办的"上海福建中外企业项目洽谈及采购说明会"在福州举行，沪闽中外企业家参加活动。

21-22 日，上海市锻造协会在张家港召开"长三角大中型自由锻节能技术交流会"。协会理事长李青松做"练好内功，提高竞争力，持续发展"演讲；上海重型机器锻件厂、重庆沃克斯科技开发公司等交流节能技术及节能产品。

26 日，上海钻石行业协会召开会员大会，大会选举产生新一届理事会，上海老凤祥钻石加工中心公司总经理潘斌连任理事会会长。

26 日，上海市经济团体联合会和上海市金山区人民政府联合举办 2009"金山之夏"上海市行业转移对接活动及金山区工业厂房推介会，本市 16 家行业协会携近 90 家企业出席推介会。

5 月，上海市光电子行业协会组织专家参与世博会联合企业馆内外墙照明显示工程专家评审。

六月

1 日，上海锅炉压力容器协会与上海市焊接协会共同举办企业"学习实践科学发展观，企业发展研讨会"会议，6 家企业的代表在会上就科技开发、培养人才、调整产品结构及推进节能减排等作交流发言。

4 日，上海市经济团体联合会召开"振兴发展仪器仪表业座谈会"。全国政协常委、市经团联会长蒋以任，市经信委、市国资委、市发改委、市科委等相关领导出席会议，听取相关协会与企业对如何振兴发展本市仪器仪表的意见和建议。

4 日，上海市汽车销售行业协会为进一步推进诚信服务体系建设，从 6 月起在上海市汽车销售服务业中，开展"诚信服务企业"评选活动。

5日，上海市气体工业协会分两期举办气体分析人员《职业资格证书》技能培训班，有近百名学员参加培训，并通过考核取得人力资源和社会保障部颁发的化学检验工"职业资格证书"。

9日，上海市环境保护工业行业协会与上海石油学会在锦江汤臣洲际大酒店联合举办"油气回收工程改造与项目管理研讨会"，会议对油库、加油站的油气回收技术进行了研讨，进一步拓宽了环保工业发展的新思路。

14日，上海市节能协会等单位在节能环保产业园举办上海国际节能减排博览会。博览会组织节能技术和产品评奖及节能技术和产品交流推介活动。

16日，上海轻工19个行业协会秘书长就轻工产品质量状况进行分析探讨，并形成《上海市轻工业质量分析报告》报送市质监局。

17日，上海市委书记俞正声在上海市经济团体联合会《认真贯彻俞正声同志重要批示，落实振兴发展仪器仪表行业措施》专报上作重要批示："首先是规划，两种办法，一是围绕产品（如汽车、电站、海工、航电）；另一种是仪器仪表本身。关键是人才和中小企业政策。"

23-25日，上海市质量协会与上海市总工会等主办"上海城建杯"QC小组成果擂台赛，195个QC项目成果参加角逐，16个QC成果获得一等奖。

24日，上海市企业清算协会制定《关于企业清算服务收费的指导意见》并试行。

25日，由上海市汽车销售行业协会、上海汽车配件流通行业协会主办的"迎世博文明行车先锋"行动启动仪式在吴江路步行街举行。活动宗旨是以迎世博为契机，号召驾驶员自律文明行车行为，倡议得到上海30多家俱乐部和车友会的积极响应。

25日，上海轻工行业协会按照中共中央政治局委员、市委书记俞正声在市委研究室调查报告的批示意见，对上海轻工行业名牌产品、著名商标等进行排摸，对品牌所在企业进行调查，向市政府报送了《关于重组上海轻工老品牌的调查报告》。

26日，上海市工业合作协会召开六届一次会员大会，会议通过第五届理事会工作报告等议案，选举产生常务理事、理事长、副理事长、秘书长，王志宽连任理事长。

30日，为会员单位解决融资困难，上海新沪商联谊会与浦发银行合作，举办"新沪商·浦发银行银企合作融资园桌会议"。

30日-7月3日，上海市电力行业协会举办电力行业"300/600MW火电机组集控值班员技能竞赛"，上电股份、申能、华能等发电企业参加了竞赛。

七月

7 日，上海广告设备器材供应商协会主办的"第十七届上海国际广告技术设备展览会"暨"广告制造业国际论坛及研讨会"在上海新国际博览中心举行。

9 日，上海长三角非织造材料工业协会在常州纺织服装职业技术学院举办技术职称认证培训班。江苏的非织造企业相关技术人员参加了培训，学员们对协会来江苏就近办班表示满意。

9 日，上海市自行车行业协会着手制定"折叠自行车进入地铁"的上海市地方标准。

7 月，上海市光电子行业协会组织专家参加 2010 年上海世博会上海企业联合馆 LED 景观照明工程项目评标。

13 日，上海市室内装饰行业协会评定 23 家企业为星级企业称号，协会举行星级企业颁奖暨新闻发布会，并举办"星级装饰企业风采展"。

13 日，按照市经信委要求，上海市信息服务业行业协会设立"信息系统工程监理认证机构"、制作"上海信息服务业动态"，并筹备"2009 上海市推动软件与信息服务产业系列活动周"。

15 日，上海起重运输机械行业协会会同上海中小企业信用评价中心等单位在浦东渣打银行，举办"增强企业规避风险能力，积极应对世界金融危机"的专题活动，为会员企业搭建"银企合作平台"。

24 日，上海铝业行业协会和上海冷冻空调行业协会联合举办"新技术新材料在空调中的应用与推广研讨会"，两协会在会上签署《关于加强两会新技术新材料交流合作的备忘录》，会议推进了双方协会及其会员单位间在信息交流、专家互访、技术研讨等方面的合作。

29 日，上海新能源行业协会成立企业产品标准审查咨询机构。

30 日，上海市经济团体联合会举办"上海节能减排创新论坛"，副市长艾宝俊出席并作重要讲话，全国政协常委、市经团联会长蒋以任作题为"节能减排与可持续发展"的主题演讲。

30 日，在市侨联直接指导下，上海漕河泾开发区企业协会经过近一年的筹备，正式成立上海漕河泾开发区侨界联合会。

八月

7 日，上海铝业行业协会召开"纪念上海铝业行业协会成立 20 周年协会座谈会"，协会编辑出版《上海铝业行业协会成立 20 周年纪念册》和《论文集》。

7 日，上海市环境保护工业行业协会举行协会换届选举，选举产生了新一届理事会。

18-24 日，应台湾生技产业促进协会邀请，上海生物医药行业协会组团赴台湾访问，代表团应邀出席了"两岸蛋白质药品研讨会"，在会上介绍了大陆生物制药现状和发展趋势、上海生物医药未来三年的发展方向，受到与会台湾生物医药企业界关注。代表团还参观了台湾知名生物制药企业和研发机构，拜会了台湾生技产业促进协会。

19 日，上海市电力行业协会召开协会第二届会员大会第一次会议，会议审议通过《第一届理事会工作报告》等文件，并选举产生了协会第二届理事会。在二届一次理事会上，选举产生了第二届常务理事会和会长、副会长，并聘任了秘书长。

21 日，上海工业设计协会四届一次会员大会举行，大会选举产生新一届理事会。

26 日，上海市工艺美术协会在上海城市规划展示馆举行第二届上海市工艺美术大师颁证会，30 位工艺美术技艺人员被授予"上海市工艺美术大师"称号，上海市副市长艾宝俊出席会议。

27 日，上海市信息服务业行业协会与成都市软件行业协会签订协议，建立上海信息服务业成都产业基地。

28 日，上海电子制造行业协会成立"上海市职称服务中心上海电子商会工作站"，开展业内的职称评定工作。

九月

1 日，上海市质量协会与市总工会、团市委、市妇联在南京东路步行街共同举办"上海质量月主题活动"。活动的主题为"提升'质量和安全'水平，共迎精彩世博盛会"。全国政协常委、市质协名誉会长蒋以任和市政府相关部门领导及各行业企业代表 600 多人参加活动。

5 日，上海市经济团体联合会等和卢湾区政府在雁荡路休闲街联合举办"质量和安全年"暨"窗口服务日"宣传活动，33 家行业协会 100 多名有关专家、工作人员现场向市民宣传产品质量安全知识。

8 日，由上海中小企业国际合作协会等创建的"上海中小企业诚信服务平台"正式开通，为全市中小企业免费提供网上征信及诚信查询服务。

15 日，市人大财经委领导听取上海市节能协会"当前实施'合同能源管理'的主要障碍和对策研究"课题组的汇报，对课题的研究工作给予充分肯定。

17 日，上海市质量协会和嘉定区质量技监局、嘉定区质量协会联合举行的"加强质量合作，推进质量兴区"合作备忘录签约暨"质量创新基地"揭牌仪式在嘉定。

20 日，上海印染行业协会组织"洁润丝"印染新技术交流会暨上海印染 2009 年会，交流会突出节能减排和新技术应用，受到有关方面的重视，并列入上海市科协第七届年会的产业技术专场内容。

25 日，长三角 16+n 城市工艺美术行业协会联合体在上海市长宁区成立，上海市工艺美术协会名誉理事长龚学平担任联合体名誉主席、协会会长沈国臣担任联合体执行主席、协会秘书长担任联合体办公室主任。

30 日，上海市电子商务行业协会组织撰写《大力发展电子商务，加速推进"两化融合"》行业调研报告送交市经信委，并成为"上海市推进信息化与工业化融合工作会议"交流材料。

30 日，上海市企业信用互助协会网站（www.xyhz.org）正式上线开通，协会首期《信用互助》试刊。

十月

6 日，上海市汽车销售行业协会承办的"第三届上海市汽车销售服务节"在上海市副中心商业区杨浦区五角场万达广场拉开序幕。

14 日，上海钢管行业协会与中国钢结构协会钢管分会联合主办的第二届中国国际钢铁工业（天津）博览会在滨海国际会展中心开幕，来自 13 个国家和地区的近 200 家企业参展。

20 日，上海橡胶工业同业公会组织编制的《全钢子午载重轮胎产品能效日用手册》经专家组评审获得通过。

22 日，上海润滑油品行业协会及模具协会、工具协会、重型装备制造协会、轻工业协会、设备管理协会、电梯协会、锅炉压力容器协会、电器协会、食品协会等关联行业协会秘书长举行"优势互补，合作共赢"联谊会，与会秘书长结合自身协会工作进行广泛的交流。

23 日，上海锅炉压力容器行业协会与浦东新区技术监督局组织召开"新亚药业节能减排工作现场介绍会"，新亚药业介绍该厂开展节能减排的经验，会议对浦东新区企业节能减排工作提出要求。

28 日，上海企业家联合会举办"2009 上海企业 100 强发布会"。

29 日，上海健康产业发展促进协会与国际健康健美长寿研究会等在上海展览中心联合主办"2009 上海国际健康健美长寿论坛暨健康产业博览会"。

十一月

3 日，由中国国际工业博览会组委会主办，世博会事务协调局、上海市经济和信息化委员会、上海市经济团体联合会、上海现代服务业联合会等举办，上海工业设计协会、上海设计创意中心承办的"2009 上海国际设计创新高峰论坛"在上海花园饭店举行。

3 日，上海市物流协会、上海市物流学会、上海市物资学校联合组建的产学研基地和实训基地揭牌。

3-4 日，由上海市电力行业协会与世博集团共同举办的主题为"高效、节能、绿色、环保"的"能源装备技术研讨会"在上海新国际博览中心举行。

7-8 日，上海市工艺美术协会组织的本市工艺美术专业技术任职资格考试在上海工艺美术职业学院举行，202 人通过考试，合格率在 60% 以上。

10 日，上海有色金属行业协会主办的"上海有色检测网"开通。网站是协会为有色及相关企业开设的检测平台。

12 日，上海钢管行业协会承担市政府研究课题"中国钢管行业扶持与反补贴问题研究报告"结题。研究报告剖析中国钢管反补贴案件、对各国钢铁行业扶持与补贴政策进行比较分析，提出我国钢管行业反补贴应对措施及政策建议。

18 日，上海铝业行业协会第二批上海市技改节能项目合同签约。全年合同节约标煤超过预定目标，达 21452 吨标煤。

20 日，上海市企业联合会、上海市企业家协会第七次会员代表大会暨上海企联 30 周年庆典活动在国际会议中心举行，韩正市长发来贺信。会议选举产生了新一届理事会，胡茂元当选为会长，陈忠德当选为秘书长。

24-26 日，上海新沪商联谊会组织在沪民营企业企业家代表团对天津市进行了为期 3 天的考察，天津市副市长王治平等领导会见了上海新沪商联谊会企业家代表团。

24-25 日，上海市股份合作制企业协会在崇明锦绣宾馆召开上海市股份合作制企业深化改革研讨会，市发改委和市促进中小企业发展机构的相关领导、股份合作制企业负责人近 60 人出席会议，会议交流了股份合作制企业深化改革情况，研讨了股份合作制企业深化改革政策等问题。

十二月

4 日，在上海铝业行业协会举行的"庆祝上海铝业行业协会成立 20 周年暨长三角铝业峰会"上，协会表彰了 6 家"诚信创建企业"、表彰为协会发展作出贡献的 11 家会员单位，表彰热心协会工作 20 年的 5 名协会工作者。

5 日，上海纺织行业协会、上海印染行业协会赴江苏盐城相关企业、工业园区进行考察，就上海纺织工业调整、转移及合作事宜与当地进行了洽谈探讨。

8 日，在市经信委指导下，上海市信息系统质量技术协会确定第一批列入民用航空制造业统计口径的单位，并完成对航空产业调研工作。

10 日，上海市经济信息化委、上海市经济团体联合会联合举办编制"十二五"行业发展规划建议工作会议。会议介绍了"十二五"时期上海工业发展思路与探讨及编制"十二五"发展规划的重要性；要求各行业协会发挥各自优势，当好政府的参谋和助手，反映行业的实际情况，切实做好编制"十二五"行业发展规划建议工作。

15 日，为在股份合作制企业深化改革过程中，保护公有非居住房屋承租人的合法权利，上海市股份合作制企业协会召开了"承租房问题"专题研讨会，杨浦、虹口、长宁等区部分商业股份合作制企业的董事长、经理等出席会议。

23 日，由上海市经济和信息化委员会主办，上海市电子商务行业协会承办的 2009 上海"电子商务进校园"系列活动举行闭幕式，并为 2009 上海"网上创业创意大赛"获奖选手颁奖。

24 日，上海市信息家电行业协会组织编写的专用教材《数字视音频压缩编码和码流技术》、《数字电视地面广播传输国家标准中的关键技术》和《信息家电网络控制技术》通过专家验收。

25 日，由上海硅酸盐工业协会与东华大学材料学院、中国日用玻璃协会共建的"先进玻璃制造技术教育部工程中心"，通过教育部验收。

第四部分

上海工业及信息化协会分类简介

综合类

上海市工业经济联合会（上海市经济团体联合会）

上海市工业经济联合会（简称市工经联）成立于 1991 年 3 月。为拓展服务功能，顺应上海二、三产业融合发展、共同发展的要求，2008 年 9 月，经市社团局同意，上海市工业经济联合会增挂"上海市经济团体联合会"牌子（简称市经团联），业务主管单位是上海市经济和信息化委员会。

市经团联（市工经联）是以上海经济类行业协会、专业性协会、经济团体联合组织，以及相关的企业、经济研究单位、大专院校和经济界知名人士等自愿组成的社会团体法人，现有会员单位 300 多家，其中经济类行业协会、专业性协会会员 160 多家，基本涵盖上海的现代工业和现代服务业。企业会员 140 多家，主要由中央在沪企业，以及上海各行业中领军企业和知名的民营企业组成。

市经团联（市工经联）的宗旨是"服务企业、规范行业、发展产业"。主要工作是对本市产业发展战略、产业与改革政策、管理体制、科技进步、国际贸易和行业协会的培育发展等进行调查研究，为政府决策提供依据和建议，为行业、企业提供经济、政策信息和研究成果。接受政府委托编制产业发展规划，促进二、三产业的融合和转化，推进产业链的延伸和发展。主要业务包括：宣传政策、调查研究、总结经验、政策建议；服务、组织、指导、协调行业协会自律管理、文化建设、行业标准制定、职称评定等工作；出版会刊、会讯，开展国内外交流，促进经济技术合作，开展咨询、展览、培训等活动。

为加强党对行业协会的领导，2000 年 1 月，成立上海市工业经济联合会党委。目前，隶属市工经联党委管理的行业协会党组织 87 个，党员人数 1055 人。

会　长：蒋以任　　　　　　　　　秘书长：胡云芳
联系人：汪　颐　　　　　　　　　电　话：63292897
地　址：江西中路 181 号　　　　　邮　编：200002
传　真：63290203　　　　　　　　网　址：www.sfeo.org

上海市企业联合会、上海市企业家协会

上海市企业联合会（原上海市企业管理协会）成立于 1979 年 8 月，上海市企业家协会（原上海厂长经理工作研究会）成立于 1983 年 7 月。2004 年 11 月，两会召开会员代表大会实行合并重组，简称"上海企联"。上海企联宗旨为："为企业、企业家服务，为上海经济和社会发展作贡献"。上海企联设有协调劳动关系专业委员会、管理咨询专业委员会、民主管理专业委员会等。

上海企联的主要业务为：作为雇主组织的代表，参与本市劳动关系的协调；开展有关企业改革和现代企业管理的实践和理论研究；总结推广先进企业管理经验；为企业提供培训、咨询、信息、出版等服务；开展同国内外企业团体的交流和合作；指导与协调各区县、各行业企联、企业家协会工作。

上海企联已建立网站，出版刊物《上海企业》杂志（中国工业经济类核心期刊）和《上海企业家》杂志（内部期刊）。

会　　长：胡茂元　　　　　　　　秘书长：陈忠德
联系人：王富强　　　　　　　　电　话：56031119
地　　址：共和新路 2623 号　　　邮　编：200072
传　　真：56030592　　　　　　网　址：www.shec.org.cn

上海市开发区协会

上海市开发区协会成立于 2002 年 9 月，现有 123 家会员单位，是由本市从事开发区规划设计、土地厂房开发、信息服务、环境建设、对外交流、招商引资、中介服务和投资融资的企事业单位，在自愿的基础上组成的专业性社会团体。协会下设统计信息部、会员服务部、发展研究部、上海品牌园区推选工作办公室、办公室、上海开发区招商促进中心、上海市开发区发展研究中心三部二室二中心。主要业务范围：规划咨询、人才培训、认证服务、招商服务、对外合作、商务会展、综合协调和信息发布。协会每年定期编辑出版《上海市开发区发展报告》、《上海开发区统计手册》、《上海开发区》、《开发区简报》、《国内开发区动态》及《国际产业转移动态》等书刊。

会　　长：张耀伦　　　　　　　　秘书长：赵　海
联系人：王善飞　　　　　　　　电　话：64731802

地　　址：宜山路 900 号 B 座 401 室　　　　邮　　编：200233

传　　真：64158027　　　　　　　　　　　网　　址：www.sidp.gov.cn

上海新沪商联谊会

上海新沪商联谊会成立于 2008 年 8 月，由上海知名的民营企业家和《文汇报》共同发起组建的上海民营企业社团组织。目前，联谊会已聚集了杉杉集团、复星集团、证大集团、鹏欣集团、月星集团、安信伟光、均瑶集团、携程旅游网、恒和置业、亚商集团、磐石资本、春秋航空、快鹿集团、界龙实业、东方地质馆、豪都房产、新梅置业等一批沪上知名民营企业，会员企业已遍及机械制造、房产家居、航空旅行、科技通讯、生物保健、建材装潢、商贸流通、金融投资、酒店食品、文化休闲、服装箱包等多个行业和领域。联谊会宗旨是："服务会员，共享资源，促进发展，树立形象。"联谊会是联系民营企业家和政府之间的桥梁、纽带；是实现会员间优势互补、抱团合作、共谋发展的服务平台。联谊会主要业务是：促进民营企业与政府的联系，维护会员合法权益；加强调查研究，反映民营经济发展情况，为政府决策提供依据和建议；开展企业间的交流，实现优势互补，共谋发展；组织经贸投资及考察活动，开拓企业发展渠道；组织各类联谊活动，增进会员间友谊及信息沟通，促进上海民营经济的发展。联谊会建有"上海新沪商"网站，编辑《新沪商简报》。

会　　长：郑永刚　　　　　　　　　　　秘书长：陈忠保

联系人：王烈强　　　　　　　　　　　电　　话：51002539

地　　址：天目中路 585 号新梅大厦 13 楼 C 座　　邮　　编：200070

传　　真：51002513　　　　　　　　　　网　　址：www.shnse.org

上海市工业合作协会

1983 年 11 月正式成立。协会宗旨：发扬工合传统，组织会员"团结、合作、一起干"，为全面建设小康社会作贡献。业务范围：发展工合事业、维护会员合法权益，开展指导、协调、服务活动，起好企业与政府之间的桥梁作用。协会出版内部会刊《上海工合报》（双月刊）。

会　　长：王志宽　　　　　　　　　　　秘书长：周裕德

联系人：周　勇　　　　　　　　　　　电　　话：53064235

地　　址：普安路 189 号 18 楼 C 座　　　　邮　　编：200021

传　　真：53064235　　　　　　　　　　网　　址：www.shgunghu.org.cn

上海漕河泾新兴技术开发区企业协会

上海漕河泾新兴技术开发区企业协会成立于 1998 年 9 月，是由上海市漕河泾新兴技术开发区发展总公司等企业发起，漕河泾开发区内各企事业单位自愿参加并组织起来的社会团体。现有会员单位 230 多家。协会下设集成电路、通讯、金融、软件和现代服务业、人力资源等专业委员会。协会宗旨是"为企业发展服务，为投资环境服务，为科技创新服务"。协会编辑出版《政策法规信息》（电子版）和《今日漕河泾报》。

理事长：陈青洲　　　　　　　　　　秘书长：姚向东

联系人：叶传芳　　　　　　　　　　电　　话：64850000-0129

地　　址：宜山路 900 号科技大楼 A407 室　　邮　　编：200233

传　　真：64955475　　　　　　　　网　　址：www.caohejing.com

上海市乡镇企业协会

上海市乡镇企业协会于 1987 年 12 月成立，目前有会员企业 240 余家。协会的宗旨是：和谐的氛围、永恒的创新、服务是灵魂。协会按照"经济技术咨询与合作、信息与法律服务、人才引进与培训"的服务内容，为会员单位及广大乡镇企业（中小企业）提供服务。近几年来，协会不断提升服务功能，积极开展调查研究、信息交流、项目中介、新产品开发、中西部企业合作，组织企业家考察培训、法律咨询及会员间的配套协作。

会　　长：李培佩　　　　　　　　　秘书长：张廷硕

联系人：金绍武　　　　　　　　　　电　　话：52163969

地　　址：广顺路 33 号 D 北座二楼　　　邮　　编：200335

传　　真：52163969　　　　　　　　网　　址：www.sbsp.cn

上海中小企业国际合作协会

上海中小企业国际合作协会成立于 1993 年，由本市中小企业家和热心中小企业国际合作事业的社会人士组成。协会宗旨：为中小企业服务，架国际合作桥梁。主要服务内容：

加强同国内外有关组织的联系和往来，推动中外中小企业国际合作事业；接待国外团组来访，组织中外中小企业合作交流，经贸洽谈；组织中小企业家出国考察访问，协助会员开拓国际市场；协助中小企业引进资金、技术，建立合资、合作企业；组织各种培训班，帮助中小企业拓展事业，提高管理水平；向中小企业传递政府的政策和导向，向政府反映中小企业的愿望和要求；提供资产评估、会计、造价、法律、融资、IPO 上市等咨询服务；协助企业参与国际展览，加强与各媒介合作，创造全新品牌服务理念；承担政府和中小企业委托的事项。承担《中国中小企业》杂志社上海通联站的工作。

会　　长：徐志毅　　　　　　　　　　秘书长：徐　伟

联系人：周　祥　　　　　　　　　　　电　话：63457135

地　　址：林荫路 258 号 3 楼　　　　邮　编：200011

传　　真：63457129　　　　　　　　网　址：www.shsme.net

上海企业海外发展联合会

上海市企业海外发展联合会成立于 2003 年 7 月，由上海实业（集团）有限公司联合上海工业投资（集团）有限公司、上海汽车工业（集团）总公司等 13 家企业发起成立。联合会旨在适应上海"走出去"，形成强势、优势，更好地参与国际竞争与合作。开展的主要业务有为企业海外发展提供信息服务，安排考察、学术研究、国际合作交流等活动。

会　　长：蔡来兴　　　　　　　　　　秘书长：包季鸣

联系人：唐伟佳　　　　　　　　　　　电　话：65950200

地　　址：东大名路 815 号 5 楼

传　　真：65957631　　　　　　　　邮　编：200082

上海出口商品企业协会

上海出口商品企业协会成立于 1987 年 5 月。协会宗旨：围绕推进上海全方位开放战略，贯彻执行政府有关改革开放和发展的方针、政策和法规，加强政府与会员企业的联系，通过信息交流、政策研究、组织协调及咨询服务，促进企业转换经营机制，扩大对外经济、贸易和技术合作，提高出口商品生产企业的产品、企业和企业家在国内外的影响，增强出口商品的国际竞争力。主要工作：在政府与企业间起到桥梁作用；为企业提供咨询、培训、考察与服务；组织中外企业家俱乐部等联谊活动，加强会员企业间的交流与合作；加强与国外商会的联系，密切中外企业的联系与沟通等。协会建有网站，不定期出版《简报》。

会　　长：冯郑州　　　　　　　　　秘书长：顾　达

联系人：蔡安宜　　　　　　　　　电　话：62780851

地　　址：古北新区荣华东道 80 弄 1 号 403 室　　　邮　编：201103

传　　真：62081731　　　　　　　网　址：www.shxiehui.com

上海市国防科技工业协会

上海市国防科技工业协会是以上海地区的中央军工企事业单位、地方民口军工配套企事业单位为主体而组成的专业性、非营利性社会团体，现有会员 132 家，包括航空、航天、船舶、兵器、核工业、电子等十一大军工集团的驻沪企事业单位和中科院、大专院校以及上海市的电气、化工、纺织、仪电、冶金等地方配套单位。协会的主要任务是：协助政府部门开展上海国防科技工业发展的成果推广和专题培训，配合企业做好保密资格申请、生产许可申报、产业发展、技能培训、合作交流、军民技术成果转化和科研技改项目管理等工作。上海市国防科技工业协会在上海国防科技工业领域内是具有权威性的社会团体之一。

会　　长：张伟强　　　　　　　　　秘书长：俞　雄

联系人：胡雪珍　　　　　　　　　电　话：63729448

地　　址：雁荡路 107 号（雁荡大厦）19 楼 D/E

传　　真：63270137　　　　　　　邮　编：200020

上海信息化发展研究协会

上海信息化发展研究协会成立于 2004 年 11 月，由本市从事信息化发展的咨询、研究、评估机构、信息技术企事业单位以及信息主管、专家等组成的专业性协会。

协会主要业务范围为：开展信息化发展战略规划的研究、咨询和评估。协会已组建一支稳定的专业队伍，具有较强的专业研究能力。协会依托社科院信息研究所、上海交通大学、复旦大学、上海科技情报所，以及行业企业等社会专业机构、高等院校、行业专家等社会资源，致力于信息化领域最新技术应用、信息产业发展等跟踪和研究，为政府、企业提供专业服务。

会　长：盛焕烨　　　　　秘书长：徐龙章

联系人：朱慧丽　　　　　电　话：54657933

地　址：复兴中路 585 号二楼　　邮　编：200025

传　真：54657950　　　　网　址：www.saider.org.cn/magazine.asp

专业类

上海市质量协会

上海市质量协会（原名"上海市质量管理协会"）于 1982 年 9 月 29 日经上海市人民政府批准正式成立，是由致力于质量事业的组织和个人组成的专业性社会团体。协会的宗旨是：宣传贯彻党和国家的有关质量的法律、法规和方针、政策，传播先进质量理念、方法和技术，努力服务企业、服务社会、服务政府，着力增强全社会质量意识，推进企业质量管理，为不断提高产品质量、工程质量、服务质量和质量竞争力发挥积极作用，促进经济社会又好又快发展。业务范围为：质量培训、调查研究、学术交流、用户服务与评价、质量咨询以及推荐质量管理奖、质量技术奖、优秀 QC 小组等。协会拥有"上海质量网"，公开发行《上海质量》杂志。

会　　长：唐晓芬		秘书长：金国强	
联系人：刘恒冉		电　话：52386690	
地　　址：武夷路 258 号		邮　编：200050	
传　　真：52386607		网　址：www.saq.org.cn	

上海市计量协会

上海市计量协会成立于 1993 年，现有 20 个专业委员会（区代表处），741 家会员单位。协会宗旨是：发挥政府与企事业单位之间的桥梁纽带作用，服务政府，服务社会，服务会员，促进计量在社会、经济发展中技术基础作用的更好发挥，为上海经济发展作贡献。协会主要业务是：开展培训，咨询、调研，计量技术交流及产品推介，计量法律法规宣贯及发布计量信息。协会建有网站，是《上海计量测试》杂志的主办单位之一。

会　　长：郑光辉		秘书长：史子伟	
联系人：陈明娣		电　话：54042022	
地　　址：长乐路 1227 号 805~806 室		邮　编：200031	
传　　真：54042022		网　址：www.shjlxh.org.cn	

上海市质量检测协会

上海市质量检测协会成立于 1996 年 5 月，现有 100 多个会员单位，主要是经国家质量监督检验检疫总局、行业或上海市质量技术监督局授权的产品质量监督检验机构及部分企业质量检验机构。协会宗旨：依法指导、协调、服务检验检测工作，维护会员和消费者的合法权益，促进上海检验检测事业的发展。协会检验检测的产品涉及汽车、化工、食品、建材、机电、电子、轻工、纺织等领域。主要服务范围：参与研究和制定上海质量检验工作的政策法规和制度，向政府部门提出质检工作的意见和建议；推荐质检科研成果，组织产品质量调查和研究；参与质检标准、质检方法的制定、修订、验证和评审；组织对新产品和技术成果的鉴定，对产品质量诉讼提供咨询服务和产品质量鉴定；组织对专用质检设备和非标准设备的开发、鉴定和推广运用；依法开展质量检查、质量检验、咨询、培训等服务。

会　　长：周永清　　　　　　　　秘书长：顾道林
联系人：陈佩明　　　　　　　　　电　话：54049958
地　　址：长乐路 1219 号 905 室
传　真：54039023　　　　　　　　邮　编：200031

上海市资源综合利用协会

上海市资源综合利用协会成立于 1997 年 1 月，协会设有粉煤灰专业委员、冶金渣专业委员会、集中供热热电联产专业委员会、综合利用发电专业委员会、船舶专业委员会。协会主要从事上海各类固体废弃物和可燃性气体、化工反应热等废弃物的综合利用。协会开展相关资源综合利用的技术咨询服务活动，为政府提供相应决策服务，并完成政府交办的各项工作。

会　　长：李鹤富　　　　　　　　秘书长：陈　臻
联系人：潘荣生　　　　　　　　　电　话：60805097
地　　址：中山北一路 121 号 A1 幢七楼　邮　编：200083
传　真：60805091　　　　　　　　网　址：www.sharcu.org

上海工业设计协会

上海工业设计协会前身为上海工业设计促进会，成立于 1993 年 3 月，是以本市工业系统从事产品设计的企事业单位为主体及工业设计工作者等设计专业人员联合组成的社会团体。协会分设交通工具、装备制造、陶瓷设计、家具设计、青年设计师等五个专业委员会。协会宗旨：坚持以企业为主体，市场为导向，产、学、研结合为手段的原则，推动上海设计产业发展，实现信息化和工业化融合，提升企业核心竞争力，促进上海现代服务业和先进制造业的全面发展。业务范围：人才培训、信息交流、业务咨询、专业服务、设计成果评比及展览、考察。协会出版《大设计》杂志（双月刊）和《上海工业设计动态》（月刊）。

会　　长：葛志才　　　　　　　　　　秘书长：王日华
联系人：沈逸静　　　　　　　　　　　电　话：65893660
地　　址：长阳路 1080 号 2 号楼 13 楼 1309~1311 室
邮　　编：200062　　　　　　　　　　传　真：65893817
网　　址：www.sida.org.cn

上海市节能协会

上海市节能协会成立于 1985 年 3 月，是广大用能和生产用能产品的企业、能源管理、科研、设计、教育、信息等单位及有志于节能工作人士组成的全市节能行业综合性的非营利社会组织。协会宗旨是：遵循"节能优先效率为本"方针，促进合理用能，科学用能，节约用能，为提高全社会的能效水平，提高企业经济效益和社会效益服务。协会致力于节能研究和咨询，节能技术服务和培训，节能产品中介，节能信息的传播，主要业务有：组织调查研究，开展节能诊断和咨询，为政府决策提供建议；实施能效课题的研究、论证和标准的制定；开展国内外节能技术交流和合作；组织节能产品评审、会展招商以及中介推广；组织专业培训，提高节能工作者的管理和科技水平；出版《上海节能》杂志和主办"上海节能"网站，传播节能方针、政策及法规和节能其他信息。

会　　长：施明融　　　　　　　　　　秘书长：蓝毓俊
联系人：毛雄飞　　　　　　　　　　　电　话：64152700~20
地　　址：徐家汇路 430 号 901 室　　　邮　编：200025
传　　真：64155301　　　　　　　　　网　址：www.shjn.cn

上海市绿色工业促进会

上海市绿色工业促进会成立于 1998 年 6 月，是在市经委指导下以传播绿色理念、开展绿色信息、技术和工艺交流，推进清洁生产和循环经济，促进工业经济可持续发展为宗旨的社团组织，主要会员单位由本市工业系统的控股（集团）公司及企业、大专院校和科研设计院所等组成。协会贯彻科学发展观，将建设资源节约型、环境友好型社会和发展低碳经济作为目标，将清洁生产审核和节能减排技术服务作为主要抓手，以推动工业经济的可持续发展，积极推进绿色产品和绿色技术发展为宗旨，努力为企业和政府提供优质服务。

会　　长：巫廷满　　　　　　　　秘书长：李云祥
联系人：许涵青　　　　　　　　　电　话：64678238
地　　址：宝庆路 20 号 4 号楼一楼　　邮　编：200031
传　　真：64678238–804　　　　　　网　址：www.gitpc.com

上海市环境保护工业行业协会

上海市环境保护工业行业协会成立于 1992 年 11 月，是本市从事环保机械、环保仪器仪表、环保药剂材料的生产及流通企业和从事环境工程设计、制造、承包及技术咨询的企事业单位组建的行业性社会团体。协会主要职能：开展行业调研，为政府制定政策提供依据，为企业经营决策服务；组织国内外行业技术交流；推进企业科技创新和新产品研发；制定环保产品行业标准，提高环保工业产品质量；培育环保工业骨干企业，推荐、评审名牌产品。协会出版《上海环保工业简讯》（双月刊）。

会　　长：张明发　　　　　　　　秘书长：施国强
联系人：周树鹃　　　　　　　　　电　话：62791523
地　　址：南阳路 154 号 602 室　　　邮　编：200040
传　　真：62791523

上海市设备管理协会

上海市设备管理协会成立于 1986 年 5 月，下设化工、仪电、轻工、纺织、船舶、航空、医药、宝钢、电气、维修、调剂和金山区等 12 个工作委员会（代表处）。协会宗旨：

为社会各行业企业的设备管理与维修提供优质服务。主要职能和业务：宣传贯彻党和国家有关政策、法规，组织调研，为政府决策提供参考意见；开展对设备维修企业的资质审证，规范全市设备维修市场；开展设备技术鉴证、转让询价、调剂交易等服务，规范全市设备调剂市场；开展设备工程管理和维修的技术咨询；举办设备工程领域的各类培训和推广新工艺、新技术；组织设备管理优秀单位和个人的评选表彰活动。协会建有"上海设备"网站，编辑出版会刊《上海设备管理》（双月刊）。

会　　长：俞友涌		秘书长：胥培初	
联系人：夏仁海		电　　话：63175953	
地　　址：天目中路 240 号 3 楼		邮　　编：200070	
传　　真：63178141		网　　址：www.sape.cn	

上海市企业清算协会

上海市企业清算协会成立于 2004 年 2 月，是本市清算行业的综合性专业协会。协会联合清算、审计、评估、房地产估价、咨询、法律服务、产权交易、拍卖等中介机构，规范清算市场，提倡有序竞争，维护国家利益和全体会员单位的合法权益，发挥协调服务监督管理的职能，是连接政府、法院与各中介机构之间的桥梁和纽带。协会编辑出版《企业清算简报》。

会　　长：侯春华		秘书长：蒋闰德	
联系人：冯　洁		电　　话：63213530	
地　　址：北京东路 255 号 310 室		邮　　编：200002	
传　　真：63219071		协会网址：www.qsxh.sh.cn	

上海防静电工业协会

上海防静电工业协会成立于 2004 年 9 月，是跨部门、跨所有制的专业性社会团体。协会的业务范围是开展技术咨询、监测中介、组织培训、展览交流、标准制定、承接项目研发以及政府委托的工作和其他相关业务。协会下设秘书处、专家委员会、标准化委员会。协会投资的具有法人资格的"上海工业静电技术研发服务中心"，有试验室，对外从事静电测试、评估、事故分析、防静电系统和工程设计等技术服务。协会编辑出版内刊《上海防静电工业》。

会　长：黄建华　　　　　　　　　秘书长：罗宏昌

联系人：经银仙　　　　　　　　　电　话：65367650

地　址：新市路 242 号 266 室　　邮　编：200083

传　真：65369757　　　　　　　　网　址：www.esdchina.org.cn

上海电力行业协会

上海市电力行业协会由上海市电力公司、申能股份有限公司、上海电力股份有限公司、华能集团上海分公司、上海电力建设有限责任公司、上海德力西集团有限公司和上海电力学院等发起，成立于 2004 年 9 月，是上海市电力企事业单位自愿组成的跨部门、跨所有制的非营利的行业性社会团体法人。协会有电网、发电、电力建设和工程施工、电力设备制造和物资供应、科研院校等会员单位 158 家。协会以服务为宗旨，为政府和社会服务，根据行业约规，实行行业管理和服务，维护会员合法权益，按照会员要求，开展为全行业内企事业单位服务，沟通会员与政府、社会的联系，发挥桥梁和纽带作用，维护行业内公平竞争，为促进上海市电力工业和社会经济的发展服务。

会　长：周世平　　　　　　　　　秘书长：周新福

联系人：朱辛放　　　　　　　　　电　话：63212739

地　址：北京东路 239 号　　　　　邮　编：200002

传　真：63211971　　　　　　　　网　址：www.sepa.com.cn

上海市企业互助信用协会

上海市企业信用互助协会成立于 2005 年 1 月。协会以"信用立会、诚信互助、携手共赢"为宗旨，严格遵守国家法律、法规和政策，组织会员开展信用评级、信用互助、信用担保、信用报告发布、信用理论研究、信息交流、咨询培训等工作。协会秘书处设有综合部、会员发展部、交流合作部、资金管理部、发展研究与信息管理部等部门。

会　长：陈献峰　　　　　　　　　秘书长：方建宇

联系人：刘宝文　　　　　　　　　电　话：32271111

地　址：长寿路 285 号 23 楼 D 座　邮　编：200060

传　真：62998559　　　　　　　　网　址：www.xyhz.org

上海市企业法律顾问协会

上海市企业法律顾问协会，是由上海企业法律顾问、有关人士及单位自愿参加的专业性社会团体，是企业法律顾问的自律、自治组织。协会既是为企业法律顾问和各类企业服务的平台，也是促进企业法律顾问、企业、国家机关、其他组织之间相互联系沟通的桥梁与纽带。目前，协会除了有近百家团体会员外，还有 1500 名来自全市各类大、中、小型企业的个人会员。协会服务对象已涉及全市工业、商业、科技、外贸、建设、旅游、金融、农业、教育、交通、邮电、信息等各行业的 1000 多家不同规模、不同隶属和不同所有制的企事业单位。

会　长：王宗南　　　　　　　　　秘书长：陈　潜

联系人：沈　惠　　　　　　　　　电　话：61419072

地　址：威海路 511 号上海国际集团大厦 1901 室　　邮　编：200041

传　真：61419038　　　　　　　　网　址：www.scca.org.cn

上海日本技术研修者协会

上海日本技术研修者协会成立于 1987 年 10 月。协会以坚持四项基本原则，严格遵守国家法纪法规，促进改革开放为宗旨，是从事组织历届上海赴日本的研修生；促进中日两国的民间交流与合作；加强与日本海外技术者研修协会及日本民间团体的联系；开展有关技术交流或学术活动的联谊性群众团体。主要开展：推荐和组派赴日本 AOTS 研修生；举办讲座、研修会；为促进上海同日本 AOTS 及世界各地 AOTS 同学会的民间交流和合作提供咨询、服务；为归国研修生提供交流平台等活动。

会　长：刘　健　　　　　　　　　秘书长：张洪发

联系人：叶建中　　　　　　　　　电　话：63233623

地　址：江西中路 181 号 306 室

传　真：63233629　　　　　　　　邮　编：200002

上海市股份合作制企业协会

上海市股份合作制企业协会成立于 2008 年 1 月，是全国第一家省市级股份合作制企业的自治组织。协会是股份合作制企业及与股份合作制相关的组织自愿组成的专业性非营利性社会团体法人。协会宗旨是：为上海股份合作制企业的规范运作、制度创新和内部治理提供指导和服务，促进股份合作制企业的自律和互助；促进企业深化改革，加强管理；在企业和政府之间起桥梁作用，反映情况，沟通联系；依照法律法规和政策，维护股份合作制企业的合法权益。

会　长：李念政　　　　　　　　　　秘书长：陶　勇
联系人：朱桂芬　　　　　　　　　　电　话：62676508
地　址：昌平路 363 号 203 室　　　　邮　编：200041
传　真：62676508

上海市广告设备器材供应商协会

上海广告设备器材供应商协会成立于 2006 年 5 月，由从事广告材料研发、设备器材生产与制造的企事业单位以及其他经济组织自愿组成。协会宗旨：制定专业标准规范，实行业内自律协调，维护会员权益，架通与政府联系，帮助会员开拓市场，促进广告设备器材制作领域发展。业务范围：协调产品价格争议，维护市场秩序；开展信息咨询，提供在线的贸易服务；加强国内外合作交流，协助企业开拓市场；创办信息网站，编辑出版《广告·标识》会刊。

会　长：张定国　　　　　　　　　　秘书长：简　丹
联系人：张怡珺　　　　　　　　　　电　话：63282770-817
地　址：盛泽路 8 号 16 楼 H 座　　　邮　编：200002
传　真：63361226　　　　　　　　　网　址：www.sadsa.cn

上海市信息法律协会

上海市信息法律协会成立于 2003 年 4 月，由上海市电信有限公司、上海移动通信有限责任公司、中国联通有限公司上海分公司和上海市行政法制研究所等单位发起。会员主要由信息企业、律师事务所、科研院所和其他信息化管理、法律专家学者组成。协会拥有稳定的对外提供高质量信息法律服务的团队，其成员均具有代理电信服务纠纷诉讼、为国外投资者提供投资国内电信产业的咨询和可行性分析业务的丰富经验。凭借人才资源优势，协会常年承担有关政府部门、机构在信息化法律方面的调研项目，参与起草立法工作，为完善信息化政策法规作出贡献。协会深入研究信息产业的市场发展，组织或参与通信产业市场法律论坛，发表出版论文、著作；坚持研究、应用、推广的发展方针，为会员单位提供专业化、个性化的法律服务。

会　　长：史一兵　　　　　　　　　　秘书长：毛俊华

联系人：傅燕婷　　　　　　　　　　电　话：61131758

地　　址：延安西路 1160 号首信银都 2301 室

传　　真：9695550578　　　　　　　邮　编：200052

网　　址：www.shanghainetwork.org

上海市信息化培训协会

上海市信息化培训协会成立于 2003 年 2 月，由上海电视大学、华东师范大学软件学院、上海华东电脑进修学院、上海市申信信息技术专修学院、上海实业软件工程学院 、上海市信息人才培训中心和上海启明信息技术培训中心等单位联合发起。协会宗旨和职能是：以"服务、自律、代表、协调"为基本职能，发挥连接政府和会员的纽带和桥梁作用，加强会员间的合作，营造上海信息化培训的良好市场环境，为会员提供各种专业服务，促进上海信息化培训事业的健康发展。协会在开发培训课程、承接课题、开展基础调研、编制岗位目录等基础工作以及承担政府委托的"百万家庭网上行"、干部电子政务培训考核、信息技术管理职业资格认证等项目管理方面取得一定成就，2008 年开始组织实施"千村万户"农村信息化培训普及工程。

会　　长：刘煜海　　　　　　　　　　秘书长：童陵枫

联系人：郑　颖　　　　　　　　　　电　话：36337995

地　　址：虬江路 1000 号 804–805 室　　邮　编：200071

传　　真：36337996　　　　　　　　网　址：www.itta.org.cn

上海市信息安全行业协会

上海市信息安全行业协会成立于 2003 年 3 月，是由上海地区从事信息安全产品开发、制造、经营和服务的企业和其他相关企事业单位组成的行业性社会团体。协会宗旨：贯彻执行国家和上海市关于信息安全产业发展的方针、政策，维护会员合法权益，提高会员技术业务和经营管理水平，增强行业整体素质，推进上海信息安全产业快速健康发展。业务范围：咨询和中介服务，组织调研、交流合作、培训考察，举办会展、编辑信息等以及政府委托交办的工作。协会编制出版月刊《行业动态选编》。

会　　长：范国良　　　　　　　　　　　秘书长：王　强
联系人：朱方园　　　　　　　　　　　　电　话：62657728
地　　址：中江路 879 号 15 号楼 A 座 201 室　　邮　编：200333
传　　真：52652016　　　　　　　　　　网　址：www.sisa.org.cn

上海市信息系统质量技术协会

上海市信息系统质量技术协会成立于 2003 年 11 月 6 日。协会宗旨：遵守国家和上海市关于质量工作的法律法规，贯彻执行关于信息产业发展的方针政策，促进信息系统质量技术发展，为会员单位提供质量技术服务，发挥政府和企事业单位间的桥梁和纽带作用。业务范围主要为：开展信息质量技术咨询，组织交流与培训，提供标准化技术建设服务，开展产品质量比对，接受政府委托事项等。

会　　长：陈木楷　　　　　　　　　　　秘书长：彭云英
联系人：邢贤敏　　　　　　　　　　　　电　话：64175064
地　　址：枫林路 269 弄 3 号 203 室　　　邮　编：200030
传　　真：64174504　　　　　　　　　　网　址：www.shqaii.org

上海市微波技术应用协会

上海市微波技术应用协会成立于 1989 年 5 月。协会宗旨是：弘扬"开拓、创新、求实"精神，促进微波技术广泛应用。协会承接有关微波技术应用攻关项目，推广微波作为新能源的应用；普及微波知识，培训专业人才，开展技术咨询与技术服务；组织国内外微波技术交流；配合国家技术监督部门对微波设备进行技术认证；参与制定行业规范及相关标准等业务。

会　　长：陆泉基　　　　　　　　　　　秘书长：茆鸿林
联系人：吴莉萍　　　　　　　　　　　　电　话：63131779
地　　址：制造局路 787 号 504 室　　　　邮　编：200011
传　　真：63139550　　　　　　　　　　网　址：www.smtaa.com

信息产业类

上海电子制造行业协会（上海电子商会）

上海电子制造行业协会，又名上海电子商会，成立于 2002 年 4 月，是由本市从事电子产品研发、生产制造、加工和经营服务有关工商企业、科研院所、大专院校、服务单位等自愿组成的非营利性社团组织。会员涵盖通讯、计算机、音视频、电子元器件、电子专用设备、电子材料、光电子显示器、电子专业流通市场等 12 个门类，具有较强的行业代表性和基础。协会成立智能化设备专业委员会和专家咨询委员会，为会员企业和行业提供服务。协会宗旨为：服务会员、服务市场、服务行业。主要职能有：在行业内发挥服务、自律和协调作用；反映企业的愿望和要求，维护会员合法权益；保障行业公平竞争，协助政府搞好行业管理；坚持市场化、专业化、国际化的方向，促进行业发展；参与行业改革，发挥企业和政府、企业和市场的桥梁和纽带作用。协会主办上海电子网站，编印出版会刊《上海电子信息》（月刊）。

会　　长：顾培柱　　　　　　　秘书长：侯允智
联系人：李　瑾　　　　　　　　电　话：64183299
地　　址：斜土路 1638 号 231 室　邮　编：200032
传　　真：64183299　　　　　　网　址：www.sh-e.com.cn

上海通信广播电视行业协会

上海通信广播电视行业协会成立于 1985 年，是由从事通信、广播、电视、电子等生产、制造、科研及服务等企事业单位自愿组建的社会团体。协会会员单位多为行业的骨干企业，拥有较完整的电子信息产品体系及规模制造基础。协会设立常设工作机构和专业委员会，充分发挥咨询服务、技术培训、编辑出版、会展招商、产品推介、信息技术交流等服务功能。协会主要业务有：研究行业发展方向、布局和战略目标；提出政策、立法建议；参与制定、修改行业标准，促进行业产品、技术和组织优化；组织行业统计调查，收集、发布信息；维护会员合法权益、协调业内企业关系；开展国际经济交流与合作、为企业技术引进、技术输出、合资合作经营发挥中介组织作用。协会拥有"上海通信广播电视行业协会网",出版内部刊物《上海通信信息》。

会　　长：马坚泓		秘书长：葛静文	
联系人：许华痒		电　　话：62537325	
地　　址：巨鹿路 395 弄 19 号		邮　　编：200020	
传　　真：62535021		网　　址：www.scbtis.com	

上海市计算机行业协会

上海市计算机行业协会成立于 1988 年 5 月,为上海计算机行业企事业单位自愿组成的跨部门、跨所有制的非营利的行业性社会团体法人。协会现有会员 130 家,包括计算机制造、软件、系统集成及计算机周边设备等企业及科研单位、大学的计算机系(或学院)。协会下设市场营销、耗材等多个分支(代表)机构。协会宗旨是:为会员提供服务,维护会员合法权益,保障行业公平竞争,在政府和企事业单位之间发挥桥梁和协调作用,促进上海计算机行业的发展。协会主要业务有:举办各种展示交流会、研讨洽谈会,组织新品推介;为会员提供质量、标准化、技术、知识产权、法律等方面咨询以及提供项目引进服务;组织申报创新基金和种子基金,为 IT 制造企业申请名牌和著名商标进行评审和提供材料等服务。协会建有网站,并不定期出版会刊。

会　　长：焦自纯		秘书长：王克勤	
联系人：余雅娴		电　　话：61077008	
地　　址：江场三路 238 号半岛国际中心 601 室			
传　　真：61077011		邮　　编：200436	
网　　址：www.scta.org.cn			

上海电子元器件行业协会

上海电子元器件行业协会成立于 1989 年 5 月,是由上海高等院校、科研单位、各类电子元器件企业自愿组成的跨部门、跨所有制非营利性的行业性社团法人。协会现有会员 133 家。其中:上市股份制企业 4 家、高等院所 3 家、国有企业 8 家、独资合资企业 33 家、民营企业 85 家。协会宗旨是:创新、服务、协调、发展。协会主要任务是:"服务企业、规范行业、发展产业",在企业之间、企业与政府之间发挥桥梁和纽带作用,为会员单位提供各种有效服务，与长江三角洲地区电子元器件企业、海内外相关企业，相互建立友好合作关系，共同推动电子元器件行业发展。协会围绕创新协会工作、强化服务职能、塑造协会形象、增强协会凝聚力开展工作。

会　　长：樊志强　　　　　　　　秘书长：张定华

联系人：夏幸蒂　　　　　　　　电　话：62523309-251

地　　址：昭化路 68 号　　　　　邮　编：200050

传　　真：62517326　　　　　　　网　址：www.sh-secta.com.cn

上海市光电子行业协会

上海市光电子行业协会成立于 2003 年 1 月，为上海光电子行业企事业单位自愿组成的跨部门，跨所有制的非营利的行业性社会团体法人。协会现有各种所有制会员单位 200 多家，主要包括光纤光缆、光器件、平板显示（FPD）、半导体照明（LED）、光测试与光学仪器、激光器与激光设备等专业的企业。协会下设半导体照明（LED）、平板显示（FPD）、光纤光缆光器件等 3 个专业委员会。协会以"反映企业意愿和需求、为会员服务"为宗旨，定期组织展览会及论坛，向业界推广国内外光电子新技术与新产品，加强与国内外同行的联络与交流等活动，使协会成为上海国际光电子信息互动平台。协会编辑出版内部期刊《光电通讯》。

会　　长：庄松林　　　　　　　　秘书长：王　蓉

联系人：康学云　　　　　　　　电　话：50805489

地　　址：碧波路 500 号 205 室　　邮　编：201203

传　　真：50805486　　　　　　　网　址：www.chinasoia.org

上海市无线电协会

上海市无线电协会成立于 2003 年，现有会员 130 家。协会是由无线电管理研究、设计、生产及运用单位自愿组成的本地区无线电行业的专业性、非盈利性的社会团体。协会宗旨是以经济建设为中心，发挥政府与企事业间的桥梁和纽带作用，为政府宏观决策和企业生产经营服务，促进无线电行业技术进步，持续快速健康发展。主要业务有：打造行业诚信体系，促进企业自律规范经营；建立企业诚信档案，开展诚信企业推荐活动；倾听企业需求，架设政府和企业沟通的桥梁；为企业提供技术支持，组织专业领域学术研讨等。

会　　长：王思伟　　　　　　　秘书长：徐国桢

联系人：曹琪德　　　　　　　　电　　话：54655639

地　　址：淮海中路 1329 号 24 楼　　邮　　编：200031

传　　真：64734497　　　　　　网　　址：www.shra.com.cn

上海印刷电路行业协会

上海印制电路行业协会成立于 2005 年 9 月，为上海市从事印制电路行业企事业单位自愿组成的跨部门、跨所有制、非营利性的行业性社会团体法人。会员包括 PCB 生产、设计、研发、经营、应用、教学单位及相关企事业单位。协会根据会员需求，发布市场信息，组织市场拓展，推介行业产品；开展行业培训，提供各种咨询服务；举办各类信息、技术交流活动；进行资质认证、科技成果评估和鉴定；提倡 PCB 工业废水利用、重金属废液"零"排放的生产技术；组织印制电路行业环境污染治理的调查，推动 PCB 行业走清洁生产和可持续发展的道路。

会　　长：赵晶凯　　　　　　　秘书长：张　瑾

联系人：宋　平　　　　　　　　电　　话：54178021

地　　址：水清路 588 弄（阳明国际花苑）27 号 102 室

传　　真：54179002　　　　　　邮　　编：201100

网　　址：www.sepca.org.cn

上海市集成电路行业协会

上海市集成电路行业协会成立于 2001 年 4 月，是由上海地区从事集成电路设计、制造、封装、测试、智能卡及其设备材料和相关企事业单位自愿组织的行业性社会团体法人。协会现有会员单位 417 家。协会设有设计、制造、封装测试、设备材料、智能卡等五个专业委员会，工作机构为：办公室、发展研究部、政策服务部、教育培训部和信息服务部。协会宗旨：遵守中华人民共和国宪法和法规，发挥政府与行业内企事业单位之间的桥梁与纽带作用，履行"行业服务，行业自律，行业代表，行业协调"等职能，促进上海集成电路产业发展。业务范围是：行业调研、产品评测、技术培训、编辑出版、会展招商、产品推介、中介咨询服务、国内外信息技术交流合作以及政府授权的职能。协会建有网站，编辑出版《集成电路应用》杂志及《简报》。

会　长：傅文彪		秘书长：蒋守雷	

会　长：傅文彪　　　　　　　　秘书长：蒋守雷

联系人：孙美玉　　　　　　　　电　话：50805257

地　址：碧波路 500 号 209 室　邮　编：201203

传　真：50805259　　　　　　　网　址：www.sica.org.cn

上海市通信制造业行业协会

上海市通信制造业行业协会成立于 2002 年 3 月 26 日，协会拥有上海贝尔股份有限公司、上海华为技术有限公司、中兴通讯股份有限公司上海研发中心、上海大唐移动通信设备公司、上海邮电通信设备股份公司、上海光通信公司、诺基亚西门子通信（上海）有限公司、英华达（上海）电子有限公司、上海闻泰电子科技有限公司、希姆通信息技术（上海）有限公司、龙旗科技（上海）有限公司等近百家通信设备制造商和研发机构。协会宗旨：为会员提供服务，维护行业和会员合法权益，保障行业公平、公正竞争，遵守国家法律、法规和政策，沟通会员与政府、社会的联系，协调会员之间的关系，促进行业快速有序发展。业务范围包括：行业调研、企业协调、信息统计、政策研究、研讨培训、产品推介、会展招商、咨询服务、信息交流等。

会　长：陈伟栋　　　　　　　　秘书长：李春强

联系人：潘国妹　　　　　　　　电　话：61097310

地　址：峨山路 91 弄 97 号第 1 层 A 座　邮　编：200127

传　真：61097310

上海市交通电子行业协会

上海市交通电子行业协会成立于 2008 年 7 月，是由交通电子（汽车电子、航空电子、船舶电子、轨道交通电子等）行业相关单位和其他相关经济组织自愿组成的跨部门、跨所有制的非营利性的行业性社会团体法人。会员涵盖汽车整车、汽车配套、航空电子、船舶海洋工程设计、船舶设备电子自动化、轨道交通设备及电子信息控制系统、软件和集成电路等领域企业、科研所、高校以及国际知名公司或中国总部。协会宗旨是：以"为行业服务、行业自律、行业代表、行业协调"为基本职能，成为联系政府与交通电子行业企事业单位的桥梁，为提升上海及长三角先进制造业的创新能力，打造和培育企业自主品牌，扩大国内外区域合作，增强企业国际竞争力，促进交通电子行业可持续发展。

协会主要业务：行业调研、信息收集分析及发布、合作交流、科研成果推介、知识产权保护、业务培训、咨询服务、会展招商、会刊编辑及政府委托的相关事项。

会　　长：蒋志伟　　　　　　　　　　　　秘书长：屠传奇

联系人：冯怡婷　　　　　　　　　　　　电　　话：66309878

地　　址：江场三路 238 号市北半岛国际中心 811~813 室

传　　真：66309877　　　　　　　　　　邮　　编：200436

网　　址：www.stea2008.org

上海市信息家电行业协会

上海市信息家电行业协会成立于 2002 年 3 月，为本市信息家电行业企事业单位自愿组成的跨部门、跨所有制的非营利的行业性社会团体法人。协会现有会员单位 103 家。

协会宗旨：为会员单位和政府服务，代表会员单位维护全行业的合法权益；主要开展协调行业内、外部关系，提倡实现行业自律，推进行业健康发展；向政府反映本行业发展情况及企业的愿望和要求，提出建议，并协助政府开展产业发展规划、技术、市场、政策、环境等方面研究工作；集中全行业优势，开展技术、经济、管理诸方面活动，积极推动国内外市场发展；发展与国内外相关行业的联系和交流，并广泛开展技术与经济合作。

协会会刊为《信息家电》月刊。

会　　长：马坚泓　　　　　　　　　　　　秘书长：王长崧

联系人：黄寿忠　　　　　　　　　　　　电　　话：50274831

地　　址：碧波路 518 号 105 室　　　　　邮　　编：201203

传　　真：50274841　　　　　　　　　　网　　址：www.sh-siaa.com

金属加工业类

上海铝业行业协会

上海铝业行业协会成立于 1989 年 3 月。现有会员 144 家，由上海及长三角地区从事铝材、铝制品、铝冶炼的生产企业及铝产业链中的装备设计、制造、安装及贸易、咨询、科研等相关企事业单位构成。协会坚持"服务企业、规范行业、发展产业"方针，通过行业调研、技术咨询、信息交流、产品展示、市场研讨和举办长三角铝业峰会等活动，把协会服务覆盖长三角地区。协会通过《上海铝业》会刊和"上海铝业网"，向会员企业和国内外同行提供各种铝加工方面的信息。

会　　长：周秋芳	秘书长：袁永达
联系人：成　元	电　话：54483595
地　　址：宜山路 515 号 2 号楼 11H 座	邮　编：200235
传　真：64828403	网　址：www.sata.org.cn

上海市铸造协会

上海市铸造协会成立于 1984 年 1 月，是以铸造企业为主体，并吸收科研、设计、教学等与铸造相关的企、事业单位组成的社会团体。现有会员 356 个，行业覆盖面达 98% 以上。会员单位铸件产量占全市的 98% 以上。协会设立铸铁、铸钢及精铸、有色及压铸、原辅材料及设备机模、政策及价格等 5 个专业委员会和上海市铸造技术培训中心。协会的宗旨：服务。主要业务有：调研规划、咨询服务、信息交流、教育培训、沟通企业与政府的联系、接受承办政府委托的事项等。协会编辑出版《上海市铸造协会通讯》。

会　　长：俞亮钧	秘书长：张方裪
联系人：叶　苏	电　话：56623698
地　　址：中兴路 960 号六号楼 406 室	邮　编：200070
传　真：56988408	网　址：www.shfoundry.org

上海市锻造协会

上海市锻造协会成立于 1984 年 6 月，是上海及周边地区的锻造企业及相关企事业单位自愿组成的跨部门、跨所有制的非营利性的社会团体法人。现有会员 206 家，遍及上海、江苏、浙江、山东等省市，会员单位除从事锻件生产外，还涉及锻压设备、工艺装备、原辅材料、销售服务等相关企业。协会主要业务有：参与制定行业规划，向政府提供行业发展和振兴的建议；组织和参与制定行业标准，办理企业生产合格证和验证工作；组织技术攻关，技术协作、技术培训、考察交流等工作；规范企业工艺协作价格；主办"上海市锻造网"和编辑内部月刊《上海锻压》，提供国内外行业经济技术信息；承办政府主管部门授权的其他工作。协会设立专家委员会，下设大型锻件、锤上自由锻、模锻件、精密锻件、特种工艺模锻件、有色金属、锻压设备、企业管理、计算机应用等 9 个专业。

会　长：李青松　　　　　　　秘书长：舒行畅
联系人：林炳祥　　　　　　　电　话：56300697-215
地　址：中兴路 960 号 6 号楼 403 室　　邮　编：200070
传　真：56311282　　　　　　网　址：www.shsdz.com

上海市热处理协会

上海市热处理协会组建于 1984 年，是以热处理企业为主和相关的设计、科研、教育等单位自愿组成的社会团体。协会现有会员 367 家，下设感应加热、真空、控制气氛等专业委员会。协会的宗旨发挥政府和企业之间的桥梁和纽带作用，当好政府的参谋。协会坚持"发展先进工艺，限制传统工艺，淘汰落后工艺"，以"热处理厂点生产基本条件达标"活动为平台，加快行业整体水平的提高。协会努力为企业服务，维护会员单位的合法权益、维护行业公平竞争，促进热处理行业健康发展开展。协会建有网站，出版《上海市热处理协会通讯》。

会　长：王如华　　　　　　　秘书长：袁凤松
联系人：李金兴　　　　　　　电　话：56315636
地　址：中兴路 960 号 6 号楼 407 室　　邮　编：200070
传　真：56315636　　　　　　网　址：www.shta.org.cn

上海市电镀协会

上海市电镀协会成立于 1984 年 6 月，是上海地区电镀生产企业以及相关的电镀设备材料、设计、科研、教学、经营等企事业单位组成的行业组织。协会现有会员单位 369 家，遍及汽车、电子、通讯、机电、电力、化工、仪表、轻工、建筑、航空、航天、船舶、冶金、军工等行业。协会下设老专家工作委员会、清洁生产工作委员会、青年电镀工作委员会、台资企业联谊会、热镀锌工作委员会、教育培训工作委员会、电子工作委员会。协会宗旨：服务企业、服务政府。主要业务：开展行业达标、政策指导、技术创新、规范自律、资讯统计、培训宣传等各方面工作，维护健全市场秩序，维护行业合法权益，为行业的共同利益服务，推动行业发展。出版刊物：上海电镀（内部刊物）。

会　　长：潘国强	秘书长：王国祥
联系人：陈　萍	电　话：56323290
地　　址：中兴路 960 号 6 号楼 405 室	邮　编：200070
传　　真：56319581	网　址：www.shea.cn

上海市焊接协会

上海市焊接协会成立于 1986 年 7 月。协会宗旨是：联合各方力量，统筹协调行业有关重大问题，提高行业总体水平，为全行业发展服务。主要任务是：向政府有关部门提出行业技术改造和科技发展规划建议；提出行业有关方针、政策和法规制定的建议；接受政府部门委托、审议有关技术改造及引进项目，推荐科技成果；进行技术咨询服务工作，开展国内交流活动；组织和协助有关部门培养行业人才等。协会出版《上海焊接》刊物，创办"上海焊接"网站。

会　　长：徐域栋	秘书长：黄海谷
联系人：黄海谷	电　话：56308667
地　　址：中兴路 960 号 6 号楼 402 室	邮　编：200070
传　　真：56302638	网　址：www.shweld.com

上海市钢管行业协会

上海钢管行业协会成立于 2000 年 4 月，会员企业遍布苏浙沪两省一市，会员企业产品覆盖无缝管（热轧管、冷拔管、冷轧管）、焊接管（直缝焊管、螺旋焊管）、复合管等，产品材质包括黑色、不锈钢两大类。钢管产品广泛应用于：核电、石油、化工、工程建筑、油气输送、航空航天、医药民用等领域。协会下设信息部、咨询服务部、不锈钢管专业委员会和专家技术委员。协会以服务为宗旨，充分发挥市场中介作用，维护行业共同利益，沟通会员企业与政府、社会的联系，反映企业共同愿望及要求，广泛开展国际技术交流、商贸、展览活动，组织参与行业标准制定，为企业提供技术咨询服务，参与公平贸易活动，开办钢管行业网站，编辑发行协会简报，促进创建上海名牌工作，组织职业培训和技术职称评审，为增强企业市场竞争力，促进地区钢管行业发展提供服务。

会　　长：季学文　　　　　　　　秘书长：蒋秋生

联系人：蒋秋生　　　　　　　　　电　话：56974051

地　　址：中山北路 831 弄 5 号 2302 室　　邮　编：200070

传　　真：56983204　　　　　　　网　址：www.gghy.org

上海有色金属行业协会

上海有色金属行业协会成立于 2002 年 1 月，是上海及上海周边地区有色金属企业及相关经济组织自愿组成的行业性社会团体。目前，有会员单位 102 家，基本覆盖上海主要的有色金属骨干企业，拥有全国最大的有色金属交易市场。协会坚持服务宗旨，办实事、求实效，不断拓展服务功能，维护会员合法权益，发挥企业与政府之间的桥梁作用，促进企业和行业发展。协会通过利用行业峰会、电子交易、产品检测、名优产品推介、职称评审等服务平台，组织职业培训、名优评选、职称评审、质检认证、计量检定服务、组织赴境外考察、会员联谊交流等活动，为会员企业提供多样化服务。协会主办"上海有色金属网"和"上海有色检测网"网站、《上海有色金属信息》周报、《上海有色金属》电子简报、"上海有色金属"手机网及协办的《上海有色金属》杂志等六大媒体，为会员单位提供信息服务。

会　　长：张敏祥　　　　　　　　秘书长：刘秋丽

联系人：许寅雯　　　　　　　　　电　话：55600990

地　　址：花园路 84 号 307 室　　　　邮　编：200083

传　　真：56666685　　　　　　　网　址：www.smm.com.cn

装备产业类

上海市汽车行业协会

上海市汽车行业协会成立于 1996 年，为上海汽车行业企事业单位自愿组成的跨部门、跨所有制的非营利的行业性社会团体法人。协会现有会员 325 家，主要以注册地在上海的轿车、大客车、载重汽车、专用车、改装车、摩托车、拖拉机等整车制造和零部件生产企业为主，同时吸收部分与汽车行业相关链的科研院所、金融服务、汽车整车和零部件销售等企事业单位参加。会员单位的产量、销售收入、利润等主要经济指标，均占全市行业总量的 95% 以上。协会宗旨是：做好行业服务、自律、代表、协调工作，以政府经济发展战略为指导，增强企业市场竞争力，促进上海汽车工业发展。协会职能：为会员企业提供信息服务、国内外贸易洽谈服务、法律咨询服务、会展服务等；参与有关行业发展、行业改革以及行业利益相关的决策论证，提出有关经济政策和立法的建议，参加政府举办的有关听证会，接受政府委托编制上海汽车行业规划；参与行业内企业发展规划和投资项目的前期咨询工作。推荐评选著名商标和名牌产品；开展行业统计、行业调查、发布行业信息；组织行业内人员培训，推进行业诚信体系建设等。

会　　长：肖国普　　　　　　秘书长：包抡文

联系人：杨　缨　　　　　　　电　话：22011795

地　　址：威海路 489 号　　　邮　编：200041

传　　真：62116059　　　　　网　址：www.shata.org

上海桑塔纳轿车共同体

上海桑塔纳轿车共同体成立于 2003 年 12 月，是以上海大众汽车有限公司为龙头，由各重点零部件生产企业、轿车销售公司以及科研、院校等单位为成员单位的自愿组成的，跨部门、跨所有制的非营利的行业性社会团体法人。共同体宗旨：促进联系，团结合作，创新进取，保持国内发展领先，争创进入国际轿车竞争行列；坚持共同命运，共同利益，共同发展，共同奋斗。共同体围绕上海大众轿车的战略发展、市场营销和生产中的质量、成本、售后服务、新产品开发、老产品改进等方面开展活动，主要业务有：协调服务，技术和经验交流，沟通信息，组织培训，表彰奖励，反映成员意见等。出版刊物《成员通讯》。

会　　长：刘　坚　　　　　　　　秘书长：应士杰
联系人：胡炳华　　　　　　　　　电　话：64870141
地　　址：中山西路 1545 号 4 楼　　邮　　编：200235
传　　真：34240746　　　　　　　网　　址：www.svw-ssc.com

上海市摩托车行业协会

上海市摩托车行业协会成立于 1995 年，是以本市生产、销售、研制摩托车的企业单位自愿组成的跨地区、跨部门、跨所有制的非营利的行业性社会团体。协会宗旨为：做好企业与政府、企业与社会沟通的桥梁；协助政府从事行业管理，参与行业相关政策的制订，推动行业经济发展；参与行业的整顿、规划、统计和调研；维护市场秩序，保护会员合法权益；组织行业会展，运用信息发布、技术咨询、培训考察等多种活动为行业和会员提供服务。协会设有专家组，每月出版内部刊物《摩托车行业信息》。

会　　长：冯鸣树　　　　　　　　秘书长：徐生杰
联系人：徐生杰　　　　　　　　　电　话：69502251
地　　址：安亭镇于田南路 68 号
传　　真：69502263　　　　　　　邮　　编：201805

上海船舶工业行业协会

上海船舶工业行业协会成立于 1993 年 12 月。现有成员单位 108 个，占上海船舶行业现有企业数的 64%，占造修船工业总产值、销售额和出口创汇的 95%、92%、100%。协会积极为行业和成员单位服务，发起主办中国国际船舶及其技术设备展览会和召开中小船厂发展定位研讨会；受有关部门委托，承担本市船舶工业全行业发展规划编制和统计工作；受国家、上海市和船舶总公司的委托，参与或承担重大课题研究工作；组织学术报告会。定期出版《船舶行业信息》。

会　　长：周振柏　　　　　　　　秘书长：杨新发
联系人：杨新发　　　　　　　　　电　话：62675855

地　　址：青海路 118 号 26 楼

传　　真：62675890　　　　　　　　　邮　　编：200041

上海仪器仪表行业协会

上海仪器仪表行业协会成立于 1988 年 6 月，是以本市仪器仪表行业的企业、事业单位自愿组成的非营利行业性社会团体法人，现有团体会员 139 家。协会宗旨：遵守宪法、法律、法规和国家政策，以政府经济发展战略为指导，在行业管理中发挥积极作用，为增强企业市场竞争力，维护企业合法权益，促进上海仪器仪表行业的发展提供服务。主要业务：行业调研、行业统计、业务培训、技术交流、信息服务、编辑出版、会展招商、产品推介、中介咨询、公信证明及承担政府部门委托办理的事项。协会建有上海仪器仪表行业协会网站，出版《上海仪器仪表》季刊、《上海仪器仪表简讯》、《上海仪器仪表价格信息》月刊。

会　　长：朱域弢　　　　　　　　　秘书长：张开柏

联系人：鲍亦廉　　　　　　　　　电　　话：52666960

地　　址：曹杨路 1008 号 605 室　　邮　　编：200063

传　　真：52666960　　　　　　　　网　　址：/www.siia-sh.com

上海电机行业协会

上海电机行业协会成立于 1987 年 5 月，是以上海地区电机行业的企业和科研单位、大专院校为主体自愿组成的跨系统、跨地区的行业组织，现有成员单位 100 余家。协会设有科技、质量、物资、信息、管理、价格、绝缘 7 专业工作委员会。协会组织开展行业培训、技术咨询、行业统计、信息交流、会展招商、价格协调，参与行业发展、行业改革与行业利益相关的政策决策论证，开展国内外经济技术交流与合作。协会定期出版《电机行业简讯》及《主要经济指标报表》。

会　　长：李岳松　　　　　　　　　秘书长：徐晨生

联系人：徐晨生　　　　　　　　　电　　话：65462374

地　　址：物华路 178 号　　　　　　邮　　编：200086

传　　真：65458339

上海电线电缆行业协会

上海电线电缆行业协会成立于 1987 年 5 月。协会宗旨：促进行业生产发展、技术进步和提高经济效益；为政府和企业提供服务，维护行业和会员单位合法权益；在加强自身建设同时，发挥服务、自律、协调和监督作用。主要业务有：组织岗位职称培训、行业统计，召开各种研讨会、交流会等活动。协会编辑出版《上海线缆》，建有"上海电线电缆"网站。

会　　长：张文荣　　　　　　秘书长：袁根法

联系人：凌　琦　　　　　　　电　话：62996407

地　　址：淮安路 736 号 411 室　邮　编：200041

传　　真：62996407　　　　　网　址：www.dxdl.org

上海电器行业协会

上海电器行业协会创建于 1987 年 9 月。协会下设输配电专业委员会、中低压电器专业委员会、价格管理委员会等 3 个分支机构。协会按照"服务企业、规范行业、发展产业"宗旨，做好为企业服务工作，推动行业科技进步和产业经济可持续发展。协会实施品牌战略，组织评选行业名优产品，推进行业诚信体系建设，做好信息服务工作，定期出版《上海电器简讯》和《上海电器技术》杂志。

会　　长：许嘉良　　　　　　秘书长：马学能

联系人：王云岫　　　　　　　电　话：52393306

地　　址：愚园路 1395 号

传　　真：52393306　　　　　邮　编：200050

上海市纺织机械器材行业协会

上海市纺织机械器材行业协会成立于 1994 年 8 月，是以上海地区的纺织机械器材企业单位为主，并由苏浙皖纺织机械企业参加的行业性社会组织。协会的宗旨是遵守国家法律、法规，协调会员关系，维护会员合法权益，维护行业公平竞争。推动技术进步，促进国际经济交流；推动现代化管理，促进行业发展。协会编辑出版《纺织机械器材信息》月刊。

会　　长：李培忠　　　　　　　　秘书长：唐曾祁

联系人：严中立　　　　　　　　　电　话：62114626

地　　址：凯旋路 554 号 305-306 室　　邮　编：200050

传　　真：62118586　　　　　　　网　址：www.stma.cn

上海起重运输机械行业协会

上海起重运输机械行业协会成立于 2003 年 11 月，是以本市起重运输机械行业企事业单位为主自愿组成的跨地区、跨部门、跨所有制的非营利的行业性社会团体法人。会员 105 家，包括起重运输机械制造、配套、安装维修企业和研究院及有关职能部门，下设 4 个专业委员会。协会以科学发展观为指导，以"服务会员、维护会员合法权益、保护行业公平竞争"为宗旨，注重研究国内外行业发展新趋势，推进技术创新、专利保护、技术标准、技术交流、技能培训、行业技术职称评审、会展招商等工作，充分发挥政府和企业间的桥梁纽带作用。协会建有门户网站，定期编印《行业通讯》。

会　　长：包起帆　　　　　　　　秘书长：陆焕新

联系人：周人初　　　　　　　　　电　话：64163630

地　　址：斜土路 1480 弄（日晖六村）33 号新徐汇商务中心 206 室

传　　真：64163933　　　　　　　邮　编：200032

网　　址：www.cctash.com

上海市冷冻空调行业协会

上海冷冻空调行业协会成立于 1985 年 12 月，是以生产制冷空调设备的企业为主，包括相关设计、院校、商贸及工程安装、设备维修等企事业单位和社会团体自愿组成的跨地区、跨部门的行业组织。协会的宗旨是以政府经济发展战略为指导，在行业管理中发挥积极作用，为增强企业市场竞争力，促进上海地区冷冻空调行业的发展提供服务。协会主要业务：行业调研、技术培训、编辑出版、会展招商、产品推介、中介咨询服务、国内外信息技术交流等。协会下设冷冻空调工程专业委员会。协会定期出版《上海制冷信息》（月刊）。

会　　长：王心平　　　　　　　　秘书长：朱勤雄

联系人：陈兴全　　　　　　　　　电　话：66086281

地　　址：共和新路 1346 号 1503B 室　　　邮　　编：200070

传　　真：66086282　　　　　　　　　　网　　址：www.shari.cn

上海缝制机械行业协会

上海缝制机械行业协会成立于 1987 年，原名称为上海缝纫机行业协会，2002 年更名为上海缝制机械行业协会，是由上海及长三角地区从事缝制机械设备制造、贸易、科研、教育等企业自愿组成的社会团体。协会以"服务企业，维护企业合法权益"为宗旨。主要业务是：参与行业发展相关的决策论证，提出有关建议；参加政府举办的有关听证会；代表会员单位进行反倾销、反垄断、反补贴等调查；对业内生产、经营、管理、价格等进行协调；组织制定行业产品的技术、质量标准，参与产品技术鉴定；开展国内、国际同行间的联络、交流学习、考察访问及学术活动；开展技术咨询，举办专业人员培训，提高会员企业管理水平和员工素质；进行产品推介，开展会展招展等活动。

会　　长：张　敏　　　　　　　　　秘书长：雷　杰

联系人：尹桂宝　　　　　　　　　　电　　话：63145247

地　　址：中山南一路 210 号三楼　　邮　　编：200010

传　　真：63145247

上海市模具行业协会

上海市模具行业协会成立于 1994 年 12 月，为本市模具行业及相关企事业单位、大专院校及社会团体自愿组成的跨部门、跨所有制的非营利的行业性社会团体法人，现有会员 587 家。协会宗旨是为会员单位服务，维护会员的合法权益，保护行业整体利益，提高模具行业技术和经营管理水平，实现模具的标准化、专业化、商品化生产，推进模具工业的持续发展。协会下设经营管理、技术、模具标准件、模具材料、信息及联络、价格工作、汽车模具、教育培训、特种加工和资深专家 10 个专业委员会。协会拥有"上海模具行业信息网"，定期发行会刊《上海模具工业》（月刊），每年在沪举办"中国国际模具展"。

会　　长：陈因达　　　　　　　　　秘书长：刘德普

联系人：张　聆　　　　　　　　　　电　　话：63576368

地　　址：河南北路 441 号 1403 室　　邮　　编：200071

传　　真：63257006　　　　　　　　网　　址：www.sdmta.com

上海市工具行业协会

上海市工具行业协会成立于 1987 年 10 月，是以工具制造业为主体，并有科研、商业、检测等单位自愿组建的社团组织，现有 125 家会员单位。协会宗旨："服务企业、规范行业、发展产业"。协会围绕"服务、联络、规范、自律"，发挥政府与企业间的桥梁和纽带作用，主要开展行业管理、技术咨询、人才培训、信息交流、国内外市场开拓及接受政府委托的工作。协会创办《上海工具简报》刊物。

会　　长：徐东海　　　　　　　秘书长：杨映远
联系人：姚华溪　　　　　　　　电　话：63546655
地　　址：天目中路 258 号 308 室　　邮　编：200070
传　　真：63546655　　　　　　网　址：www.shtoola.com

上海机械工业质量管理协会

上海机械工业质量管理协会成立于 1984 年，协会宗旨是：当好会员参谋，发挥桥梁和纽带作用，团结本市机械工业全体会员，贯彻执行党和国家有关质量的方针政策，研究和推进机械工业现代化科学质量管理，开展"宣传教育，人才培训，交流经验，学术研究，咨询服务"等活动，提高机电产品的质量水平和质量管理水平，促进机械行业发展。协会设立的咨询服务部，是为机械行业提供质量管理方面的技术服务、技术咨询、技术培训和技术转让的服务机构；顾客满意度评价中心是为机械行业提供技术评价的中介服务机构。

会　　长：黄迪南　　　　　　　秘书长：白兆兴
联系人：朱　园　　　　　　　　电　话：56906387
地　　址：蒙自路 360 号 4208 室
邮　　编：200023　　　　　　　传　真：56985532

上海锅炉压力容器行业协会

上海锅炉压力容器行业协会成立于 2003 年 12 月，是上海锅炉、压力容器设计、制造、安装、咨询服务行业、企事业单位自愿组成的跨部门、跨所有制的非营利的行业性社会团体，现有会员 86 家。协会宗旨：以国家经济发展战略为指导，协助政府从事行业管理，维护会员合法权益，为增强企业市场竞争力，促进锅炉压力容器行业发展提供服务。协会坚持"与政府同步、与市场同行、与企业同心"，以企业发展需要为基点，协调各方力量，开展行业调研、产品推广、会展招商、国际商务联络、服务咨询、技术培训、信息交流等服务。协会办有双月简报。

会　　长：蔡康忠　　　　　　　　秘书长：秦克本
联系人：秦克本　　　　　　　　　电　话：64646524
地　　址：中山南二路 777 弄 1 号 1006 室　　邮　编：200032
传　　真：64646524　　　　　　　网　址：www.sbpvta.com

上海机电设备招投标协会

上海市机电设备招标投标协会成立于 2004 年 8 月，是由从事机电设备招标代理业务的机构和与招标投标活动相关的机电设备制造企业及供应商、咨询单位、设计研究机构、高等院校等自愿组成的非营利的社团法人组织。协会以"服务、协调、自律、监督"为宗旨，开展招标投标活动的调研，宣传招投标方针政策、法律法规，组织招投标业务专业培训，为企、事业单位提供信息和咨询服务；协调招投标活动中的矛盾与纠纷；开展国内外招投标交流与合作。编辑出版月刊《机电设备招投标通讯》。

会　　长：任大章　　　　　　　　秘书长：蒋建明
联系人：蒋建明　　　　　　　　　电　话：62998734
地　　址：长寿路 285 号 20 楼　　　邮　编：200060
传　　真：62766611　　　　　　　网　址：www.smcec.com

上海重型装备制造行业协会

上海重型装备制造行业协会成立于 2004 年 12 月，下设秘书处、专家委员会。办会宗旨：以服务为宗旨，充分发挥市场中介作用，维护行业共同利益，以政府经济发展战略为指导，在行业自律管理中发挥积极作用，加强会员与政府社会之间的联系，为增强企业市场竞争力，促进重型装备制造行业的经济发展提供更好的服务。主要业务：开展行业调研、参与行业标准制订、组织技术培训、编辑出版、会展招商、产品推介、中介咨询服务、国内外信息技术交流，进行行业统计分析工作，推进行业诚信体系建设，开展技术职称评定等。协会每月出版 2 期《上海重型装备制造行业简讯》，定期出版《上海重型装备制造协会信息》会刊。

会　　长：吕亚臣	秘书长：唐　波
联系人：赵培培	电　话：63178900-1442
地　　址：恒丰路 600 号机电大厦 1442 室	邮　编：200070
传　　真：63542670	网　址：www.shemt.net

上海液压气动密封行业协会

上海液压气动密封行业协会成立于 2004 年 1 月，为上海液压（液力）、气动、密封等产品生产企事业单位自愿组成的跨部门、跨所有制的非营利的行业性社会团体法人。协会加强行业自律，督促会员依法经营，保证市场有序竞争，促进行业健康、稳定的发展。协会主要开展人才培训、技术咨询、市场调研、信息交流、举办展览、产品推介、国际商务联络等活动。

会　　长：顾智毅	秘书长：周器敏
联系人：孙建新	电　话：64551699
地　　址：莘朱路 2188 号	邮　编：200237
传　　真：64551699	网　址：www.shpsa.net

上海泵阀压缩机行业协会

上海泵阀压缩机行业协会成立于 2008 年 2 月，由泵阀压缩机行业企业及相关高校、科研机构和其他经济组织或个人共同组成的行业管理组织。协会宗旨：服务会员，维护会员合法权益，保障行业公平竞争，沟通会员与政府、社会的联系，依托行业资源，促进行业技术进步，带动行业经济发展。协会主要业务：开展行业自律、资源整合、技术研发、标准制定、人才引进、企业维权、商业协调、国际交流、技术服务、资质认证、技术与质量评估、编辑出版、软件制作、会展招商、咨询服务、技术培训等工作。协会设有行业专家委员会和行业工程师委员会。

会　　长：夏开刚	秘书长：卢　敏
联系人：胡　涛	电　话：61200201
地　　址：杨树浦路 2310 号知识产权大厦 701 室	
传　　真：56509753	邮　编：200090

化工医药及新材料产业类

上海市化工行业协会

上海市化工行业协会成立于 1997 年 6 月。协会宗旨：宣传、贯彻党的基本路线，遵循党的各项方针政策，促进化工行业的经济发展、科技进步和管理优化、协调会员关系、保护会员合法权益、沟通会员与政府之间联系，维护公平竞争、促进国际经济交流和合作，推动社会进步。主要业务：行业管理、四技服务、咨询培训、编辑刊物、组织合作交流交往。协会建有网站，编辑交流内部刊物《通讯》，公开出版发行《上海化工》。

会　　长：许秋塘　　　　　　　秘书长：郝玉华

联系人：江　荣　　　　　　　　电　话：64458627

地　　址：徐家汇路 560 号 1503 室　　邮　编：200025

传　　真：64450897　　　　　　网　址：www.scianet.org

上海市化工安全技术协会

上海市化工安全技术协会成立于 1993 年，近 120 家会员单位，来自化工、医药、轻工、石化等行业。协会聚集了化工安全管理人员的精华，形成化工安全技术的智囊团体，制定防止化学事故的对策措施。协会遵循以经济建设为中心，以推进化工行业安全技术为目标，对安全技术、工业卫生、事故应急救援等问题进行研究、探讨；开展信息交流、培训教育、咨询服务及推广新技术、新材料等工作。

会　　长：周　波　　　　　　　秘书长：姜培适

联系人：赵云龙　　　　　　　　电　话：62152934

地　　址：瑞金二路 42 号西楼

传　　真：62552691　　　　　　邮　编：200020

上海新能源行业协会

上海新能源行业协会是在原上海能源化工协会（成立于 2006 年 10 月，会员主要是液化气企业）基础上进行改组，于 2007 年 9 月 17 日更名为上海新能源行业协会。协会为新能源行业（太阳能、风能、氢能、生物质能）等相关企事业及相关组织自愿组成的跨部门、跨所有制的非营利的行业性社会团体法人，现有会员 300 家。协会设有秘书处、专家委员会、社会联络部、信息资讯部、国际合作部。协会主要开展信息与学术交流，技术咨询，项目论证，标准采编，市场服务，教育培训，会展会务。协会创办《上海新能源》期刊，创建"上海新能源网"。为进一步加强国际合作和交流，协会在美国注册成立"亚太新能源行业协会"，在新加坡注册成立"亚洲光伏产业协会"。

会　　长：朱元昊　　　　　　　　秘书长：张静妹

联系人：王　莹　　　　　　　　　电　话：64137728

地　　址：沪闵路 6555 号建行大厦 1507 室　　邮　编：201100

传　　真：64137708　　　　　　　网　址：www.sneia.org

上海橡胶工业同业公会

上海橡胶工业同业工会成立于 1986 年 12 月，宗旨是为会员提供服务，反映会员的愿望和要求，维护会员合法权益，保障行业公平竞争，沟通会员与政府、社会的联系，发挥桥梁、纽带作用，促进行业经济发展。主要业务是为橡胶行业提供规划、协调、管理、咨询、培训等服务。同业工会每月出版会刊《橡胶同业信息》。

会　　长：岳春辰　　　　　　　　秘书长：马宜鄂

联系人：钱宜庆　　　　　　　　　电　话：63214083

地　　址：福州路 107 号 2 楼　　　邮　编：200002

传　　真：63213382　　　　　　　网　址：www.srita.org

上海肥料农药行业协会

上海肥料农药行业协会成立于 1986 年 12 月 24 日，是上海肥料、农药行业企事业单位自愿组成的跨部门、跨所有制的非赢利的行业性社会团体。协会现有会员单位（有肥料企业、农药企业、农资连锁企业、科研设计、大专院校，以及相关设备制造企业等）80 家。

协会宗旨：为政府、行业服务，沟通会员与政府联系，维护消费者的权益，提高行业诚信度，增强企业市场竞争力，促进行业经济发展。协会设秘书处、办公室、农药受理处、综合服务部。协会主要职能：制定行业发展规划，推进诚信建设、行业自律，初审、申报企业批准证书，价格协调、统计汇总，展览展销、技术培训，评选名优产品，维护会员利益等工作。协会拥有网站和内部期刊《上海肥料农药信息》。

会　　长：戴立根		秘书长：俞强华	
联系人：俞强华		电　　话：64285311	
地　　址：斜土路 2354 号 1 号楼 409 室		邮　　编：200032	
传　　真：64285933		网　　址：www.shflny.org.cn	

上海涂料染料行业协会

上海涂料染料行业协会前身是上海染料农药工业行业协会，成立于 1987 年 1 月。2002 年更名为上海染料行业协会，2005 年更名为上海涂料染料行业协会。协会由长三角洲地区染料、涂料、颜料、助剂及其他经济组织为主自愿组成、实行行业服务和自律管理的行业性社会团体组织。协会宗旨是：服务会员，维护会员合法权益，保障行业公平竞争，沟通会员与政府、社会的联系，促进行业发展。主要开展组织市场拓展，推介行业产品，提供咨询服务；组织行业调研，提出行业发展和立法建议；实施品牌建设，协调会员间和行业间的关系；订立行规行约，提出制订技术和产品标准建议及实施标准审核；受理职称申报，开展各类培训，提高从业人员素质；开展行业统计、价格协调，行业信息发布，开展交流与合作等工作。协会建有专业网站，编辑《协会通讯》月刊，公开出版发行《上海染料》期刊。

会　　长：吴惊雷		秘书长：张水鹤	
联系人：郑家琨		电　　话：62127163	
地　　址：长宁路 125 号 1907 室		邮　　编：200042	
传　　真：62138683		网　　址：www.sdta.org.cn	

上海市气体工业协会

上海市气体工业协会成立于 2007 年 1 月 19 日，为上海气体工业中专业气体生产、气体储运、空分装备、承压设备制造、相关仪器仪表和零配件制造等单位，以及科研单位、检测中心和大专院校等相关企事业单位自愿组成的非营利的专业性社会团体法人。协会宗旨是：围绕科技兴市，通过技术进步、信息交流、单位协作和行业管理，提高气体工业安全运行水平，确保上海市气体工业的和谐发展。业务范围：行业协调、技术交流、专业调研、专业培训、咨询服务、气体充装鉴定评审、焊工培训考试、组织推广新产品及合作交流等。协会建有网站，编辑《上海气协简报》。

会　　长：项守华　　　　　　　秘书长：周伟明
联系人：施锋萍　　　　　　　　电　话：64477797
地　　址：广元西路 309 号 306 室　　邮　编：200030
传　　真：64477285-21　　　　　网　址：www.sgia.com.cn

上海塑料行业协会

上海塑料行业协会成立于 1990 年 2 月，下设聚氯乙烯制品专业委员会和塑料包装专业委员会。现有会员单位 170 余家，涵盖石化、化工、轻工、机电、建材等系统和相关高校、科研院所，覆盖塑料树脂、塑料制品、塑料助剂、塑料模具和塑料加工机械等塑料领域整个产业链。协会以服务会员单位及业内企业为宗旨，认真履行"服务、协调、维权、自律"的职能，开展行业调研、信息交流、技术咨询、会展服务、品牌培育、诚信建设、职称评定、技术培训、标准制定以及上海市名牌和上海市著名商标的推荐和评估、帮助中小企业申请科技项目基金等工作。协会建有专业网站"上海塑料网"，出版内部月刊《上海塑料通讯》。

会　　长：戎光道　　　　　　　秘书长：刘景芬
联系人：李思倩　　　　　　　　电　话：62771362
地　　址：长寿路 295 弄 8 号 8 楼 E 座　邮　编：200060
传　　真：62771363　　　　　　网　址：www.sspi.com.cn

上海医药行业协会

上海医药行业协会成立于 1987 年 1 月，为本市医药工业为主的企事业单位自愿组成的跨所有制的非营利的行业性社会团体法人。协会现有会员单位 232 家，涵盖制药工业、生物医药、药品辅料、药品包装材料、制药机械等领域。协会设立生物技术专业委员会、药品包装材料专业委员会、药用辅料专业委员会和医药机械专业委员会；设有上海医药行业协会咨询服务部和《上海医药》杂志社。协会以服务为宗旨，致力于信息服务、价格服务、统计服务、技术服务、市场服务、会展服务、推进名牌战略服务和考察交流培训研讨服务。遵循"服务、沟通、民主办会"的方针，反映企业要求，维护企业权益，传达政府意图，做好参谋和助手，推进"企业社会责任"理念和实践，加强会员自律。协会编辑发行《医药参考》、《协会动态》内部期刊，公开出版《上海医药》。

会　　长：黄彦正　　　　　　　　秘书长：吴锡荣

联系人：王金娣　　　　　　　　电　　话：63275603

地　　址：凤阳路 250 号　　　　邮　　编：200003

传　　真：63591375　　　　　　网　　址：www.shppa.net

上海中药行业协会

上海中药行业协会成立于 1989 年 12 月，是以本市中药工商企业为主体的社会团体。现有会员单位 2144 家，会员覆盖率达到上海中药行业企业总数的 97%。协会立足"服务、自律、代表、协调"基本职能，对行业发展进行调查研究，提出对策建议，参与行业发展规划制定；接受政府委托，开展中药价格初审，协调管理及行业统计；推进行业自律管理，组织行业规范和名优产品评比；提供信息和技术咨询服务，开展国内外经济技术交流，组织职业技术培训，提高本市中药行业整体素质，促进中药产业发展。协会下设技术咨询服务部、中药行业职业技能培训中心以及价格工作委员会，中药饮片专业委员会和中药制药专业委员会。协会编辑出版《上海中药行业信息》和《上海中药行业简讯》。

会　　长：许锦柏　　　　　　　　秘书长：陈正辉

联系人：赵　婷　　　　　　　　电　　话：63234074

地　　址：福州路 107 号 226 室　邮　　编：200002

传　　真：63214899　　　　　　网　　址：www.stcma.cn

上海医疗器械行业协会

上海医疗器械行业协会成立于 1987 年 3 月，是全市医疗器械行业企事业单位自愿组织的跨部门、跨所有制的非营利的行业性社会团体法人。协会现有会员 560 家，下设行业部、培训部、会展部、财务部、联络部、经营工作委员会、口腔工艺委员会。协会宗旨是"服务、中介、协调"，努力发挥行业的引领和代表作用，成为政府、社会行业、企业间的桥梁，为"服务企业、规范行业、发展产业"作出贡献。协会建有网站，编辑出版《上海医疗器械》简讯。

会　长：潘明荣	秘书长：吴汝康
联系人：陈仲华	电　话：54651421
地　址：肇家浜路 446 号 2 号楼 701 室	邮　编：200031
传　真：61248251	网　址：www.swianet.com

上海生物医药行业协会

上海市生物医药行业协会（SBIA）成立于 2002 年 12 月，是由上海市及相关省市生物医药企业、相关大学、科研院所和产业园区等单位自愿结成的社会团体。现有会员近 200 家，会员涵盖现代生物技术和医药领域从研发、生产到流通等整个产业链。协会以"服务企业，规范行业，发展产业"为宗旨，践行"沟通协调、自律诚信、搭建平台、竞争有序"的工作思路，为企业提供各类务实的服务和政策咨询，开展调研、讲座和研讨等多种活动，为会员企业、为上海市生物医药产业发展献计献策，充分发挥企业和政府间桥梁作用，促进产业持续、健康、快速发展。协会拥有由生物技术和医药领域百余位专家组成的"专家库"，建有生物技术产业网站，出版《生物技术产业》（月刊），每年度编辑出版《上海医药产业发展报告》。

会　长：汪群斌	秘书长：陈少雄
联系人：贺文情	电　话：50805584
地　址：碧波路 500 号 305 室	邮　编：201203
传　真：50805641	网　址：www.sbia.org.cn

上海市健康产业发展促进协会

上海市健康产业发展促进协会成立于 2007 年 12 月。协会是由上海从事保健、医疗、卫生、健康管理机构、体检中心、健康养生等健康产业的科研开发等单位及健康相关领域的企业自愿组成的非营利性社团组织。协会宗旨：在遵守社会道德风尚的基础上，团结和组织上海健康产业系统的企业和工作者，推动上海健康产业企业有序发展；加强与国内外健康产业交流与合作；提高与健康相关产品质量，支持新技术开发与推广；服务政府、企业和消费者，推进上海保健产业的振兴和品牌战略的实施，为健康产业发展做出贡献。协会业务范围：实务研究和对外交流；发布信息和业务培训；会务会展和咨询服务；编印刊物和资料；产品和新技术推广。协会建有"中华健网"，编辑协会会刊。

会　　长：肖迪娜　　　　　　　　秘书长：张新华
联系人：江河山　　　　　　　　电　　话：63787807
地　　址：学前街 77 号二楼　　　邮　　编：200010
传　　真：63786728　　　　　　网　　址：www.zhjw.net

上海市新材料协会

上海市新材料协会成立于是 2000 年 12 月，由上海宝钢集团公司、上海石油化工股份有限公司、中国石化上海高桥石油化工公司、上海华谊（集团）公司、上海有色金属（集团）有限公司、上海汇丽（集团）公司、上海建筑材料（集团）公司、上海建工（集团）总公司、上海交通大学、复旦大学、华东理工大学、中国科学院上海分院和上海科学院联合发起创建，现有 266 家会员单位。协会坚持科学发展观，引领新材料产业可持续发展，竭诚为产、学、研、用服务。协会主要任务：组织产业调研，统计基础资料，编制发展规划，提出产业布局建议；组织高新技术项目申报，项目推介，开展新材料、新产品认定，品牌推荐；标准、规范制修订，技术职称评定、企业信息化推进；举办会展、论坛、研讨会，推广科研成果及产品应用，促进产业体制创新和技术创新；组织国内外考察交流，开展技术咨询、培训，加快科研成果转化，维护和协调各方面合法权益等。协会建有上海新材料网站，出版《上海新材料》（月刊）、《上海新材料产业》（年鉴）。

会　　长：张培璋　　　　　　　　秘书长：徐龙敏
联系人：陈士信　　　　　　　　电　　话：64081535
地　　址：漕宝路 36 号和信楼 5 楼　邮　　编：200235
传　　真：64831273　　　　　　网　　址：www.ssam.cn

上海硅酸盐工业协会

上海硅酸盐工业协会（SAC）成立于 2003 年 12 月 5 日，目前协会下设陶瓷材料、玻璃材料、机械与设备及晶体宝石材料专业委员会。2005 年 8 月，协会成立了学术委员会。协会以"促进新型无机材料产业发展、加快传统硅酸盐材料技术改造和进步为宗旨，积极开展专业技术培训、国内外信息交流、新产品联合设计与推广、国际商务等服务。协会内部出版刊物为《上海硅酸盐工业》。

会　　长：宋力昕　　　　　　　秘书长：张　申

联系人：田俊京　　　　　　　　电　话：52411108

地　　址：定西路 1295 号　　　邮　编：200050

传　　真：52411107　　　　　　网　址：www.sacchina.org

上海消毒品协会

上海市消毒品协会成立于 2004 年 2 月，由从事生产、销售和研究消毒灭菌药品、器械、卫生用品等环境微生物控制产品及消毒服务的企事业单位自愿组成的社会团体组织。协会下设标准化工作委员会，组织工作委员会，政策法规工作委员会，市场工作委员会，水消毒专业委员会和皮肤黏膜消毒专业委员会等。协会宗旨：规范消毒行业，发展消毒产业，服务会员单位，联合自律、规范经营、整合优势、共谋发展。主要任务是：参与行业发展相关的决策论证，提出有关建议；制修订、发布行业标准和技术规范；制定行业公约和职业道德规范，组织职业培训；开展行业统计、行业调研，价格协调、准入资格资质审核；举办会展、业务洽谈和交流会等工作。协会创办"中国消毒信息网"，出版《消毒信息报》季刊。

会　　长：薛广波　　　　　　　秘书长：李　华

联系人：赵又辉　　　　　　　　电　话：65574854

地　　址：中原路 60 弄 1 号 801 室　　邮　编：200438

传　　真：65574854　　　　　　网　址：www.disinfection-china.com

上海危险化学品行业协会

上海市危险化学品行业协会成立于 2006 年 2 月 24 日，现有会员 230 家。协会宗旨：以上海经济发展战略为指导，为会员提供服务，发挥行业自律管理职能，维护会员合法权益，协助政府部门加强对危险化学品的服务管理，促进危险化学品行业可持续发展。

会　　长：黄静泽　　　　　　　秘书长：宋伟荣

联系人：宋伟荣　　　　　　　　电　话：66311798

地　　址：汶水路 301 号　　　　邮　编：200072

传　　真：66312690

上海润滑油品行业协会

上海市润滑油品行业协会成立于 2005 年 6 月。协会汇集了润滑油、脂的生产、研发、质检、销售、服务等企事业单位，是跨部门、跨所有制的非营利性、自愿组成的行业性社会团体法人。协会日常工作机构为协会秘书处，并设有添加剂专业委员会和 2 个专家工作组。协会主要业务有：组织各类会展，开展产品推介、品牌推广等活动；通过各种途径为会员提供项目中介、技术咨询、学术交流、信息发布、人员培训等服务；协助会员单位开发新产品、拓宽市场、构筑供需等交流平台；规范行业产品标准与推进行业自律，促进本市润滑油品行业的提高与发展。协会编辑出版《上海润滑油信息》月刊。

会　　长：张安利　　　　　　　　秘书长：潘稼钢

联系人：金　蕴　　　　　　　　　电　话：58776200

地　　址：浦城路东园四村 439 号 1704 室

传　真：58776656　　　　　　　　邮　编：200120

轻纺产业类

上海市轻工业协会

上海市轻工业协会成立于 2007 年 6 月，是由本市轻工行业企事业单位、科研院所以及相关社会组织自愿组成的联合性的非营利性社会团体法人。协会的业务范围是：提出规划、政策建议，举办展览展销会，开展教育培训、中介咨询、职称评审、品牌培育和政府委托或授权的任务。协会设秘书处、办公室、教育培训服务部、科技进步服务部、对外交流服务部、经营与协作服务部。秘书处负责协会的日常工作。

会　　长：王宗南　　　　　　　　秘书长：韩如元
联系人：王国壮　　　　　　　　电　话：64726621
地　　址：肇嘉浜路 376 号 17 楼　　邮　编：200031
传　　真：64454823　　　　　　网　址：www.slia.sh.cn

上海纺织协会

上海纺织协会由上海纺织控股（集团）公司、东方国际（集团）有限公司、上海恒源祥（集团）有限公司、维科控股集团股份有限公司、东华大学、上海工程技术大学及 11 家纺织服装相关专业协会（学会）等 27 家单位发起，于 2008 年 12 月 17 日成立。协会旨在政府指导下，充分发挥代表、协调、自律、服务功能。在品牌发展、纺织制造、商贸流通、科技研发、时尚创意、人才培育、展示展览、信息咨询、纺织检测、物流配送、跨地区合作交流等领域开展工作。协会设综合办公室、纺织服务部、合作交流部、信息中心等办事机构，并将根据工作的发展和需要，逐步设立若干个分会及专业委员会。

会　　长：席时平　　　　　　　　秘书长：刘寅峰
联系人：杨建成　　　　　　　　电　话：62089000-1431
地　　址：虹桥路 1488 号小白楼 101 室　邮　编：200336
传　　真：62082147　　　　　　网　址：Shtex.org.cn

上海市服装行业协会

上海服装行业协会成立于 1986 年，为上海服装行业企事业单位自愿组成的跨部门、跨所有制的非盈利为目的的行业社会团体。行业业务主管单位是上海市经济和信息化委员会。协会以服务为宗旨，在政府与企业，企业与企业之间发挥桥梁和纽带作用。主要业务是：拟定行业发展规划，参与制定、修订行业技术质量标准；制定行约行规，建立行业自律机制；开展各类培训，组织行业技术职称评审，推荐名优品牌；举办"中华杯"国际服装设计大赛及服装博览会，开展行业统计及商场销售排行信息发布。协会编印《上海服装》月刊。

会　　长：席时平　　　　　　　秘书长：戴自毅

联系人：孙金海　　　　　　　　电　话：33532658

地　　址：澳门路 158 号 8 楼　　邮　编：200060

传　　真：33532659　　　　　　网　址：www.cnfashion.net

上海内衣行业协会

上海内衣行业协会原名上海针织行业协会，成立于 1987 年。由上海地区及长三角部分内衣企业自愿组成的跨部门、跨所有制的非营利的行业性社会团体法人。协会现有会员 126 家，涵盖针织服装、内衣、袜品、手套等企业。协会的宗旨和职能：服务于政府、服务于行业、服务于会员单位和业内广大企业，沟通会员与政府之间的联系。协会主要职能：推进行业诚信建设、加强企业自律，开展法律服务、展览展销、名优评比、新品推介、技术咨询、技术服务、品质检测、质量评优、合作交流、业务培训、行业统计等工作。协会拥有"上海内衣网"和内部期刊《上海内衣信息》。

会　　长：王卫民　　　　　　　秘书长：陈国琪

联系人：陆　珊　　　　　　　　电　话：63782357

地　　址：马当路 477 号　　　　邮　编：200011

传　　真：63784718　　　　　　网　址：www.shunderwear.com

上海印染行业协会

上海印染行业协会成立于 1987 年 10 月，是以上海及长三角地区从事纺织印染的集团公司、国有、集体、民营、合资的印染企业为主以及与印染的相关单位、科研院所、大专院校和杂志社等自愿组成的跨行业、跨部门、跨地区的行业性社会团体法人。协会会员包含了棉布印染、染纱、针织物染整、色织布整理及家纺印染等印染加工企业及相关大专院校、科研院所等机构。协会宗旨：以政府经济发展战略为指导，为会员提供服务，维护会员合法权益，力促行业公平竞争，沟通会员与政府社会的联系，增强企业市场竞争力，促进印染行业技术、经济发展。协会主要工作：承担纺织印染行业国家标准的制定，行业发展规划的编制；开展技术培训，组织技术交流，编写印染行业特殊职业工种岗位培训教材；进行行业经济指标的统计和分析；开展调查研究，为会员提供发展方向、技改思路和市场动向等技术服务；成立专家委员会，建立专家人才库，开展为会员和印染企业的技术咨询服务等工作。协会设秘书处、办公室、咨询部和专家委员会。协会编印行业内部期刊《印染协会简讯》（月刊）。

会　　长：沈安京　　　　　　　　秘书长：奚新德

联系人：王祥兴　　　　　　　　　电　话：55218051

地　　址：平凉路 988 号 1 号楼 601 室

传　　真：55218051　　　　　　　邮　编：200082

上海棉纺织工业行业协会

上海棉纺织工业行业协会成立于 1987 年 11 月，是以上海地区为主、辐射长三角地区的棉纺织有关企事业单位自愿组织的行业组织。协会的宗旨：是以政府经济发展战略为指导，为促进本市和长三角地区棉纺织行业的发展提供服务。协会的主要任务：宣传贯彻国家有关棉纺织行业的方针政策和发展战略，促进企业提高市场竞争力；收集整理棉纺织业各方面信息，定期办好《棉纺织协会通讯》；开展国内外技术交流和合作，组织推广新产品、新材料和新技术；代表行业向政府反映涉及行业的有关事项；代表企业提出反倾销、反补贴或者采取相关保障措施的申请；接受政府有关部门委托，承担行业统计调查、发展规划和技术标准的制定等职能；制定行规行约，协调会员间的争议，实现行业自律。协会的业务范围：行业调研、技术培训、会展招商、商品推介、咨询服务、国内外技术交流。

会　　长：奚文源　　　　　　　　秘书长：龚　羽

联系人：陈国平　　　　　　　　　电　话：55215901

地　　址：平凉路 988 号 2 号楼 1104 室　　邮　编：200082

传　真：55215901　　　　　　网　址：www.sh-csa.com

上海市家用纺织品行业协会

上海市家用纺织品行业协会前身为上海市纺织复制行业协会，由毛巾被单、手帕和和制线织带 3 个行业的企业联合发起组建，成立于 1988 年 10 月。1992 年 12 月经上海市民政局批准更名为上海市家用纺织品行业协会。协会由本市家纺行业的企事业单位自愿组成，下设床上用品、手帕、线带 3 个专业委员会。协会坚持服务企业、规范行业、发展产业的宗旨，协助政府开展行业管理，在市场经济中发挥中介作用，促进行业健康有序发展。为企业服务主要有：搭建学习交流平台，组织报告讲座及交流考察活动，帮助企业合作共赢；指导企业品牌建设，出具证明意见，指导申报工作；做好统计汇总和分析，发布经济运行报告，为企业提供个性化服务；开展行业诚信体系建设，指导诚信创建活动；开展企业技术、管理等咨询服务，维护会员企业合法权益。协会建有"上海家纺"网站和出版《上海家纺》月刊，

会　长：翁和生　　　　　　秘书长：吴淑仪

联系人：吴淑仪　　　　　　电　话：65434839

地　址：平凉路 1398 号 202 室　　邮　编：200090

传　真：65434801　　　　　　网　址：www.shta.sh.cn

上海毛麻纺织行业协会

上海毛麻纺织行业协会成立于 1989 年 3 月。协会宗旨：贯彻执行国家的法律法规和政策，沟通会员与政府的联系，维护会员的合法权益，为会员共同利益服务，提高行业技术进步和经营管理水平，促进国际经济交流与合作，推动全行业发展。主要业务：行业调查、信息交流、咨询服务、专业培训。协会编辑出版《上海毛纺科技》、《上海毛纺科技信息》、《协会信息》。

会　长：张文卿　　　　　　秘书长：陆鑫发

联系人：崔筱英　　　　　　电　话：65433154

地　址：平凉路 1398 号 721A 室　　邮　编：200090

传　真：65433154　　　　　　网　址：www.mmxh.org

传　真：63306040　　　　　　网　址：www.shfood.net

上海市保健品协会

上海保健品协会（SHPA）成立于 1985 年 7 月，现有会员 185 家。协会是由生产、经营保健品等相关产品企业及有关事业、科研单位与科技工作者自愿组成的专业性的非营利性社会团体法人。协会的宗旨：遵守国家的法律、法规和政策，遵守社会道德风尚，以人为本，促进保健品事业发展，提高人民健康水平。协会主要职能：开展业务服务，帮助企业拓展市场；开展技术交流，帮助企业引进新技术、新设备、新工艺；开展自律管理，督促企业诚实守信；开展产业调查研究，参与产业规划制定；维护会员合法权益，反映会员诉求；开展推荐名优产品，推进品牌战略；指导企业改善经营管理，开展企业的交流和合作；组织科技成果鉴定、推广和应用；组织会展、研讨和论坛；开展保健品企业职业培训及承担政府委托的其它任务。协会主办内部期刊《上海保健品信息》。

会　　长：陈增棠	秘书长：张福敏
联系人：毛羽丰	电　　话：63528752
地　　址：汉口路 455 弄 23 号北门	邮　　编：200001
传　　真：63293920	网　　址：www.shbjp.com

上海家用电器行业协会

上海家用电器行业协会成立于 1985 年 8 月，为上海家用电器行业企事业单位自愿组成的跨部门、跨所有制的非营利的行业性社会团体法人。协会现有会员单位 480 余家，包括上海、长三角及外地在沪的家电产品生产经销、设计安装、家电维修企业。协会设有家用中央空调、家电维修、水家电等 3 个专业委员会。协会宗旨是协调行业、诚信服务。主要工作有：协助政府进行行业管理，提出行业发展规划与建议；制订行规行约，协调价格管理，促进业内公平竞争；反映企业诉求，维护企业会员合法权益；开展调查研究，做好行业统计；制订行业质量规范和技术标准，进行家用中央空调设计安装维修及家电维修企业的资质评审；组织技术培训和咨询，推动行业技术进步与发展。协会拥有"上海家电网"，定期出版《上海家电》（月报）、《家用中央空调》（双月刊）和不定期出版《上海水家电》专刊。

会　　长：沈建芳	秘书长：李富春
联系人：朱庆裕	电　　话：65661637
地　　址：长阳路 2555 号	邮　　编：200090

传　真：65671202　　　　　　　　网　址：www.shjd.org

上海市自行车行业协会

上海市自行车行业协会成立于 1988 年 11 月，为本市自行车行业企事业单位自愿组成的跨部门、跨所有制的非营利的行业性社会团体法人。协会现有会员单位 148 家，下设电动车专业委员会分支机构。协会宗旨：全心全意为企业服务、为会员服务。协会特色工作：主办展览会，组织考察访问和产品推介；召开各种质量工作会议，举办行业技术学习培训；组织名牌产品、著名商标评选，进行会员统计和产销存情况汇总；开展电动自行车生产许可证预审、日常管理，以及上牌备案准备工作；开展自行车、电动自行车"原产地标志"认定和电动自行车、液化石油气〔LPG〕助力车维修服务监管等。协会编印《自行车动态》会刊和拥有"上海市自行车行业协会"网站。

会　长：方加亮　　　　　　　　　秘书长：郭建荣
联系人：郭建荣　　　　　　　　　电　话：62857577
地　址：中山北路 3620 弄 2 号 606 室　　邮　编：200063
传　真：62857577-809　　　　　　网　址：www.shbicycle.com

上海市玩具行业协会

上海市玩具协会成立于 1986 年 7 月，是上海地区从事玩具生产、经营、科研、院校（幼教）等单位及相关企事业单位为主体自愿结合成立的行业性社会团体。协会以服务为宗旨，遵守国家宪法和法律、法规和政策，遵守社会道德风尚，代表会员企业利益，维护企业合法权益，维护公平竞争，维护市场秩序，推动上海玩具行业的健康发展。协会主要任务：开展技术质量、工艺培训；开展行业调查、调解；举办玩具展示、展销及评比活动，受理有关行业咨询、技术合作、供产销中介服务；接待来访及组织出访考察。协会下设办公室、财务部、技术咨询服务部及幼教专业委员会。

会　长：鲁光麒　　　　　　　　　秘书长：魏彬武
联系人：徐全宁　　　　　　　　　电　话：56971130
地　址：中兴路 1055 号 606 室
传　真：56971120　　　　　　　　邮　编：200070

上海市室内装饰行业协会

上海市室内装饰行业协会成立于 1987 年 10 月 15 日，是由本市从事室内装饰及产品制造、室内设计、科研院校相关企事业单位自愿组成，是跨部门、跨所有制的非营利性社会团体法人。协会下设"室内设计"、"室内环境艺术"、"室内装饰材料用品"、"室内装饰监理"和"吊顶与室内装饰"五个专业委员会。协会以"提升室内设计师在行业中的龙头地位，运用室内装饰服务业的载体，带动促进室内装饰制造业的创新，谋求室内装饰产业链的共同发展"为宗旨。主要服务范围：室内装饰推荐展示、资质评定、咨询评价、业务培训、行业调研、环境保护、信息服务、技术交流、标准制定、展会交流。协会还开展室内空气检测，接受消费者投诉及咨询，新产品推广等活动。协会建有"上海室内装饰网"，主办《室内装饰》会刊。

会　　长：沈国臣　　　　　　　　　秘书长：邬国明
联系人：刘澄华　　　　　　　　　　电　话：53821736
地　　址：普安路曙光大厦 189 号 5FC 座　邮　编：200021
传　　真：53821736　　　　　　　　网　址：www.snzxh.org.cn

上海市家具行业协会

上海市家具行业协会成立于 1994 年，是上海家具工业、商业和相关的教学、科研、设计、材料行业企事业单位自愿组织起成的跨部门、跨所有制的非营利的行业性社会团体法人。协会下设红木家具专业委员会分支机构。协会的宗旨是：为企业服务，为行业服务，为促进生产服务。主要职能：恪守诚信原则，制订"行规行约"，规范会员（行业）行为，达到行业自律。为会员提供服务，维护行业合法权益，维护公平竞争，沟通会员与政府之间的关系，促进家具行业经济发展。协会主办内部刊物《上海家具》。

会　　长：黄莅国　　　　　　　　　秘书长：徐关荣
联系人：马以满　　　　　　　　　　电　话：63737133
地　　址：盛泽路 8 号（宁东大厦）13 楼　邮　编：200002
传　　真：63737133　　　　　　　　网　址：www.shf.cn

上海工艺美术行业协会

上海工艺美术行业协会成立于 1996 年 2 月,是由从事工艺美术生产、经营、科研、教育、设计及服务的企事业单位自愿参加组成的跨部门、跨所有制的行业性社会团体法人。协会下设旅游纪念品(工艺礼品)专业委员会、红木雕刻专业委员会,是上海市红木家具标准化技术委员会的挂靠单位。协会创刊《工艺美术》彩版月刊简报;创建"上海工艺美术网"、"上海红木网"、"上海旅游纪念品网",从而提升了为上海工艺美术都市型产业和二、三产业服务的水准。

会　长：沈国臣　　　　　　　　　秘书长：朱建中
联系人：赵　琰　　　　　　　　　电　话：64738696
地　址：汾阳路 79 号　　　　　　邮　编：200031
传　真：64738720　　　　　　　　网　址：www.luckychina.org

上海市宝玉石行业协会

上海宝玉石行业协会由原宝玉石协会和珠宝玉石加工行业协会合并而成。现有会员单位 159 家,涵盖珠宝、玉器、钻石、贵金属界的名厂、名店,以及诸多国外、港台、外地驻沪名企。协会集加工制造、科研创新、商贸会展、鉴定评估、行业标准、技术登记、教育培训、文博收藏于一身。协会下属玉石、珍珠、水晶等专业委员会和测试鉴定工作委员会,聚集了一批宝玉石行业的专家、学者、工程技术骨干。协会以"团结联合,服务企业、服务社会"的宗旨,搭建服务平台、合法维权,制、修订相关政策,推进行业规范诚信,举办技能培训,推动行业的健康、稳健发展。协会编有内部简报。

会　长：胡书刚　　　　　　　　　秘书长：包富樑
联系人：郭林雪　　　　　　　　　电　话：63515631
地　址：南京东路 388 号 403B　　邮　编：200001
传　真：63515630　　　　　　　　网　址：www.shanghaibaoxie.org

上海木材行业协会

上海木材行业协会成立于 2003 年 4 月,为上海木材流通、加工行业企事业单位自愿组成的跨部门、跨所有制的非营利的行业性社会团体法人,下设红木专业委员会和多层实木地板专业委员会。协会现有会员单位 180 家。协会宗旨是：遵守国家法律法规，执行各项方针政策，为行业和会员服务，促进技术进步，推进行业发展，维护会员合法权益，切实加强行业管理，规范木材市场，推广绿色环保。协会设有投诉咨询部、市场发展部、检验鉴定部、《上海木业》编辑部等部门。协会拥有会刊《上海木业》月刊，授权管理及编辑《中国木材》。

会　　长：徐文华	秘书长：汪少芳
联系人：朱安文	电　　话：65456080
地　　址：唐山路 923 号三楼	邮　　编：200082
传　　真：65456080	网　　址：www.shtimber.com

上海市纸业行业协会

上海市纸业行业协会成立于 2003 年 8 月，是由上海地区从事纸业的企事业单位及相关企事业单位自愿组成的跨部门、跨所有制的非营利性社团法人。协会设秘书处、办公室、教育培训部、技术服务部、纸业促进部和行业自律部。协会的宗旨和职能是：服务于企业，服务于行业，服务于政府，当好政府的助手，做好企业的朋友，成为企业和政府之间的桥梁和纽带。协会建有"上海纸业网"和编辑内部期刊《纸业动态》。

会　　长：毛　来	秘书长：张智平
联系人：王承稼	电　　话：62262307
地　　址：昭化路 508 弄 50 号 201 室 B	邮　　编：200050
传　　真：62262327	网　　址：www.sptacn.com

上海都市型工业协会

上海都市型工业协会成立于 2001 年 6 月。现有会员 125 家，涵盖电子信息产品、服装服饰业、广告印刷与包装业、钻石珠宝等工艺美术和旅游品业、钟表眼镜业、食品加工业、室内装饰装潢等传统行业以及其他具有都市型工业特征的新兴行业。协会宗旨：沟通会员与政府、社会的联系，在行业发展中发挥积极作用。协会主要业务：工业园区建设、招商和管理；企业质量管理咨询；提供人事、教育培训等服务。协会下设信息部、财务部、园区工作部、企业管理咨询服务部、人才服务部、办公室。编辑出版《简讯》月刊。

会　　长：田海涛	秘书长：顾景余

联系人：马金娣　　　　　　　　　电　话：64676249

地　址：肇嘉浜路 376 号 B 楼 301 室　　邮　编：200031

传　真：64661922　　　　　　　　网　址：www.shscia.org.cn

上海钻石行业协会

上海钻石行业协会成立于 2001 年 4 月，是上海从事钻石饰品、钻石工具生产、经营、加工、贸易以及相关学校、检测鉴定机构的企事业单位自愿组成的社会团体。协会的宗旨是：遵守国家法律、法规和政策，发挥在钻石行业中的服务、自律、代表、协调的功能，维护会员的合法权益，为繁荣和发展上海钻石事业作贡献。协会的业务范围：行业协调、制定行规行约、标准规划，提供信息交流、培训咨询、鉴定展销等服务。协会编有内部期刊《上海钻石行业协会简讯》。

会　长：潘　斌　　　　　　　　　秘书长：贺妙龙

联系人：贺妙龙　　　　　　　　　电　话：64758734

地　址：漕溪路 270 号 411 室　　　邮　编：200235

传　真：64758734　　　　　　　　网　址：www.shdta.com

上海市钟表行业协会

上海市钟表行业协会成立于 1996 年 4 月，是本市钟表、钟表配件及计时仪器行业企事业单位自愿组成的跨部门、跨所有制的非营利的行业性的社会团体法人。协会现有会员单位 80 多家，涵盖了上海钟表制造、营销、科研、教育、培训等方面的主要企业。协会宗旨是：维护会员合法权益，协调会员之间关系，维护公平竞争，促进上海钟表行业发展。协会组织开展名牌产品、信得过企业的评比与推荐；组织国际钟表展，参与国内外交流活动，开展企业沙龙活动。协会编辑发行《中国钟表珠宝眼镜》月刊，建有"上海市钟表行业协会"网。

会　长：董国璋　　　　　　　　　秘书长：蔡辉明

联系人：蔡辉明　　　　　　　　　电　话：62804625

地　址：番禺路 50 号三楼　　　　　邮　编：200052

传　真：62804625　　　　　　　　网　址：www.shanghaiwatch-clock.com

上海照明电器行业协会

上海照明电器行业协会成立于 1996 年 10 月，是由上海地区为主，从事照明电器产品生产、经营的工商企业和其他相关企事业单位法人自愿组成的跨部门、跨所有制的行业性社团法人。协会现有会员 104 家，包括电光源、灯具及照明电器附件（材料）的生产企业，相关的照明电器研究所（院）和高等院校及照明电器经营商家。协会宗旨以政府经济发展战略为指导，为提高和促进本市照明电器行业的整体发展，提供优质服务。协会主要开展行业调研、技术培训、行业评选、国内外信息技术交流、中介咨询服务、产品推介、会展招商等业务。协会编辑出版《简报》月刊，建有"上海照明"网站。

会　　长：刘经伟　　　　　　　　秘书长：翁寅福
联系人：刘增玮　　　　　　　　　电　　话：62857526
地　　址：中山北路 3500 号 2 号楼 406、408 室　　邮　　编：200063
传　　真：56383331　　　　　　　网　　址：www.shzm.org

上海印章行业协会

上海印章行业协会成立于 1999 年，现有单位会员 197 家。协会以政府经济战略为指导，在印章行业管理中发挥积极作用；配合公安机关，加强行业治安管理；为增强企业市场竞争力，促进上海印章行业的发展提供服务。协会开展行业调研，技术培训、编辑出版、会展招商、产品推介、中介咨询服务，并配合公安部门资质认定、组织考评、交流，开展与行规有关的业务。

会　　长：张素芳　　　　　　　　秘书长：蒋龙全
联系人：蒋龙全　　　　　　　　　电　　话：66285887
地　　址：民和路 220 号 2 楼　　　邮　　编：200070
传　　真：66285887　　　　　　　网　　址：www.ssia.sh.cn

上海皮革行业协会

上海皮革行业协会成立于 2002 年 4 月。协会宗旨：遵守国家法律法规和政策，促进皮革行业管理优化和科技进步，协调会员关系，维护会员合法权益，沟通会员和政府之间的联系，促进国际经济交流与合作，推动皮革行业发展。主要工作：组织会员单位参加国内外各类服务展览会及经贸洽谈会，拓展国内外市场，不定期举办各类培训班，为会员服务。协会编有会刊《皮协简讯》。

会　长：霍建国　　　　　　　　秘书长：徐芳泉
联系人：徐芳泉　　　　　　　　电　话：54592279
地　址：中山北二路 1705 号　　邮　编：200092
传　真：54591973

上海食品添加剂行业协会

上海市食品添加剂行业协会成立于 2004 年 1 月，协会宗旨：发挥政府与企业之间的桥梁和纽带作用，为会员单位和行业服务，促进上海地区食品添加剂事业的健康、持久、协调发展。业务范围：行业调研，技术培训，编辑出版，会展招商，产品推广，中介咨询服务，国内外信息技术交流，接受政府有关部门转移或委托的行业评估论证，技能考核，行业统计，行业发展规划和有关技术标准的制订等职能，代表行业向有关国家机关反映涉及行业利益的事项，提出经济政策和立法方面的意见和建议。协会定期出版《食品添加剂简讯》。

会　长：虞荣华　　　　　　　　秘书长：彭瑞浒
联系人：彭瑞浒　　　　　　　　电　话：
地　址：天目中路 258 号 2 楼　邮　编：200070
传　真：63546361

上海日用化学品行业协会

上海日用化学品行业协会是由化妆品，洗涤用品，香精香料，牙膏四个专业行业组成。协会主要工作：接受政府部门委托开展香精香料、化妆品行业高级配置工的国家职业资格鉴定考核工作，生产许可证审核前期咨询服务工作；推荐国家、市、行业名牌名优产品活动；根据企业需要开展行业检验、理化及劳动合同等培训活动；开展行业调研，形成调研报告；进行专项统计，发布行业信息；组织行业参加会展等活动。协会编辑出版《上海日化》杂志。

会　长：左异群　　　　　　　　秘书长：金　坚
联系人：金　坚　　　　　　　　电　话：64675056

地　　址：肇嘉浜路 376 号 B 楼 303 室　　邮　编：200031

传　　真：64675056

上海饮料行业协会

上海市饮料行业协会成立于 2006 年 5 月，为本市饮料行业同业企业以及其他经济组织自愿组成的行业性社会团体法人。协会以政府经济发展战略为指导，以促进上海饮料行业发展为宗旨，努力服务企业、规范行业、发展产业，充分发挥协调、服务、维权和自律四项职能，为上海及周边地区的饮料及相关企业打造交流沟通、信息集聚、品牌推进、协调发展、维护合法权益和学习促进的平台，切实反映行业呼声，维护会员企业合法权益，推动行业发展。协会定期出版《快速消费品——饮品》会刊。

会　　长：马善仓　　　　　　　　　秘书长：陈　杰

联系人：王伟仲　　　　　　　　　　电　话：62876068

地　　址：新闸路 831 号 6J　　　　　邮　编：200041

传　　真：62876028　　　　　　　　网　址：www.bevchina.com

上海长三角非织造材料工业协会

上海长三角非织造材料工业协会成立于 2004 年 1 月。目前，长三角地区的四省一市的 159 家非织造材料及相关单位参加了协会。协会以促进区域经济发展以及非织造行业健康、快速和可持续的发展，加强面向长三角非织造材料行业与企业的服务为宗旨。协会将承接政府对行业的管理职能，在制定质量标准、反对不公平竞争与规范市场、人才培训及专业技术职称评定、诚信体系建设与管理、高新技术企业认定、行业名牌产品评定与发布、专业统计、行业与企业发展咨询、非织造产业技术进步与创新以及应对国际反倾销等方面积极开展相应服务。协会建有网站，出版内部刊物《非织造通讯》。

会　　长：刘红国　　　　　　　　　秘书长：向　阳

联系人：曾　健　　　　　　　　　　电　话：65189581

地　　址：平凉路 1398 号商务楼 617 室　邮　编：200090

传　　真：65189280　　　　　　　　网　址：www.snia-cn.com

上海乐器行业协会

上海市乐器行业协会成立于 2004 年 2 月，是由本市从事于乐器生产制造、经营销售、科研教育等企业和院所等自愿组成的非赢利性社会团体，会员基本涵盖中西乐器中的几乎所有门类的产品。协会办会宗旨：坚持遵守国家的法律法规，贯彻政府的方针政策，保护会员合法权益，提高行业整体素质，沟通会员单位与政府社会的联系，反映企业的要求与愿望，促进行业经济发展。主要职能是：开展乐器行业的业务咨询，技术培训，协调行业关系，规范行业管理，开展会展的招商招展工作，进行新技术、新材料、新工艺的推介活动，组织国内外同行间的交流与合作，履行政府部门委托的工作，提出有关建议等。协会拥有会刊《上海乐器》。

会　　长：陈惠庆　　　　　　　　秘书长：范志华
联系人：范志华　　　　　　　　　电　话：62302664
地　　址：安远路 839 号 219 室　　邮　编：200042
传　　真：62301866　　　　　　　网　址：www.shyqxh.com

服务业类

上海汽车销售行业协会

上海市汽车销售行业协会，英文译名：SHANGHAI AUTOMOBILE SALES TRADE ASSOCIATION 缩写 SASTA。协会成立于 2003 年 10 月，是由上海汽车销售行业企事业单位自愿组成的跨部门、跨所有制的非营利的行业性社会团体法人。协会现有会员企业 186 家。协会宗旨是：沟通会员与政府、社会的联系，在行业发展中发挥积极作用。坚持面向社会、民主办会原则，反映行业与企业的愿望和要求，维护会员的合法权益，努力为企业服务，加强企业之间的团结协作，提倡文明经商的道德风尚，为增强企业市场竞争力，促进汽车销售行业的发展提供服务。协会建有"上海汽销行业网站"，编辑发行内部月刊《上海汽销行业》。

会　　长：宁　斌　　　　　　　秘书长：商锦书
联系人：苏翔伟　　　　　　　　电　　话：65370515-802
地　　址：唐山路 535 号 2 楼　　邮　　编：200082
传　　真：65370515-801　　　　网　　址：www.csasta.org

上海市物流协会

上海市物流协会前身为成立于 1993 年 3 月的上海物资流通行业协会；2007 年 4 月，在此基础上改组重建上海市物流协会。协会是本市物流与商贸流通企业，以及相关单位等自愿组成、实行行业服务和自律管理、跨系统、跨部门、跨所有制和非营利的社会团体法人，现有团体会员近 900 家。协会以行业服务、行业自律、行业代表、行业协调为基本职能，发挥政府与企业之间的桥梁、纽带作用，维护会员合法权益；维护物流市场的公开、公平、公正和有序运行；加强与国际同行的交流；充分发挥上海的地域资源优势，立足上海，联合长三角地区，辐射全国，走向世界；推动上海现代物流产业的发展，加快形成服务经济为主的产业结构，为上海实现"四个率先"，建成"四个中心"战略目标发挥作用。协会出版刊物《现代物流业发展动态》、《上海物流》。

会　　长：贺　涛　　　　　　　秘书长：杨石根

联系人：朱泽榕　　　　　　　　电　话：63210791

地　　址：江西中路 406 号（丙）3 楼　　邮　编：200002

传　　真：63210791　　　　　　网　址：www.sh56.cn

上海电子产品维修服务协会

上海电子产品维修服务协会成立于 1989 年 5 月，是由上海地区家用电子电器生产维修服务部门以及社会家用电子电器维修服务企业自愿组成的社会团体。协会遵循自愿结合、自主办会、自收自支的原则，坚持公平、公正、诚实信用，保障消费者合法权益，保护会员正当利益，竭诚为会员服务；坚持做好企业与政府部门沟通的桥梁，积极向政府反映行业发展情况及企业的愿望和要求，提出建议，协助政府开展行业管理；制订行规行约、行业标准，实行行业自律、行业协调；发挥全行业优势，开展行业统计、诚信服务、资质认定、人才培训等诸多方面的活动；努力规范、净化、优化上海家用电子电器产品维修服务市场，使家用电子电器行业跟上科技进步和社会需求。协会下设协会秘书处、家用电器部、手机专业委员会、电脑专业委员会、维修技术专业委员会及资质等级认定办公室、电子行业特有工种职业技能鉴定站。

会　　长：俞金标　　　　　　　秘书长：唐国钢

联系人：窦振荣　　　　　　　　电　话：52380773

地　　址：长宁路 165 号 2 楼　　　邮　编：200042

传　　真：52380797

上海创意产业协会

上海市创意产业协会成立于 2005 年 8 月，协会由团体会员和个人会员组成。团体会员包括创意产业园区、创意基地，文化传媒机构、信息软件、生活时尚、广告、出版、城建规划设计等领域企事业单位、相关高等院校及科研院所等；个人会员为在创意相关领域作出贡献，并有一定社会影响力的业界精英。协会旨在贯彻上海市委"科教兴市"主战略，落实上海优先发展现代服务业的目标，通过整合创意资源和集聚创意人才，建立创意产业的交流平台；通过合作交流、咨询培训、中介服务、会展招商、出版发行等，为会员开拓国内外市场服务；建立创意产业测评体系；促进创意产业知识产权保护、专利申请，维护会员合法权益。协会下设 15 个专业委员会和 4 个中心，日常事务由秘书处主持。协会建有网站，主办《创意产业》和《协会动态》。

会　　长：厉无畏　　　　　　　　秘书长：葛志才
联系人：王惠潮　　　　　　　　电　　话：54657926
地　　址：华山路 630 号　　　　邮　　编：200040
传　　真：54657927

上海市室内环境净化协会

上海市室内环境净化协会，成立于 2006 年 8 月，是从事洁净和净化的研发、生产、销售、检测、咨询、洁净工程、污染治理服务及其他相关的企业自愿组成的非营利性社会团体法人。协会现有会员 158 家。协会宗旨是：规范行业、服务企业、发展产业。协会在遵守国家政策和法律法规，遵守社会道德风尚的前提下，充分发挥社会团体的优势和中介组织的作用，协助政府从事行业管理，以服务、自律、协调为基本职能，保护会员合法权益，提高行业整体素质，推动室内环境净化行业发展，加强室内环境污染防治，改善室内环境，为造福人类做出贡献。协会设办公室、会员服务部、教育培训部、专家委员会。协会编有内部刊物《绿报》、《洁净室》和《简报》。

会　　长：俞玉龙　　　　　　　　秘书长：王　芳
联系人：陈　玲　　　　　　　　电　　话：66316517
地　　址：江场三路 238 号市北半岛国际中心 615-616 室
邮　　编：200120　　　　　　　传　　真：66316517-805
网　　址：www.jhxh.org.cn

上海空调风管清洗协会

上海空调风管清洗协会成立于 2007 年 7 月。空调风管清洗业在国内还刚起步，协会的成立标志着上海空调风管清洗服务开始进入行业自律管理的阶段。协会在政府主管部门的指导下，以净化空调风管、节约能源、防止疾病传播、保障公众健康为宗旨，主要致力于行业的技术咨询、标准制订、学术研究、专业培训、规范监督等工作。协会将加强与公共场所集中空调通风系统卫生监管部门和卫生评价部门的沟通，形成互联、互补和互动的协调机制，为维护上海集中空调通风系统良好的卫生状况，保护公众的安全和健康作出贡献。

会　　长：张胜年	秘书长：周冠迎
联系人：王永安	电　　话：58886667
地　　址：东方路 8 号良丰大厦 17A	邮　　编：200120
传　　真：58886028	网　　址：www.shadca.cn

上海市担保行业协会

上海市担保行业协会成立于 2007 年 1 月，是上海担保行业企业以及其他经济组织自愿组成、实行行业服务和自律管理的跨部门、跨所有制的非营利的行业性社会团体法人。办会宗旨：以政府经济发展战略为指导，为会员提供服务，维护会员合法权益，规范会员行为，保障行业之间的公平竞争，沟通会员与政府、社会的联系，加强与国内、国际同行的交流，促进行业发展。根据行业发展需要和会员的共同愿望，为担保机构、协作银行及企业服务，为缓解企业、特别是中小企业融资难服务。主要业务：行业调研、业务培训、会刊编辑、咨询服务、信息交流，承担政府授权的工作（涉及行政许可证的，凭许可证开展业务）。协会出版刊物《上海担保通讯》。

会　　长：陈继忠	秘书长：严文新
联系人：金潮翔	电　　话：64229080
地　　址：大木桥路 108 号 212 室	邮　　编：200032
传　　真：64036622-2123	网　　址：www.sfie.sh.cn

上海钢铁服务业协会

上海钢铁服务业协会成立于 2007 年 6 月，由上海及国内驻沪钢材贸易、原料采购供应、物流配送、工程设计、科研教育、会展旅游、期货交易、节能环保、资源综合利用、结构安装、融资担保等十一类企业机构自愿组成，是全国首家省级钢铁服务业协会。协会以推进上海钢铁服务业又好又快发展为宗旨，整合各方面优势和资源，协调各方面利益，提升钢铁服务业产业能级，延伸产业链，为上海加快"四个中心"作出贡献。业务范围：开展信息统计分析，推动实施品牌战略；促进钢铁服务业信息化，发展电子商务，实行业态创新；建立人才培训和人力资源开发利用体系；代表协会提出政策和立法建议；协调企业经营争议，规范市场竞争秩序，维护企业合法权益；制定完善从业规范、标准，推进钢铁服务业信用体系与平台建设等。

会　　长：李　平　　　　　　　秘书长：叶黎明

联系人：郎小山　　　　　　　电　话：61813062-818

地　　址：双城路 803 弄宝莲城 11 号楼 205 室

传　　真：61813060　　　　　　邮　编：200940

网　　址：www.sssta.net

上海服装设计协会

上海服装设计协会于 2009 年 1 月成立。由上海国际服装服饰中心汇集部分院校、服装企业、设计师共同发起。上海服装设计协会旨在政府的指导下，在服装服饰（包括织造、针织、印染）设计、服装辅料配饰设计、服装研究开发、教育培训、学术交流、设计展示和交易、服装工艺革新等相关领域开展工作。协会会员涵盖服装设计专业人员、学校、设计工作室和企业等多种经济类别。协会设立会员服务部，行业规划和发展部，财务人事及行政办公室、项目部等部门，并将根据工作的发展和需要，逐步设立专家委员会和若干个专业委员会。

会　　长：刘亚卿　　　　　　　秘书长：吕晓磊

联系人：单国炎　　　　　　　电　话：63846528

地　　址：泰康路 200 号　　　　邮　编：200021

传　　真：63846528　　　　　　网　址：www .sifc.org.cn

上海市信用服务行业协会

上海市信用服务行业协会（SCSTA）成立于 2005 年 6 月，为本市从事信用服务的同业企业及其他经济组织自愿组成的跨部门、跨所有制的非营利行业性社会团体法人。协会现有会员单位 42 家，业务范围涵盖了信用管理咨询和培训、信用调查、资信评估、商帐追收、信用担保、信用保险、保理等领域。协会业务范围是：开展行业调研，制定规划和标准，组织学术研究、信息交流、咨询培训及从业人员资质认定等服务。协会编印《工作简报》。

会　　长：陈志国　　　　　　　秘书长：饶明华

联系人：饶明华　　　　　　　电　话：50396501

地　　址：东方路 1359 号海富花园 2 号楼 6 层 B 室

传　　真：50396501　　　　　　　　　　邮　　编：200127

上海市信息服务业行业协会

上海市信息服务业行业协会（原上海市互联网信息服务业协会）成立于 2001 年 1 月，由上海信息服务业企业自愿组成的社会团体，现有会员单位 481 家。协会宗旨：严格执行国家方针、政策和法规，成为企业与政府、企业与社会沟通的桥梁，推动国民经济和社会信息化事业的发展，为政府、为社会、为会员提供信息服务。主要职能：沟通行业与政府联系，维护会员合法权益，增强行业自律管理，协调会员间关系，保障公平竞争，促进信息服务业健康发展。协会业务涵盖：电信、广电、互联网、软件和系统集成。协会下设七个专业委员会和四个中心，即企业信息化应用推广专业委员会、社区信息化专业委员会、数码互动娱乐专业委员会、动漫产业专业委员会、网络教育专业委员会、数字内容专业委员会和移动互联网专业委员会、上海市互联网违法与违规信息举报中心、上海信息服务人才培训中心、上海数字内容产业促进中心、上海市数字健康信息中心。

会　　长：张维华　　　　　　　　秘书长：马海涌

联系人：江　英　　　　　　　　　电　　话：65876512

地　　址：东江湾路 188 号 B 座 501 室　　邮　　编：200081

传　　真：65876522　　　　　　　　网　　址：www.sisa.net.cn

上海市电子商务行业协会

上海市电子商务行业协会成立于 2002 年 4 月 13 日，是由从事电子商务的企事业单位按照自愿平等原则组成的社会团体。协会的宗旨是：服务会员单位，行业自律管理，代表行业利益，协调内外关系，促进上海电子商务发展。业务范围是：组织行业宣传与推广活动；开展业内统计和相关研究；组织对行业调研和发展分析；建立行业自律信用体系；承接政府相关项目，组织制订行业标准；开展行业技术和信息交流，组织会展和论坛；提供咨询和培训；组织专业委员会，开展专业领域研究和专家指导服务；受理网上客户投诉；开展行业服务质量监督等。

会　长：王　玮　　　　　　　秘书长：王　玉

联系人：刘　俊　　　　　　　电　话：63560343-11

地　址：四川北路 1666 号 28 楼　　邮　编：200080

传　真：63560343-20　　　　　网　址：www.sh-ec.org.cn